新 視 野
中華經典文庫

新 視 野
中華經典文庫

莊子

名譽主編　饒宗頤

導讀及譯注　陳鼓應　蔣麗梅

中華書局

新視野中華經典文庫

莊子

□
導讀 / 譯注
陳鼓應　蔣麗梅

□
出版
中華書局（香港）有限公司
香港北角英皇道 499 號北角工業大廈一樓 B
電話：(852) 2137 2338　傳真：(852) 2713 8202
電子郵件：info@chunghwabook.com.hk
網址：http://www.chunghwabook.com.hk

□
發行
香港聯合書刊物流有限公司
香港新界大埔汀麗路 36 號
中華商務印刷大廈 3 字樓
電話：(852) 2150 2100　傳真：(852) 2407 3062
電子郵件：info@suplogistics.com.hk

□
印刷
深圳中華商務安全印務股份有限公司
深圳市龍崗區平湖鎮萬福工業區

□
版次
2012 年 7 月初版
2020 年 11月第 6 次印刷

□
規格
大 32 開（205 mm × 143 mm）

□
ISBN：978-988-8148-88-2

出版說明

為甚麼要閱讀經典？道理其實很簡單——經典正正是人類智慧的源泉、心靈的故鄉。也正是因此，在社會快速發展、急劇轉型，因而也容易令人躁動不安的年代，人們也就更需要接近經典、閱讀經典、品味經典。

邁入二十一世紀，隨着中國在世界上的地位不斷提高，影響不斷擴大，國際社會也越來越關注中國，並希望更多地了解中國、了解中國文化。另外，受全球化浪潮的衝擊，各國、各地區、各民族之間文化的交流、碰撞、融和，也都會空前地引人注目，這其中，中國文化無疑扮演着十分重要的角色。相應地，對於中國經典的閱讀自然也就有不斷擴大的潛在市場，值得重視及開發。

於是也就有了這套立足港臺、面向海外的「新視野中華經典文庫」的編寫與出版。希望通過本文庫的出版，繼續搭建古代經典與現代生活的橋樑，引領讀者摩挲經典，感受經典的魅力，進而提升自身品位，塑造美好人生。

本文庫收錄中國歷代經典名著近六十種，涵蓋哲學、文學、歷史、醫學、宗教等各個領域。編寫原則大致如下：

（一）精選原則。所選著作一定是相關領域最有影響、最具代表性、最值得閱讀的經典作品，包括中國第一部哲學元典、被尊為「群經之首」的《**周易**》，儒家代表作《**論語**》、《**孟子**》，道家代表作《**老子**》、《**莊子**》，最早、最有代表性的兵書《**孫子兵法**》，最早、最系統完整的醫學典籍《**黃帝內經**》，大乘佛教和禪宗最重要的經典《**金剛經**》、《**心經**》、《**六祖壇經**》，中國第一部詩歌總集《**詩經**》，第一部紀傳體通史《**史記**》，第一部編年體通史《**資治通鑒**》，中國最古老的地理學著作《**山海經**》，中國古代最著名的遊記《**徐霞客遊記**》，等等，每一部都是了解中國思想文化不可不知、不可不讀的經典名著。而對於篇幅較大、內容較多的作品，則會精選其中最值得閱讀的篇章。使每一本都能保持適中的篇幅、適中的定價，讓普羅大眾都能買得起、讀得起。

（二）尤重導讀的功能。導讀包括對每一部經典的總體導讀、對所選篇章的分篇（節）導讀，以及對名段、金句的賞析與點評。導讀除介紹相關作品的作者、主要內容等基本情況外，尤強調取用廣闊的「新視野」，將這些經典放在全球範圍內、結合當下社會生活，深入挖掘其內容與思想的普世價值，及對現代社會、現實生活的深刻啟示與借鑒意義。通過這些富有新意的解讀與賞析，真正拉近古代經典與當代社會和當下生活的距離。

（三）通俗易讀的原則。簡明的注釋，直白的譯文，加上深入淺出的導讀與賞析，希望幫助更多的普通讀者讀懂經典，讀懂古人的思想，並能引發更多的思考，獲取更多的知識及更多的生活啟示。

（四）方便實用的原則。關注當下、貼近現實的導讀與賞析，相信有助於讀者「古為今用」、自我提升；卷尾附錄「名句索引」，更有助讀者檢索、重溫及隨時引用。

（五）立體互動，無限延伸。配合文庫的出版，開設專題網站，增加朗讀功能，將文庫進一步延展為有聲讀物，同時增強讀者、作者、出版者之間不受時空限制的自由隨性的交流互動，在使經典閱讀更具立體感、時代感之餘，亦能通過讀編互動，推動經典閱讀的深化與提升。

這些原則可以說都是從讀者的角度考慮並努力貫徹的，希望這一良苦用心最終亦能夠得到讀者的認可、進而達致經典普及的目的。

「弘揚中華文化」是中華書局的創局宗旨，二〇一二年又正值創局一百週年，「承百年基業，傳中華文明」，本局理當更加有所作為。本文庫的出版，既是對百年華誕的紀念與獻禮，也是在弘揚華夏文明之路上「傳承與開創」的標誌之一。

需要特別提到的是，國學大師饒宗頤先生概然應允擔任本套文庫的名譽主編，除表明先生對本局出版工作的一貫支持外，更顯示先生對倡導經典閱讀、關心文化傳承的一片至誠。在此，我們要向饒公表示由衷的敬佩及誠摯的感謝。

倡導經典閱讀，普及經典文化，永遠都有做不完的工作。期待本文庫的出版，能夠帶給讀者不一樣的感覺。

中華書局編輯部

二〇一二年六月

目錄

《莊子》導讀 ○○一

內篇

逍遙遊 ○二一
齊物論 ○四二
養生主 ○八○
人間世 ○九○
德充符 一一八
大宗師 一四一
應帝王 一七二

外篇

駢拇……一九一
馬蹄……一九五
胠篋……一九九
在宥……二〇三
天地……二一三
天道……二一八
天運……二二七
刻意……二三八
繕性……二四一
秋水……二四六
至樂……二五四
達生……二六五

山木　二七七
田子方　二八九
知北遊　二九八

雜篇

庚桑楚　三一一
徐无鬼　三一五
則陽　三二〇
外物　三三一
寓言　三三九
讓王　三四五
盗跖　三四九
説劍　三五一

漁父——三五五
列禦寇——三六一
天下——三六五
名句索引——三七三

我讀《莊子》的心路歷程

陳鼓應

（一）

莊子名周，生活在戰國時代前期。宋國蒙人，曾為蒙地漆園吏。當時周朝名存實亡，諸侯紛爭，戰事頻仍，社會動盪。身處政治黑暗、爾虞我詐、民不聊生的環境中，莊子感同身受，對昏君亂相及趨炎附勢之徒無比的憎惡，而對苦難中的平民弱士寄予了無限的同情。

我們現在看到的《莊子》，都源於晉代郭象注本《莊子》，此本分內篇七、外篇十五、雜篇十一，共三十三篇。最早的著錄見於《漢書·藝文志》，著錄為「《莊子》五十二篇」，可見莊子的著作未能完整地流傳下來。關於《莊子》三十三篇的真偽問題，始出於宋代的蘇軾，他認為雜篇中的《讓王》、《說劍》「淺陋不入於道」，而《漁父》、《盜跖》詆譭孔子，均屬偽作。一般說來，內篇為莊子自著，外篇則除莊子自著外，也有部分為莊子後學所作，至於雜篇又要複雜一些，如《說劍》顯為縱橫家言，與莊學無關。

莊子思想秉承老子而有所發展、有所變異，但在核心學說「道」的認識上完全是一脈相承的。老莊所謂的「道」，簡單說可以歸納兩點，一是指宇宙的本源，即宇宙最根本的存在，宇宙萬物產生於「道」；二是指自然客觀規律。關於「道」的「無為而無不為」的特性，由於莊子在闡述中，從自然層面擴大到社會生活層面，致使這一思想出現了片面化和消極的傾向。我們常說的「老莊哲學」這一概念，無形之中就打上了這一烙印，往往忽略了「老莊哲學」最本質的內核，對宇宙與自然的唯物認識。

這裏主要介紹我讀《莊子》的心路歷程。

（一）

每個人在不同的階段接觸《莊子》，都會有不同的體驗與理解。

最初，我是由尼采進入《莊子》的，時間跨度大約從上世紀九十年代初到七十年代初。這是很長的一個階段，對於《莊子》，我主要是從尼采的自由精神來闡發，同時思想上也受到了存在主義的影響。第二個比較重要的階段，起自一九七二年夏天我初次訪美。在美期間的所見所聞，使我的注意力漸漸從個體充分的覺醒，開啟了民族意識的視域，而對《莊子》的理解也隨之轉移到「歸根」和「積厚之功」的層面上去。第三個明顯的思想分界標誌則是「九．一一」。它使我更加看清了霸強的自我中心和單邊主義，由此推到《莊子》研究上，也使我更加注重要多重視角、多重觀點地去看待問題。以上三個階段並不是完全割裂的三部分，而是隨着時空環境的轉化才慢慢呈現出來的狀態。前一節的思路到了後一節也免不了會餘波猶存，或者一條線索起伏地發展着。

《莊子．逍遙遊》第一段：「北冥有魚，其名為鯤。鯤之大，不知其幾千里也。化而為鳥，其名為鵬。鵬之背，不知其幾千里也。怒而飛，其翼若垂天之雲。是鳥也，海運則將徙於南冥。南冥者，天池也。」最初我的理解側重在「遊」，在「放」，在「精神自由」，這裏我可以拿尼采的觀點來對應。尼采曾經自稱為「自由精神者」，他說：「不管我們到哪裏，自由與陽光都繞着我們」，而莊子「逍遙遊」正是高揚的自由自在的精神活動。

尼采和莊子所散發的自由呼聲，使我能夠從中西傳統文化的觀念囚籠中走向一個沒有偶像崇拜的人文世界中。我在大學時代，臺大哲學系的教學以西方哲學為主，四年所修的課程，使我一方面極其讚賞西方哲人具有如此高度的抽象思維，但又令我深深感到西方傳統哲學確如尼采所說：注入了過多的神學血液。尼采宣告「上帝之死」及其進行「價值轉換」的思想工作，使他背負了西方二千多年沉重的歷史承擔。相形之下，莊子浸身於諸子相互激盪下的人文思潮中，在老莊的人文世界裏，沒有尼采所承受的神權、神威所沉浸的宗教和神學化的哲學漫長歷

史重擔。莊子的人文世界裏，天王消失了，連人身崇拜的人王也不見蹤影：「其塵垢粃糠，將猶陶鑄堯舜。」（《逍遙遊》）

我的青年時期，正處於新舊儒家重塑道統意識及其推波助浪於個人崇拜的空氣中。這時，尼采的這些話語使我聽來眼明心亮：「生命就是要做一個人，不要跟隨我——只是建立你自己！只是成為你自己。」（《愉快的智慧》）「留心，別讓一個石像壓倒了你們！你們還沒有尋找自己，便找到了我。一切信徒都是如此，因此，一切信仰都不值甚麼。」「我教你們丟開我，去尋找你們自己！」（《查拉圖斯特拉如是說》卷一《贈與的道德》）莊子的人文世界裏，「獨與天地精神往來」，「汪洋恣肆以適己」，既沒有康德式的「絕對命令」，也不見膜拜「教主」的幻影崇拜症。

尼采和莊子都是熱愛生命的。尼采說：「世界如一座花園，展開在我的面前。」（《查拉圖斯特拉如是說》三卷《康復者》）他藉查拉圖斯特拉唱出如此熱情的歌聲：「我的熱愛奔騰如洪流——流向日起和日落處；從寧靜的群山和痛苦的風暴中，我的靈魂傾注於溪谷。我心中有一個湖，一個隱秘而自足的湖，但我的愛之急流傾瀉而下——注入大海！」（二卷《純潔的知識》）「你得用熱情的聲音歌唱，直到大海都平靜下來，傾聽你的熱望！」（三卷《大熱望》）莊子則說：「若人之形者，萬化而未始有極也，其為樂可勝計邪！」「善吾生者，乃所以善吾死也。」（《大宗師》）莊子善生善死的人生態度，忽然使我想起泰戈爾的詩句：「願生時麗如夏花，死時美如秋葉。」不過，尼采和莊子屬於兩種不同的生命型態，尼采不時地激發出「酒神精神」，莊子則寧靜中映射着「日神精神」。

尼采《查拉圖斯特拉如是說》首章《精神三變》，認為人的精神發展有三個階段：一開始是駱駝精神，之後是獅子精神，最後再由獅子變成嬰孩。駱駝具有忍辱負重的性格，獅子代表了批判傳統而獲得創造的自由，嬰孩則預示着新價值創造的開始。我們的人生歷程常會是如此由量變而質變的，《莊子》的鯤鵬之變也是如此漸進的。

尼采所說「獅子精神」在《莊子》外雜篇中隨處可見。不過，我還是較欣賞駱駝精神和嬰兒精神。雖然如此，尼采的酒神精神仍然不時激盪在我的心中，因而理解《莊子》，心思多半還是放在鯤鵬之「大」上，放在大鵬「怒而飛」的氣勢上。

隨着年齡與閱歷的增長，我的心思就漸漸由當初的激憤沉澱下來，進而體會到「積厚」的重要性。鯤在海底深蓄厚養，須得有積厚之功；大鵬若沒有經過心靈的沉澱與累積，也不可能自在高舉。老子說：「九層之臺，起於累土。千里之行，始於足下。」（《老子》六十四章）走千里路，就得有一步一步向前邁進的耐心。同時在客觀條件上，如果沒有北海之大，就不能蓄養巨鯤，也就是說如果沒有深厚的文化環境，也就不能培養出遼闊的眼界、寬廣的心胸。而蓄養巨鯤，除了溟海之大，自身還得有深蓄厚養的修持工夫，要日積月累的由量變而質變。「化而為鵬」，這意謂着生命中氣質變化所需要具備的主客觀條件。

大鵬「怒而飛」，曉喻人奮發向上，發揮主觀能動性；「且夫水之積也不厚，則其負大舟也無力」，「風之積也不厚，則其負大翼也無力」。這是鵬飛之前需儲蓄足夠起動的能量，而後乃能待時而興，乘勢而起。同樣，我們行進在人生道路上，主觀條件的創造，確實很重要的。在人生旅程中，即使舉步維艱，也要懷着堅韌的耐心繼續向前走。療傷也要有耐心，受的挫折越多越大，就越需要有積厚之功，讓你重新站起來。

我是念哲學的，對於鯤化鵬飛寓言中所蘊涵的哲理，除了從人生不同歷程來解讀之外，久之又會從哲學專業的角度作出詮釋：其一從工夫到境界的進程來解讀；其二，從「為學」到「為道」的進程來理解；其三從視角主義（perspectivism）多重觀點來解釋。這裏簡略說說前兩項。

從工夫到境界的進程：鯤的潛伏海底，深蓄厚養經由量變到質變，乃能化而為鳥；鵬之積厚展翅，奮翼高飛，這都是屬於工夫修為的層次。而鵬之高舉，層層超越，遊心於無窮，這正是馮友蘭先生所說的精神上達「天地境界」的層次。工夫論和境界說是中國古典哲學的一大特色。而鯤化鵬飛的寓言，正喻示着由修養工夫到精神境界層層提升的進程。

為學向為道的進程：《老子》四十八章出現兩個重要的命題：「為學日益，為道日損。」「為學」是經驗知識的累積，「為道」是精神境界的提升。老子似乎並沒有把這兩者的關係聯繫起來，而且《老子》還說過「絕學無憂」（二十章），這樣「為學」和「為道」成為不相掛搭的兩個領域。嚴復就曾經批評《老子》「絕學無憂」的說法：好比非洲的駝鳥，敵人追趕奔跑，無處可逃，便埋頭到沙灘裏。「絕學」就能「無憂」嗎？嚴復的批評有道理。總之，老子提出「為學」與「為道」的不同，這議題確實很重要，但兩者如何銜接，是否可以相通？這難題留給了莊子。在鯤化鵬飛的寓言中，莊子喻示了修養工夫到精神境界的一條進程，同時也隱含了「為學」通向「為道」的進程。《莊子》書中，寫出許多由技入道的寓言，如「庖丁解牛」、「痀僂承蜩」、「梓慶為鐻」、「司馬之捶鉤者」，在這些由技藝專精而呈現道境的生動故事，都表達出「為學日益」而通向「為道」的神高超妙境界。

（三）

尼采說：「一切決定性的東西，都從逆境中產生。」一九六六年，我開始在中國文化大學哲學系教書，由於在一個非正式的場所說了幾句被視為禁忌的話，暑假期間就在特務機關的壓力下遭到解聘，直到一九六九年才在臺灣大學哲學系獲得專任講師的職位。這三年處於半失業狀態，東奔西跑，兼課過日子，心情上可謂煎熬度日，就在生活的逆境中，我專注到老莊的研究上，經歷六七年的工夫，終於先後完成《老子注譯及評介》、《莊子今注今譯》。借着注譯的工作，跟古代智者進行對話。委實說來，我投入老莊的思想園地，跟自己在現實生活上追求自由民主的理念是相應的。然而這條思路在一九七二、一九七三年之間，起了一個很大的轉折。

一九七二年訪美，因故而匆促回臺，第二年就發生臺大哲學系事件，使我再度被迫離開臺大教職，我跌入前所未有的困境中。不過，現在看來，倒是如《老子》所說：「禍兮福之所倚。」

一九七二年夏天我初訪美國時，從西部到東部遊歷了三個月，所見所聞，一方面有如《莊子·秋水》所寫河伯流向北海，大開眼界；另一方面，所聽聞和目睹的，卻不斷衝激着我的思維。

我赴美國的第一站，到加州聖地牙哥探望我的妹妹和妹夫。幾天後，留美學生在校園放映有關南京大屠殺的紀錄片，我前往觀看。這是我生平第一次看到一群群日本士兵手持軍刀瘋狂屠殺老弱婦女的鏡頭，記錄片中外國記者還拍攝到一卡車、一卡車地搬運平民屍體的實況。這使我聯想起幼年時期日軍轟炸我家鄉的慘景，也使我回想起大一、大二所讀的中國近代史的課程——自鴉片戰爭之後，我們的國家不停地受到列強的侵略，一百多年來，不止一個國家欺凌你，而且多國欺凌你！外戰剛完，內戰又起，這又使我想起大學畢業時的光景，我被分派到金門服兵役，那是我頭一回上「前線」。我站在古寧頭碉堡上，遙望着對岸，那就是我的故鄉，我出生在廈門鼓浪嶼（「鼓應」這個名字，就來自於「鼓」浪嶼），那時我忽然產生這樣的想法：我哥哥就在對岸，如果一旦發生戰爭，我們兄弟就要被迫對陣，但是我有甚麼理由，要拿起槍桿，槍口對着我的親人？在金門服役的八個月裏，我經常想着這類的問題。我和大批的留學生都屬於大戰後成長的一代，我們親身經歷過戰火給家園帶來的災難，目睹苦難人群的流離失所，南京大屠殺的實錄片，給我巨大的衝激，我身處保釣運動反帝民族主義的思潮，也不免反省到同胞相殘的內戰有甚麼意義？《莊子》不是早就說過嗎：「君獨為萬乘之主，以苦一國之民……夫殺人之士民，兼人之土地，以養吾私與吾神者，其戰不知孰善？」（《徐无鬼》）莊子還以「觸蠻相爭」的寓言來譏刺當時的內戰（《則陽》）：「有國於蝸之左角者，曰觸氏；有國於蝸之右角者，曰蠻氏。時相與爭地而戰，伏屍數萬。」我旅美期間沿途接觸到許多港臺的留學生，都是當時最優秀的知識份子，他們投入保釣運動，在同胞愛的思緒與情懷中，發出民族團結的呼聲，我們為甚麼還要背負上一代政治人物的恩怨？保釣運動中的留學生，多從政治文化的角度進行反思，當時的我，則只從人性的立場來省思，一直到我對美國的政情有了進一步認識之後，我對問題的思考，才提到政治的宏觀角度。

到美國之前，基本上我是個急進的自由主義者。由於宣導言論開放和維護人民的基本權利，在當時的環境及師承淵源上，我常被劃歸為「親美派」，確實我那時內心也相當傾慕美國，但我環繞美國一周之後，發現我心目中的「自由民主聖地」居然運送大批坦克大炮去支持全世界那麼多獨裁國家，而且全球性地在別人的國土上進行分裂活動。我們在白色恐怖時期從事民主活動的「黨外人士」，哪一個不把美利堅當成主持正義的「理想國」？美國之行，使我對西方式的「民主」和生活方式有了新的認識和「價值重估」，同時方興未艾的保釣運動，也開啟了我的華夏思維和社會意識，兩者激盪下，對我原先所支持的自由主義和個人主義產生了很大的衝擊。簡要地說，就是由原先的個體自覺，擴大到社群的關懷；由懷鄉意識，走向反帝的民族主義者。

一九七二年以前，由於我生活在白色恐怖的專制政治之下，而學術界又籠罩在「道統」意識的低沉空氣中，因而個體自覺和個性張揚成為我那時期的用心所在。而莊子「萬物殊理」的重要命題，便成為我宣導個體殊異性的理論根據。

那時期臺灣當局將海峽對岸全盤性地以「敵我矛盾」看待，親人音訊全被隔斷，偶而由第三國傳達資訊，總是感到心驚肉跳，若被特務機關聽到風聲，便會即刻以《懲治叛亂條例》逮捕。

我到了美國，身處異邦，遙望祖國大陸，那裏傳來的每個景物風情的畫面，都激起我的思鄉情懷，「舊國舊都，望之暢然：雖使丘陵草木之緡入之者十九，猶之暢然」，《則陽》篇後面的這一句意為：「即使被丘陵草木遮住了十分之九，心裏仍覺舒暢。」這話在當時想來，格外有弦外之意。《莊子．徐无鬼》還有一段寫遊子思鄉的心情：「子不聞夫越之流人乎？去國數日，見其所知而喜；去國旬月，見所嘗見於國中者喜；及期年也，見似人者而喜矣；不亦去人滋久，思人滋深乎？」思鄉之情，更加能觸發我的民族意識。

民族意識可以朝兩個不同的方向發展，一個是強權擴張性的民族主義，一個是反殖民、反侵略的民族主義。我從一九七二年訪美到二〇〇三年「九．一一」事件前後，可以越來越看得清楚這兩個方向的發展脈絡。這時我忽然想起柏拉圖的「洞穴比喻」。我有機會走出洞穴，看到了世界的真相，也回想起我從中學時期開始，就喜歡看電影，特別是西部武打片。電影中的西部開拓者，經常成為我們心中的英雄。劇情中的「紅蕃」被當成被獵的物件，劇情也常把紅白之間看成是絕對善惡的兩方。當我們走出洞穴後，才明白價值的顛倒，才知道所謂的西部開拓史，其實是一部美國原住民的血淚史。印地安人的美好山河、寶貴生命，一寸寸地、一個個地被帶着先進武器的白人燒殺擄掠。走出洞穴之後，更能深刻體會到，在全球化的發展過程中，我們應該要破除單邊思考的模式，要學習尊重地球村中各個不同的民族，並欣賞與包容不同的文化特色與生活方式，應該透過多邊思考來相互會通，並在相互會通時仍保有各自的獨特性。走出洞穴之後，使我經常能夠體會到《齊物論》中的哲理。比如說我讀到「齧缺問王倪」的寓言中，「孰知正處？」「孰知正味？」「孰知天下之正色哉？」的發問時，很早就注意到應該打破個人的自我中心主義，與人類中心主義，但這還只是思想概念上的意義。而這二十多年來，數十次地往返於太平洋東西兩岸之間的親身經歷，對人同類相害、異類相殘的所見所聞，與人類對地球生命的漠視與毀損，讓我更深刻地意識到莊子齊物思想的現代意義。

現實經驗的歷程和我對道家，甚至對中國哲學的研究態度，卻有直接和間接的關係。現在我再舉莊子「魯侯養鳥」和「渾沌之死」的寓言，來說明多邊思考的意涵。先說「魯侯養鳥」。魯侯將一隻飛落在郊外的海鳥，迎接到太廟，宰牛羊餵它，送美酒給它喝，這隻鳥不敢喝一口酒，不敢吃一塊肉，目眩心悲，三天就死了。這是用自己的方法去養鳥，不是用養鳥的方法去養鳥（「此以己養養鳥也，非以鳥養養鳥也」）。所以莊子說「先聖不一其能，不同其事」。我很喜歡這寓言所蘊涵的道理，我總要藉它來張揚人的智慧才性之不同，教育方式和為政之道都不可用一個模式去套，我們傳統的教育方式包括父母對待子弟的教養，通常不是採用莊子式的順性引達的誘導方法，而多慣用儒家規範型的訓誡方式。為政之道也如此，領導者常出於己意制定種種政策和法度，政策和法度若不適民情民意，自然容易殃成災難，正是文革的種種措施，造成大量的「鳥的死亡」；「九．一一」之後的美國，對中東發動的一輪「十字軍東征」，以輸送「自由」、「民主」為名，其後果也正是「具太牢以為膳」而強「以己養養鳥」。

「渾沌之死」的寓言，和「魯侯養鳥」故事有相通之處，南海的儵和北海的忽相遇於中央的渾沌之地，「渾沌待之甚善」為了報答渾沌的美意，「日鑿一竅，七日而渾沌死」。早先我會從真樸的自然本性來解釋「渾沌」，從「有為」之政導致人民災害來解釋雕鑿所產生的惡果。後來世事經歷多了，眼界開些，心思廣些，就越能體會老莊相對論的道理。不僅僅在政治層面，不能流於專斷、獨斷，當博採眾議；社會層面，也要留意過度自我中心常會導致意想不到的流弊。魯侯的單邊思考，用意是好的，卻造成鳥的「眩視憂悲」以至「三日而死」。儵與忽「謀報渾沌之德」，立意是善的，但使用「鑿」的方式，卻造成「七日而渾沌死」。莊子的相對思想和多邊思考是相聯繫的。

（四）

尼采使我積極，莊子使我開闊。這裏我以莊子《則陽》和《德充符》篇中的兩句話為例，來說明我在不同的歷程中解讀的側重面。其一是「萬物殊理，道不私」（《則陽》）；其二是「自其異者視之，肝膽楚越也；自其同者視之，萬物皆一也」（《德充府》）。前者在道物關係中蘊涵着殊相和共相，個體和群體關係問題。後者謂自「物」的世界中，不同的視角可得出不同的觀點。

前面說過，一九七二年以前，由於我生活在一個視個體生命如草芥的政治環境中，而排斥異端的道統意識又彌漫着學術園地，因而莊子「萬物殊理」的哲學命題成為我伸張個體殊相的重要理論依據。再加上當時校園裏分析哲學學術空氣的影響，所以比較偏向「自其異者視之」這一視角來看待事物，這裏當然隱含着我對專制政體推行的集體主義吞噬個體的反抗意識。因而莊子《齊物論》中「萬竅怒號」、「吹萬不同」的名言，成為我由衷讚賞的典故，但一九七二年之後，我漸漸地由「萬物殊理」執着進而理解「道者為之公」的意義，以及兩者間的相互含攝性。我漸漸地認識到如果只由「自其異者視之」，就容易對事物流於片面觀察，也容易局限於自我中心，因而也需要「自其同者視之」才能擴大自己的視域。河伯若自得於一方「以天下之美為盡在己」，那就成了「拘於墟」、「篤於時」、「束於教」的井底之蛙，要等見到海若才知天地之大，而海若卻「不敢以此自多」。每回讀《秋水》篇，就會反思自己努力要從河伯的視囿走向海若的視域。這是長期對世界不同文化的觀察和自我反思所經歷的一段漫長道路，而莊子的思想觀念也不時地開拓我的心胸。再從《齊物論》和《秋水》舉例來說明。我先前講《齊物論》，特別欣賞「十日並出」象徵開放心靈的比喻，這和儒家「天無二日」的主張剛好形成鮮明的對比（從這裏也可窺見儒、道在以後成為官方哲學和民間哲學的不同走向）。講《齊物論》的過程中，我會一直強調「相尊相蘊」及「物固有所然，物固有所可」的齊物精神，但對於「道通為一」，要通過一段相當長的生活經驗，才能貼切領會莊子的同通精神。莊子不僅認識到「物之不齊，物之情也」（《孟子・滕文公》），同時肯定各有所長，並且將不齊之物提升到更高的層次上來相互會通。正如從地域觀念來區分，就有上海人、江浙人、閩南人、客家人，這是「自其異者視之」，但若從「同者視之」，那麼「四海之內皆兄弟也」。從莊學的多重視角、多重觀點來看，生活在現實世界中的人，既有其區域文化的獨特性，也有其作為宇宙公民的共通性。

在齊物的世界中，萬事萬物是千姿百態的（「萬竅怒號」、「吹萬不同」），但彼此之間不是孤立而不相涉的，而是相互含攝，相互會通的——這是莊子之「道」的同通特點。《齊物論》最後兩則寓言：「罔兩問景」、「莊周夢蝶」，也可以從個體生命在宇宙生命中的會通來理解。以前我讀「罔兩問景」時，老感到困惑難解，只好依照郭象的説法講：影和形，「天機自爾，坐起無待」，但從文本上卻又找不出和原義相對應的解釋。其實，莊子的人生論是建立在他有機整體的宇宙觀的基礎上——宇宙間一切存在都有其內在的聯繫，彼此層層相因，相互對待而又相互依存。「罔兩問景」的寓言，並不在於強調物各「自爾」、「無待」，反之是説現象界中物物相待相依關係，莊子意在「以道觀之」來會通萬物。

《齊物論》篇尾是一則家喻戶曉的「莊周夢蝶」的寓言：「昔者莊周夢為蝴蝶，栩栩然蝴蝶也。自喻適志與，不知周也。俄然覺，則蘧蘧然周也。不知周之夢為蝴蝶與，蝴蝶之夢為周與？周與蝴蝶，則必有分矣。此之謂物化。」這則寓言，正是呼應開篇首段主旨「吾喪我」的。從「吾喪我」到「物化」，首尾相應：「喪我」是破除成心，破除我執，「吾」（「真宰」、「真君」）是將自己從封閉心靈中提升出來而以開放的心靈（「以明之心」）與宇宙萬物會通的大我。《莊子》談「我」，不同的語境有不同的意涵，有時指自我中心的個體，有時指社會關係中的存在，有時指參與宇宙大化的我，「莊周夢蝶」承接開篇「吾喪我」之旨，寫個體生命在人間世上的適意活動及其「翛然而往，翛然而來」（《大宗師》）融合於宇宙大化流行之中（「此謂之物化」）。

不過，早年我讀「莊周夢蝶」最引發我興趣的，卻是這一古代「變形記」中所描繪的「栩然適志」的生活情景，它立即使我想起卡夫卡《變形記》寫主角格里戈有一天醒來忽然變成一隻甲殼蟲，想爬出臥室趕早班車去上班，但感到自己言語不清，行動遲緩，只能在室內爬行度日。這短篇小說描繪出現代人空間的囚禁感，時間的緊迫感及現實生活的逼迫感，這正反應了現代人的生活心境。對比之下，「莊周夢蝶」道出人生快意適志，如蝴蝶飄然飛舞，悠然自得，世界宛如一座大花園，無所往而不樂，我們所體會到的是莊子達觀的人生態度。我先前對「莊周夢蝶」的故事，是出於文學性的領會。後來，才留意最後這兩句話的哲學義涵：「周與蝴蝶，則必有分矣。此之謂『物化』。」「分」與「化」是這則寓言中所使用的重要哲學關鍵字。「分」是講每個個體生命，時空中的存在體；「化」是講宇宙的大化流行。「莊周夢蝶」這寓言，和「罔兩問景」寓言一樣，不能孤立地作解，要從《齊物論》的主旨來理會。前面說到的「恢恑憰怪，道通為一」——個體生命千差萬別，但在宇宙大生命中，可以相互會通。這裏也說莊周和蝴蝶「必有分矣」，莊子巧妙地借着夢境來打破彼此的區分——在莊子的氣化論中，死生存亡為一體，無數個體生命起起落落，時而化成莊周，時而又化為蝴蝶，個體生命總是要融入宇宙大生命中，而個體生命在宇宙大生命中總是有內在聯繫的。「物化」，要聯繫着「道通為一」來講。「化」和「通」是了解莊子哲學重要的概念範疇：鯤可以化而為鵬，莊周可以化而為蝴蝶，在大化化育流行的過程中，個體生命在宇宙大生命中是不住地流通變通的。

和「莊周夢蝶」對比，我個人更欣賞「濠梁觀魚」的故事。我剛到大學教課時，因為課程的需要，除了老莊之外，教了五六年以上的邏輯，所以我對惠子與莊子的論辯，初讀時會注意兩者的論辯，哪一個比較合乎邏輯推論的程式。比如說我會覺得惠子的邏輯理路比較清晰，同時我也注意到他們的論辯好像火車軌道是平行的，而沒有交集的地方。後來我會進一步注意到他們的論辯，提出了哪些重要的哲學問題，比如說他們提出主體如何認識客體的問題，這雖然是哲學議題，但主客觀問題是重要的，也看出惠子是出於理性來看問題，而莊子則站在感性思維觀賞這世界。原先我認為在邏輯理路上莊子是流於詭辯，之後我慢慢體會到「請循其本」，應該不是我所說的「話題從頭解釋起」。莊子是站在從感性同通的角度來觀看事物，因此「本」是指從心、性、情的角度來觀看，乃是說人的情性可以相互交通的，與外物也是如此。

惠子與莊子遊於濠梁之上，「遊」是心境，「濠梁」是美景。以如此的心境，遨遊於如此美景，寄情託意，莊子看到小白魚，就說小白魚也很快樂。惠子則提出了一個非常重要的哲學問題：你怎麼知道小白魚是快樂的？說主體如何了解客體？主客體關係問題是莊、惠論辯中的一個重要的哲學議題，也是西方哲學中的一個重要問題。惠子從理性的角度來分析事物，莊子則是站在感性的角度來觀賞世界，兩個人的個性與世界觀本就不同。惠施的邏輯理路很清晰，但我又喜歡莊子感性「同」與「通」的美感情懷。

念哲學也好，念文學也好，彼此要互補。哲學系太重視理性與抽象思維，文學系更重視情感和形象思維。兩邊需要調節互補，讓情與理兼顧。我欣賞「異」，承認不同的人會有不同的智慧才性，要張揚個體的優點長處；但是另外一方面，我們也需要相互溝通，既能用惠施的理性去研討論文，又能用莊子的情感，彼此有更多的「同」、「通」精神。

（編者注：本書因篇幅所限，經文部分進行了精選刪節。為了讓讀者更好地了解《莊子》經典全貌，本書每篇之《本篇導讀》作出的是全篇的而非刪節篇導讀。）

內篇

逍遙遊

本篇導讀——

《逍遙遊》篇，主旨是說一個人當透破功名利祿、權勢尊位的束縛，而使精神活動臻於悠遊自在、無所掛礙的境地。

本篇可分為三章，首章起筆描繪一個廣大無窮的世界；次寫「小知不及大知」，點出「小大之辯」；接着寫無功、無名及破除自我中心，而與精神往來。第二章借「讓天下」寫去名去功，借「肩吾問連叔」一段寫至人無己的精神境界。篇末借惠施與莊子的對話，說到用大與「無用之用」的意義。

本篇也產生出許多膾炙人口的成語，如「鯤鵬展翅」、「鵬程萬里」、「凌雲之志」、「扶搖直上」、「一飛衝天」、「越俎代庖」、「勞而無功」、「大而無當」、「孟浪之言」、「不近人情」、「大相徑庭」、「心智聾盲」等等。

一

北冥有魚[1]，其名為鯤[2]。鯤之大，不知其幾千里也。化而為鳥，其名為鵬。鵬之背，不知其幾千里也。怒[3]而飛，其翼若垂天之雲[4]。是鳥也，海運[5]則將徙於南冥。南冥者，天池[6]也。

注釋

1 北冥（míng）：北海。冥：通「溟」，海。2 鯤（kūn）：大魚之名。3 怒：同「努」，振奮的意思。這裏形容鼓動翅膀。4 垂天之雲：形容天邊之雲。垂：猶邊。5 海運：海動，海動必有大風。6 天池：天然大池。

譯文

北海有一條魚，它的名字叫做鯤。鯤的巨大，不知道有幾千里。化成為鳥，它的名字叫做鵬。鵬的背，不知道有幾千里。奮起而飛，它的翅膀就像天邊的雲。這隻鳥，海動風起時就遷往南海。那南海，就是天然大池。

賞析與點評

《逍遙遊》的開篇別開生面，司徒空形容這段情境説：「天風狼狼，海山蒼蒼，精力彌漫，萬象在旁。」理解本段應側重在「遊」，在「放」，在「精神自由」。尼采曾經說：「不管我們到哪裏，自由與陽光都繞着我們。」莊子「逍遙遊」正是高揚的自由自在的精神活動。莊子運用擬人化的藝術手法創造鯤化鵬飛的寓言，喻示着人生歷程中如鯤一般在溟海中深蓄厚養，經年累月的積厚之功轉化生命的氣質。在生命氣質由量變到質變的轉化過程中，主體不斷地發揮能動性（怒而飛），掌握客觀的時機趁勢而起（海運、六月息）。「鵬程萬里」就是預示着精神生命的層層超越，層層遞進，以臻於宇宙視野。

《齊諧》[1]者，志怪者也。《諧》之言曰：「鵬之徙於南冥也，水擊[2]三千里，摶扶搖[3]而上者九萬里，去以六月息者也[4]。」野馬也，塵埃也，生物之以息相吹也[5]。天之蒼蒼，其正色邪？其遠而無所至極邪？其視下也，亦若是則[6]已矣。

注釋

1 齊諧：書名。出於齊國，記載詼諧怪異之事，文辭諧隱。2 水擊：通水激。意謂水激起三千里。3 摶（tuán）：當作「搏」，拍打。扶搖：海中飆風。4 去以六月息者也：乘着六月之風而去。「息」作「風」解，「去」指飛去南海。「六月息」即六月風。六月間的風最大，鵬便乘大風而南飛。5 野馬也，塵埃也，生物之以息相吹也：「野馬」指空中游氣。「塵埃」指空中游塵。「生物」，空中活動之物。6 則：而。

譯文

《齊諧》這本書，是記載怪異之事的。《諧》書上說：「當鵬遷往南海的時候，水花激起達三千里，翼拍旋風而直上九萬里高空，它是乘着六月大風而飛去的。」野馬般的游氣，飛揚的游塵，以及活動的生物被風相吹而飄動。天色蒼蒼茫茫，那是它的本色嗎？它的高遠是沒有窮極的嗎？大鵬往下看，也就是這樣的光景。

且夫水之積也不厚[1]，則其負大舟也無力。覆杯水於坳堂之上[2]，則芥[3]為之舟，置杯焉則膠[4]，水淺而舟大也。風之積也不厚，則其負大翼也無力。故九萬里則風斯在下矣，而後乃今培風[5]；背負青天而莫之夭閼者[6]，而後乃今將圖南。

注釋

1 且夫：開始語，提起將要議論的下文。2 坳（ào）堂之上：堂上凹處。3 芥：小草。4 膠：粘着。5 而後乃今：「而今乃後」的倒文。培風：憑風，乘風。6 莫之夭閼（yù）：無所窒礙。

譯文

水的積蓄不夠深厚，那就沒有足夠的力量負載大船。在堂前的窪地倒一杯水，那麼放一根小草可當作船，放上一隻杯子就膠着不動了，這是水淺而船大的緣故。

風的強度如果不大，那就沒有力量承負巨大的翅膀。所以鵬飛九萬里，那厚積的風就在它的下面，然後才乘着風力，背負青天而沒有阻礙，然後準備飛往南海。

蜩與學鳩笑之曰[1]：「我決起而飛[2]，搶榆枋[3]而止，時則不至而控[4]於地而已矣，奚以之九萬里而南為[5]？」適莽蒼者[6]，三飡而反[7]，腹猶果然[8]；適百里者，宿舂糧[9]；適千里者，三月聚糧。之二蟲又何知[10]！

注釋

1 蜩（tiáo）：蟬。學鳩：小鳩。2 決起而飛：奮起而飛，盡力而飛。決起：不遺餘力，即上文的「怒而飛」。3 搶：撞，碰到。榆、枋：兩種小樹名。4 控：投。5 以：用。為：語助詞。6 莽蒼：一片蒼色草莽的郊野。7 三飡而反：「飡」（cān）同「餐」。「反」同「返」。8 果然：飽然。9 宿舂糧：舂字倒裝在下，讀作「舂宿糧」。舂擣糧食，為過一夜做準備。10 之：此。二蟲：指蜩與學鳩。

譯文

蟬和小鳩譏笑大鵬說：「我盡全力而飛，碰上榆樹和檀樹就停下來，有時飛不上去而投落地就是了，何必要飛九萬里而往南海去呢？」到郊野去的，只帶三餐糧食而當天回來，肚子還飽飽的；到百里以外的地方，要準備一宿的糧食；到千里以外的地方的，就要預備三個月的口糧。這兩隻蟲鳥又哪裏知道呢？

賞析與點評

由鯤潛而鵬飛的歷程，正如尼采在《衝創意志》中所說中的：「每一次人的提升都會帶來較狹隘觀點的克服，每一次意志力的增加都會開拓新的觀點，並意味着開啟新的視野。」鯤化鵬飛，待時而動，待勢而起，層層超升，突破種種藩籬，使人心思遨遊於無限寬廣的宇宙（「遊於無窮者」），這是莊子式的「獨與天地精神往來」的生命境界。

林雲銘《莊子因》說：「『大』字是一篇之綱。」莊子由「大心」的鯤鵬寓言引出「蓬心」的蜩與學鳩。學鳩式的「蓬心」囿於一方的狹隘的心靈來看問題，有如柏拉圖的「洞穴比喻」中所講的一群囚徒的洞穴之見，亦如培根所講的四種需要破除的「偶像觀點」。蜩與學鳩根本無法理會小角落之外的大天地，故而莊子評論說「之二蟲又何知」。

小知不及大知[1]**，小年不及大年**[2]**。奚以知其然也？朝菌不知晦朔**[3]**，蟪蛄不知**

春秋[4]，此小年也。楚之南有冥靈者[5]，以五百歲為春，五百歲為秋；上古有大椿者[6]，以八千歲為春，八千歲為秋，此大年也。而彭祖乃今以久特聞[7]，眾人匹之[8]，不亦悲乎？

注釋

1 知：同「智」。2 年：年壽，壽命。3 朝菌：朝生暮死的蟲子。晦朔：月的終始，指一個月的時光。4 蟪蛄：寒蟬，春生夏死或夏生秋死。5 冥靈：溟海靈龜。6 大椿：大椿樹，傳說中的神樹。7 彭祖：傳說中有名的長壽人物，一說活了七百歲，一說活了八百歲。8 匹之：與他相比。匹，比。

譯文

小智不能匹比大智，壽命短的不能匹比壽命長的。怎麼知道是這樣呢？朝生暮死的蟲子不知道一個月的時光，春生夏死、夏生秋死的寒蟬，不知道一年的時光，這就是「小年」。楚國南邊有一隻靈龜，以五百年為一個春季，五百年為一個秋季；上古時代有一棵大椿樹，更以八千年為一個春季，八千年為一個秋季，這就是「大年」。彭祖到現在還以長壽而聞名於世，眾人都想比附他，豈不是很可悲嗎？

湯之問棘也是已[1]：「窮髮之北[2]，有冥海者，天池也。有魚焉，其廣數千里，未有知其修者[3]，其名為鯤。有鳥焉，其為名鵬，背若太山[4]，翼若垂天之雲；摶扶搖羊角而上者九萬里[5]，絕雲氣[6]，負青天，然後圖南，且適南冥也[7]。斥鴳笑之曰[8]：『彼且奚適也？我騰躍而上，不過數仞而下[9]，翱翔蓬蒿之間，此亦飛之至也！而彼且奚適也？』」此小大之辯也[10]。

注釋

1 棘：湯時賢人。2 窮髮：不毛之地。「髮」指草木。3 修：長。4 太山：作泰山，在山東泰安縣北。5 羊角：旋風。扶搖與羊角均為迴旋之風。6 絕：穿過。7 「且適南冥也」五字，應係後人誤入正文，當刪。8 斥鴳（yàn）：指池澤中小麻雀。斥：池，小澤。鴳：即雀。9 仞：周人以七尺為一仞。10 辯：通「辨」，辨者別也。本書多借「辯」為「辨」。

譯文

湯問棘也有這樣的話：

湯問棘說：「上下四方有極限嗎？」

棘說：「無極之外，又是無極！不毛之地的北方，有一個廣漠無涯的大海，就是天然的大池。那裏有一條魚，它的寬度有幾千里，沒有人知道它有多長，它的名字叫鯤。有隻鳥，它的名字叫做鵬，鵬的背像泰山，翅膀像天邊的雲，它乘着旋風而直上九萬里的高空，超絕雲氣，背負青天，然後向南飛翔。池澤中的小麻雀譏笑它說：『它要到哪裏去呢？我騰躍而上，不過幾丈就落下來，在蓬蒿叢中飛來飛去，這也是盡了飛躍的能事。而它究竟要飛到哪裏去呢？』」這就是小和大的區別。

故夫知效一官，行比[1]一鄉，德合一君而征一國[2]者，其自視也，亦若此矣[3]。而宋榮子[4]猶然[5]笑之。且舉世而譽之而不加勸，舉世而非之而不加沮，定乎內外之分，辯乎榮辱之境，斯已矣。彼其於世，未數數然[6]也。雖然，猶有未樹也。

注釋

1 比：猶庇，蔭也。2 德合一君而征一國：「而」為轉語。3 其自視也，亦若此矣：「其」指上述三等人，「此」指上文蜩鳩、斥鴳囿於一隅而沾沾自喜。4 宋榮子：為稷下早期人物，生當齊威、宣時代，大約是公元前四〇〇至前三二〇年間人，根據《天下》篇的記載，宋氏學派的思想要點是：倡導上下均平，去除人心的固蔽，是位傑出的反戰思想家。5 猶然：喜笑的樣子。6 數數然：汲汲然，急促的樣子。

譯文

有些人才智可以擔任一官的職守，行為可以順着一鄉的俗情，德性可以投合一君的心意而取得一國的信任，他們自鳴得意像麻雀一樣。而宋榮子不禁嗤笑他們。宋榮子能夠做到整個世界都誇讚他卻不感到奮勉，整個世界都非議他卻不感到沮喪。他能認定內我和外物的分際，辨別光榮和恥辱的界限。就這樣罷了！他對世俗的聲譽並沒有汲汲去追求。雖然這樣，但他還有未曾樹立的。

夫列子[1]御風而行，泠然[2]善也，旬有五日而後反[3]。彼於致福者，未數數然也。此雖免乎行，猶有所待[4]者也。若夫乘天地之正[5]，而御六氣之辯[6]，以遊無窮者，彼且惡乎待哉[7]！故曰：至人無己[8]，神人無功，聖人無名。

注釋

1 列子：列禦寇，春秋時代鄭國思想家。《列子‧黃帝》、《尸子》、《韓非子》、《呂氏春秋》、《戰國策》等先秦典籍都曾記載有列子御風而行的故事及列子其他言行。2 泠(líng)然：飄然，輕妙之貌。3 反：同「返」。4 有所待：有所依待，即有所拘束，致精神不得自主，心靈不得安放。5 乘天地之正：順萬物之性，即自然之道。6 六氣之辯：六氣的變化。7 惡乎待哉：有甚麼依待的呢？8 無己：意指沒有偏執的我見，除去自我中心；即揚棄為功名束縛的小我，而臻至與天地精神往來的境界。

譯文

列子乘風漫遊，輕巧極了，過了十五天而後回來。他對於求完善的事，並沒有汲汲去追求。這樣雖然可以免於步行，但畢竟有所依待。若能順着自然的規律，而把握六氣的變化，以遊於無窮的境域，他還有甚麼依待的呢！所以說，「至人無己」、「神人無功」、「聖人無名」。

賞析與點評

大鵬積厚圖南的高遠心志，卻引來俗世中自得於一方的人所譏笑，因而莊子補充一段蜩與學鳩的寓言，說明在人生的歷程中，長途跋涉者，需有豐厚的聚糧。「小知不及大知，小年不及大年」一段，正是「讓人把胸襟識見，擴充一步」，接着莊子又作出「此小大之辯」的結語，指出境界有高低，彼此在價值判斷上亦即其懸殊。

「至人無己」所表徵的理想人格，按照《天運》的表述，至人過着質樸簡易的物質生活（「食於苟簡之田」），且心神持着自得自在的情狀（「以遊逍遙之墟」），而所謂「采真之遊」，意即保持真性的遨遊，翱翔於真情實性的遊心之境。徐復觀說：「莊子的『無己』，讓自己的精神，從形骸中突破出來，而上升到自己與萬物相通的根源之地。」

莊子所追求的理想人格，無論是「真人」、「至人」、「神人」，都帶有濃厚的道德境界和審美意境的風格。方東美先生說「莊子同一般世俗的英雄不同，他所謂的真人、至人、神人，並沒有這種精神的優越感，也沒有這種『小我』的觀點；也就是說他並沒有劃一道鴻溝，把自己和宇宙隔開來，把自己和一般人隔開來，這就是『至人無己、神人無功、聖人無名』！」

二

堯讓天下[1]於許由[2]，曰：「日月出矣，而爝火[3]不息，其於光也，不亦難乎！時雨降矣，而猶浸灌[4]，其於澤也，不亦勞乎！夫子立[5]而天下治，而我猶尸之[6]，吾自視缺然[7]。請致天下。」許由曰：「子治天下，天下既已治也，而我猶代子，吾將為名乎？名者實之賓也[8]，吾將為賓乎？鷦鷯[9]巢於深林，不過一枝；偃鼠[10]飲河，不過滿腹。歸休乎君！予無所用天下為。庖人雖不治庖，尸祝[11]不越樽俎[12]而代之矣。」

注釋

1 堯讓天下：堯，儒家理想的聖王。2 許由：傳說中人物，隱士。3 爝（jué）火：小火。4 浸灌：浸潤灌溉的意思。5 立：「位」字。6 尸：主。7 缺然：歉然。8 名者實之賓也：名是實的賓位。9 鷦鷯（jiāoliáo）：小鳥，俗稱「巧婦鳥」。10 偃（yǎn）鼠：一名隱鼠，又名鼴鼠，即田野地行鼠。11 尸祝：對神主掌祝的人；即主祭的人。12 樽（zūn）俎（zǔ）：指廚事。樽：酒器，俎：肉器。

譯文

堯把天下讓給許由，說：「日月都出來了，而火燭還不熄滅，要和日月比光，不是很難麼！及時雨都降落了，還在挑水灌溉，這對於潤澤禾苗，豈不是徒勞麼！先生一在位，天下便可安定，而我還佔着這個位子，自己覺得很慚愧，請容我把天下讓給您。」許由說：「您治理天下，天下已經安定了。而我還來代替您，我難道為着名嗎？名是實的賓位，我難道為着求賓位嗎？小鳥在深林裏築巢，所需不過一枝；偃鼠到河裏飲水，所需不過滿腹。您請回吧！我要天下做甚麼呢？廚子雖不下廚，主祭的人也不越位代他來烹調。」

肩吾問於連叔曰[1]：「吾聞言於接輿[2]，大而無當，往而不返。吾驚怖其言，猶河漢而無極也，大有逕庭[3]，不近人情焉。[4]」連叔曰：「其言謂何哉？」「曰：『藐[5]姑射之山[6]，有神人居焉。肌膚若冰雪，綽約[7]若處子[8]；不食五穀，吸風飲露；乘雲氣，御飛龍，而遊乎四海之外[9]；其神凝[10]，使物不疵癘[11]而年穀熟。』吾

以是狂[12]而不信也。」連叔曰：「然，瞽者[13]無以與乎文章之觀，聾者無以與乎鐘鼓之聲。豈唯形骸有聾盲哉？夫知亦有之。是其言也[14]，猶時女[15]也。之人也，之德也，將旁礴萬物以為一[16]，世蘄乎亂[17]，孰弊弊焉以天下為事！之人也，物莫之傷，大浸稽天[18]而不溺，大旱金石流、土山焦而不熱。是其塵垢粃糠，將猶陶鑄堯、舜者也，孰肯〔分分然〕以物為事！」

注釋

1 肩吾問於連叔：肩吾、連叔，古時修道之士。歷史上是否有其人，已不可考。2 接輿：楚國隱士。《高士傳》記載說他姓陸名通，字接輿。《論語・微子》曾記錄過他的言行。這裏作為莊子筆下的理想人物。3 大有徑庭：太過度、太離題。徑：門外路。庭：堂前地。4 不近人情：不附世情；言非世俗所常有。5 藐：遙遠的樣子。6 姑射（yè）之山：神話中的山名。7 綽（chuò）約：輕盈柔美。8 處子：處女。9 乘雲氣，御飛龍，而遊乎四海之外：謂與天地精神往來。10 神凝：精神專注。11 疵癘（cīlì）：疾災。12 狂：借為「誑」。13 瞽（gǔ）者：沒有眼珠的瞎子。14 是其言：指上文「心智亦有聾盲」幾句話。15 時女：指肩吾。時：同「是」。女：同「汝」。16 旁礴：猶混同。一說廣被之意。17 世蘄（qí）乎亂：意指世人爭功求名，紛紛擾擾；黨派傾軋，勾心鬥角，所以說求亂不已。18 大浸稽天：大水滔天。浸：水。稽：及。

譯文

肩吾問連叔說：「我聽接輿談話，言語誇大不着邊際，一發議論便不可收拾。我驚駭他的言論，好像銀河一般漫無邊際；和常理差別太大，不合世情。」

連叔說：「他說了甚麼呢？」

肩吾說：「他說：『在遙遠的姑射山上，住了一位神人，肌膚有若冰雪一般潔白，容態有如處女一般柔美；不吃五穀，吸清風飲露水；乘着雲氣，駕馭飛龍，而遨遊於四海之外。他的精神凝聚，使物不受災害，穀物豐熟。』我認為是發誑言，所以不以為信。」

連叔說：「當然啦，『瞎子無法和他共賞文采的美觀；聾子無法和他共賞鐘鼓的樂聲。豈只是形骸有聾有瞎呢？心智也有的啊。』——這個話，就是指你而言的呀。那個神人，他的德量，廣被萬物合為一體，人世喜紛擾，他怎肯勞形傷神去管世間的俗事呢！這種人，外物傷害不了他，洪水滔天也不會被溺斃，大旱使金石熔化、土山枯焦而他不會感到熱。他的塵垢粃糠，也可以造就堯舜，他怎肯紛紛擾擾以俗物為務呢！」

賞析與點評

《逍遙遊》描繪神人的形象，卻意在寫心。形的巨大乃是用來襯托出心的寬廣，本段「旁礴萬物以為一」正是描述至人的開放心靈、神人的廣闊心胸。

在這段對話式的寓言中，「心」字未及一見，卻筆觸所及，處處在暗寫心神的靈妙作用。如「其神凝」是在寫心神的專注，「乘雲氣，御飛龍，而遊乎四海之外。」則是寫心思的自由奔放。「豈唯形骸有聾盲哉？夫知亦有之」這由形體的殘缺引出心智的殘缺，並藉由心知的盲者、精神的聾子，對比反差地描述另一種身心康泰的神人具有「旁礴萬物」的開闊心胸。莊子運用浪漫主義超越現實的藝術手法，意在超越物質形相的拘束，以突破現實中的種種藩籬。

宋[1]人資章甫[2]而適諸越[3]，越人斷髮文身，無所用之。堯治天下之民，平海內之政，往見四子[4]藐姑射之山，汾水之陽[5]，窅然[6]喪其天下焉。

注釋

1 宋：今河南睢縣。殷後，微子所封。2 資章甫：「資」，貨，賣。「章甫」，殷冠。3 諸越：今浙江紹興一帶。越人自稱「於越」。4 四子：舊注指王倪、齧缺、被衣、許由。這是寓言，不必指特定的人物。5 汾水之陽：汾水出太原。「陽」指水的北面。6 窅（yǎo）然：猶悵然，茫茫之意。

譯文

宋國人到越國去販賣帽子，越國人剪光頭髮，身刺花紋，用不着它。堯治理天下的人民，安定海內的政事，前往遙遠的姑射山上，汾水的北面，拜見四位得道之士，不禁茫然忘其身居天下之位。

三

惠子謂莊子曰[1]：「魏王貽我大瓠之種[2]，我樹之成而實五石[3]。以盛水漿，其堅不能自舉也；剖之以為瓢，則瓠落無所容[4]。非不呺然大也[5]，吾為其無用而掊之。」莊子曰：「夫子固拙於用大矣。宋人有善為不龜手之藥者[6]，世世以洴澼絖為事[7]。客聞之，請買其方百金。聚族而謀曰：『我世世為洴澼絖，不過數金。今一朝而鬻技百金[8]，請與之。』客得之，以說吳王[9]。越有難[10]，吳王使之將。冬，與越人水戰，大敗越人，裂地而封之。能不龜手一也，或以封，或不免於洴澼絖，則所用之異也。今子有五石之瓠，何不慮以為大樽[11]而浮乎江湖，而憂其瓠落無所容？則夫子猶有蓬之心[12]也夫！」

注釋

1 惠子：姓惠名施，宋人，做過梁惠王的宰相，是莊子的好朋友。他認為萬物流變無常，因此一個東西不可能有相當固定的時候。他還認為任何東西的性質都是相對的，因此事物之間也沒有絕對的區別。他用詭論的方式說明天地萬物是一體的。惠施的著作沒有流傳下來，本書中多次記述他與莊子在觀點上的論辯。2 魏王：魏惠王，因魏都遷大梁，所以又稱梁惠王。瓠（hù）：葫蘆。3 石（dàn）：一百二十斤。4 瓠落無所容：指瓢太大無處可容。瓠落：猶廓落，大。5 呺（xiāo）然：虛大的樣子。6 龜（jūn）：氣候嚴寒，手皮凍裂如龜紋。7 洴（píng）澼（pì）絖（kuàng）：漂洗絲絮。8 鬻（yù）技：出賣製藥的技方。9 說（shuì）：遊說。10 越有難：越國兵難侵吳。難：難事，指軍事行動。11 慮：猶結綴，即縛繫之意。樽：南人所謂腰舟。12 蓬之心：喻心靈茅塞不通。

譯文

惠子對莊子說：「魏王送給我一棵大葫蘆種子，我種植它成長而結出果實有五石之大；用它盛水，它的堅固程度卻經不起自身所盛水的壓力；把它割開來做瓢，則瓢大無處可容。不是不大，我認為它沒有用處，就把它打碎了。」

莊子說：「你真是不善於使用大的東西啊！有個宋國人善於製造不龜裂手的藥物，他家世世代代都以漂洗絲絮為業。有個客人聽說這種藥品，願意出百金收買他的藥方。於是聚合全家來商量說：『我家世世代代以漂洗絲絮為業，只得到很少的錢，現在一旦賣出這個藥方就可以獲得百金，就賣了吧！』這個客人得到藥方，便去遊説吳王。這時越國犯難，吳王就派他將兵，冬天吳軍與越軍水戰，大敗越人，於是割地封賞他。同樣一個不龜裂手的藥方，有人因此得到封賞，有人卻只是用來漂洗絲絮，這就是使用方法的不同。現在你有五石容量的葫蘆，為甚麼不繫着當作腰舟而浮游於江湖之上，反而擔憂它太大無處可容呢？可見你的心還是茅塞不通啊！」

惠子謂莊子曰：「吾有大樹，人謂之樗[1]。其大本擁腫[2]而不中繩墨，其小枝卷曲而不中規矩。立之塗，匠者不顧。今子之言，大而無用，眾所同去也。」莊子曰：「子獨不見狸狌乎[3]？卑身而伏，以候敖者[4]；東西跳梁[5]，不辟高下[6]；中於機辟[7]，死於罔罟[8]。今夫斄牛，其大若垂天之雲，此能為大矣，而不能執鼠。今子有大樹，患其無用，何不樹之於無何有之鄉，廣莫之野，彷徨乎無為其側[9]，逍遙乎寢臥其下[10]？不夭斤斧，物無害者，無所可用，安所困苦哉！

注釋

1 樗（chū）：落葉喬木，木材皮粗質劣。2 擁腫：指木瘤盤結。3 狸狌（shēng）：俗名黃鼠狼。狸：貓。狌：鼬鼠。4 敖者：遨翔之物，指雞鼠之類。5 跳梁：猶走躑。6 辟：同「避」。7 機辟：捕獸器。8 罟（gǔ）：網。9 彷徨：徘徊，遊衍自得。10 逍遙：悠遊自在。

譯文

惠子對莊子說：「我有一棵大樹，人們都叫它樗。它的樹幹木瘤盤結而不合繩墨，它的小枝彎彎曲曲而不合規矩。生長在路上，匠人都不看它。現在你的言論，大而無用，大家都拋棄。」莊子說：「你沒有看見貓和黃鼠狼嗎？卑伏着身子，等待出遊的小動物；東西跳躍掠奪，不避高低；往往踏中機關，死於羅網之中。再看那犛牛，龐大的身子好像天邊的雲，雖然不能捉老鼠，但它的功能可大了。現在你有這麼一棵大樹，卻愁它無用，為甚麼不把它種在虛寂的鄉土，廣漠的曠野，任意地徘徊在樹旁，自在地躺在樹下。不遭到斧頭的砍伐，沒有東西來侵害它，無所可用，又會有甚麼禍害呢？」

賞析與點評

「逍遙」為「遊」之寫狀，「遊」乃主體「自得」、「自適」之心境，《逍遙遊》崇尚的是思想自由和精神自由。然而，莊子的「逍遙」並非在空想的高塔上乘涼，他的「逍遙」可說是寄沉痛於悠閒，其生命底層憤激之情其實是波濤洶湧的。

篇末一句「安所困苦哉！」這話透露出莊子那時代生存環境的訊息，莊子借「狸狌」的跳躍，暗寫當世知識份子活動的遭遇，生動地描寫了知識份子的言行活動，終於導致「中於機辟，死於罔罟」的悲慘結局。

本篇主題可以用「遊心」來概括——「若夫乘天地之正，而御六氣之辯，以遊無窮者。」「以遊無窮」即是「遊心於無窮」，莊子運用浪漫主義的文風描繪心靈遊放於無所羈繫的天地境界。

齊物論

本篇導讀——

《齊物論》篇，主旨是肯定一切人與物的獨特意義內容及其價值。齊物論，包括齊、物論（即人物之論平等觀）與齊物、論（即申論萬物平等觀）。全篇共分七章：第一章，劈頭提示「吾喪我」的境界，「喪我」即去除「成心」（成見）、揚棄我執、打破自我中心。接着寫「三籟」，述自然音響。第二章，評「百家爭鳴」——學派間的爭論，以至眾人役役，迷失自我。第三章，指出學派辯論、人物爭論，乃由「成心」作祟，因此產生種種主觀的是非爭執、意氣之見，因而提出「以明」的認識方法。並申論事物的相對性與流變性，以及價值判斷的相對性與流變性，因而提出「照之於天」的認識態度。第四章，歸結到「道通為一」；各家各派所見，不是宇宙之全，不是物如之真，只是主觀給予外界的偏見。再提出「以明」的認識方法。第五章，再度申說「天地與我並生，而萬物與我為一。」第六章，例舉三個寓言故事，引申前義。第一個故事

「堯問舜」一段，寫自我中心之排他性和開放心靈之涵容性的不同。第二個故事「齧缺問乎王倪」一段，提出「萬物有沒有共同的標準」，申說價值標準不定於一處，並指出人群習於「人類自我中心」之非。第三個故事「瞿鵲子問乎長梧子」一段，描述體道之士的死生一如觀及其精神境界。篇末第七章，例舉二則寓言「罔兩問景」一段，喻「無待」之旨。「莊周夢蝶」一段，寫「物化」之旨。

許多有名的成語出自本篇，如「槁木死灰」、「萬竅怒號」、「狙公賦芧」、「朝三暮四」、「十日並出」、「栩栩如生」、「妄言妄聽」、「存而不論」、「心如死灰」、「恢恑憰怪」、「沉魚落雁」。

一

南郭子綦[1]隱机而坐[2]，仰天而噓[3]，荅焉[4]似喪其耦[5]。顏成子游[6]立侍乎前，曰：「何居乎[7]？形固可使如槁木，而心固可使如死灰乎[8]？今之隱机者，非昔之隱机者也。」子綦曰：「偃，不亦善乎，而問之也！今者吾喪我[9]，汝知之乎？汝聞人籟而未聞地籟，汝聞地籟而未聞天籟夫[10]！」子游曰：「敢問其方。」子綦曰：

「夫大塊[11]噫氣[12]，其名為風。是唯無作，作則萬竅怒呺[13]。而獨不聞之翏翏乎[14]？山陵之畏佳[15]，大木百圍之竅穴，似鼻，似口，似耳，似枅[16]，似圈[17]，似臼，似洼[18]者，似污[19]者。激者[20]、謞者[21]、叱者、吸者、叫者、譹者[22]、宎者[23]、咬者[24]。前者唱於而隨者唱喁，泠風[25]則小和，飄風則大和，厲風濟[26]則眾竅為虛。而獨不見之調調之刁刁乎[27]」子游曰：「地籟則眾竅是已，人籟則比竹是已[28]敢問天籟？」子綦曰：「夫天籟者，吹萬不同，而使其自己也，咸其自取[29]，怒者其誰邪[30]？」

注釋

1 南郭子綦（qí）：子綦，人名。住在城郭南端，因以為號。蓋莊子寓託的得道者。2 隱机：憑几坐忘。隱：憑，倚。机：今本作「几」。3 噓：吐氣為噓，緩吐出氣，並非歎息。4 荅（dá）焉：相忘的樣子。5 似喪其耦：謂似忘我與物之相對。「喪」，失，猶忘。「耦」作「偶」，即匹對。通常解釋為精神與肉體為偶，或物與我為偶。「似喪其耦」即意指心靈活動不為形軀所牽制，亦即指精神活動超越於匹對的關係而達到獨立自由的境界。6 顏成子游：南郭子綦的弟子，複姓顏成，名偃，字子游。7 何居：何故。8 而：同「爾」，汝。9 吾喪我：摒棄我見。「喪我」的「我」，指偏執的我。「吾」指真我。由「喪我」達到「忘我」、臻於萬物一體的境界。10 汝聞人籟而未聞地籟，汝聞地籟而未聞天籟夫：「籟」即簫，這裏指空虛地方發出的聲響。「人籟」

是人吹簫管發出的聲響，譬喻無主觀成見的言論。「地籟」是指風吹各種竅孔所發出的聲音，「天籟」是指各物因其各己的自然狀態而自鳴。可見三籟並無不同，它們都是天地間自然的音響。11 **大塊**：大地。12 **噫氣**：吐氣出聲。13 **号**（háo）：借為「號」，吼叫。14 **翏翏**（liáo）：長風聲。15 **山陵之畏隹**（cuī）：「畏隹」讀作「嵔崔」，形容山勢的高下盤回。16 **枅**（jī）：柱上方木。17 **圈**：杯圈；圓竅。18 **洼**：深池，指深竅。19 **污**：小池，指淺竅。上文「似鼻，似口，似耳，似枅，似圈，似臼，似洼者，似污者」都是形容眾竅的形狀。20 **激**：水激之聲。一説借為「噭」，吼，噭。21 **謞**（xiào）：若箭去之聲。22 **譹者**：若嚎哭聲。23 **宎**（yǎo）**者**：像風吹到深谷的聲音。24 **咬者**：哀切聲。「激者、謞者、叱者、吸者、叫者、譹者、宎者，咬者」都是形容竅穴發出的聲音。25 **冷風**：小風。26 **厲風濟**：烈風止。濟：止。27 **調調、刁刁**：皆動搖貌。「調調」指樹枝大動。「刁刁」指樹葉微動。28 **比竹**：簫管之類、笙簧之類。29 **使其自己也，咸其自取**：意指使它們自己發出千差萬別的聲音，乃是各個竅孔的自然狀態所致。30 **怒者其誰邪**：發動者還有誰呢？這話指萬竅怒號乃是自取而然的，並沒有其他的東西來發動它們。

譯文

南郭子綦靠着几案而坐，仰頭向天緩緩地呼吸，進入了超越對待關係的忘我境界。顏成子游侍立在跟前，問說：「怎麼一回事呀？形體安定固然可以使它像乾枯的枝木，心靈寂靜固然可以使它像熄滅的灰燼嗎？你今天憑案而坐的神情和從前憑案而坐的神情不一樣。」

子綦回答說：「偃，你問的正好！今天我摒棄了偏執的我，你知道嗎？你聽說過『人籟』，但不一定聽說過『地籟』，你聽說過『地籟』，而沒有聽說過『天籟』吧！」

子游說：「請問三籟的究竟？」

子綦說：「大地呼出的氣，叫做風。這風不發作則已，一發作則萬種不同的竅孔都怒號起來。你沒有聽過長風呼嘯的聲音嗎？山陵中高下盤回的地方，百圍大樹上的竅穴，有的像鼻子，有的像嘴巴，有的像耳朵，有的像樑上的方孔，有的像杯圈，有的像舂臼，有的像深池，有的像淺窪。（這些竅穴中發出的聲音）有的像湍水激流的聲音，有的像羽箭發射的聲音，有的像叱咄的聲音，有的像呼吸的聲音，有的像喊叫的聲音，有的像號哭的聲音，有些像深谷發出的聲音，有的像哀切感歎的聲音。前面的風聲嗚嗚地唱着，後面的竅孔就呼呼地和着。小風則相和的聲音小，大風則相和的聲音大。大風吹過後，則所有的竅穴就虛寂無聲。你不見草木還在搖搖曳曳地擺動嗎！

子游說：「『地籟』是各種孔洞發出的風聲，『人籟』則是竹簫發出的聲音，請問『天籟』是甚麼？」

子綦說：「所謂天籟，乃是風吹萬種竅穴發出各種不同的聲音，使這些聲音之所以千差萬別，乃是由於各個竅孔的自然形態所致，鼓動它們發聲的還有誰呢？」

賞析與點評

本段主旨在「心境」，由破除偏執成心的小我（「喪我」），而呈現「萬物與我為一」的大我（「吾」）之精神境界。「眾竅為虛」，對應後文「莫若以明」，正是心境虛明的寫照。虛靈明覺的人心（「眾竅為虛」），對發出的言論慧見，雖參差不齊（「吹萬不同」），卻有如聆聽天地間發出的自然聲響一般，交織會通而成一首和諧的交響曲。

二

大知閑閑，小知閒閒[1]；大言炎炎[2]，小言詹詹[3]。其寐也魂交[4]，其覺也形開[5]。與接為構[6]，日以心鬭。縵者，窖者，密者[7]。小恐惴惴[8]，大恐縵縵[9]。其發若機栝[10]，其司是非之謂也[11]；其留如詛盟[12]，其守勝之謂也；其殺若秋冬[13]，以言其日消也[14]；其溺之所為之，不可使復之也[15]；其厭也如緘[16]，以言其老洫也[17]；近死之

心，莫使復陽也[18]。喜怒哀樂，慮歎變慹[19]，姚佚啟態[20]。樂出虛，蒸成菌[21]。日夜相代乎前，而莫知其所萌。已乎，已乎！旦暮得此[22]，其所由以生乎！

注釋

1 **大知閑閑，小知閒閒**：「閑閑」指廣博之貌。「閒閒」指細別的樣子。2 **炎炎**：氣焰盛人。3 **詹詹**：言辯不休。4 **魂交**：精神交錯。5 **形開**：指形體不寧。6 **與接為搆**：與外界接觸，發生交構。7 **縵者、窖者、密者**：「縵」通「慢」，引申為遲緩之義。「窖」，設下圈套。「密」即謹密。8 **惴惴**（zhuì）：憂懼的樣子。9 **縵縵**：迷漫失神，驚魂失魄的神情。10 **其發若機栝**（kuò）：形容辯者驟然發言，速度之快有如飛箭一般。栝：箭栝。11 **其司是非之謂也**：「司」同「伺」。12 **其留如詛盟**：形容心藏主見不肯吐露，好像咒過誓一樣。13 **殺**（shài）：猶「衰」，喻凋萎。14 **日消**：指天真日喪。15 **其溺之所為之，不可使復之也**：沉溺於所為，無法恢復真性。16 **其厭也如緘**：形容心靈閉塞，如受緘縢束縛。厭：塞，閉藏。緘：縢篋。17 **老洫**（xù）：謂老朽枯竭。洫：枯竭。18 **莫使復陽**：不能再恢復生意。19 **慮歎變慹**（zhé）：憂慮、感歎、反復、怖懼。形容辯者們的情緒反應。20 **姚佚啟態**：浮躁、放縱、張狂、作態。形容辯者們的行為樣態。21 **樂出虛，蒸成菌**：樂聲從虛器中發出來，菌類由地氣的蒸發產生。22 **此**：指上述各種反覆無常的情態。

譯文

大知廣博，小知精細；大言氣焰盛人，小言則論辯不休。他們睡覺的時候精神交錯，醒來的時候形體不寧。和外界接觸糾纏不清，整天勾心鬥角。有的出語遲緩，有的發言設下圈套，有的用辭機謹嚴密。小的恐懼垂頭喪氣，大的恐懼失魂落魄。他們有時發言就像放出利箭一般，專心窺伺別人的是非來攻擊；他們不發言的時候就好像咒過誓約一樣，只是默默不語等待致勝的機會；他們衰頹如同秋冬景物凋零，這是說他們一天天地在消毀；他們沉溺於所作所為當中，無法使他們再恢復生意；他們心靈閉塞如同被繩索束縛，這是說愈老愈不可自拔；走向死亡道路的心靈，再也沒有辦法使他們恢復活潑的生氣了。他們時而欣喜，時而憤怒，時而悲哀，時而快樂，時而憂慮，時而嗟歎，時而反覆，時而怖懼，時而浮躁，時而放縱，時而張狂，時而作態；好像音樂從虛器中發出來，又像菌類被地氣蒸發出來的一樣。這種種情緒和心態日夜在心中交侵不已，但不知道它們是怎樣發生的。算了吧，算了吧！旦暮之間，豈能找出這些情態變化所以產生的根由呢！

賞析與點評

本段莊子以「大知閑閑，小知閒閒」來說明世俗的人以「成心」的作用，在「日以心鬬」

的過程中，將自身的生命陷溺於「是其所非而非其所是」的言論爭鬥，而以師心自用，將自己和他人的世界割裂開來，而造成人與人之間的隔閡與斷裂。由「成心」說到「小成」，再說到「莫若以明」，也就是要人去除成見、摒棄私意，透過虛靜的工夫，使心靈達到空明之境——這「以明」之心能無所偏執地觀照外在的實況。

虛明的心境即是以「照之於天」去認識宇宙中的所有事物，這種不帶有主觀性的認識，能撤除「成心」所構作的主觀成見，而直接以開放的心靈去照見事物的本真情狀，正如宗白華在《美學散步》中所說的「如實地反映多彩的世界」。

非彼無我[1]，非我無所取[2]。是亦近矣，而不知其所為使。若有真宰[3]，而特不得其眹[4]。可行已信[5]，而不見其形，有情而無形[6]。百骸、九竅、六藏[7]，賅而存焉，吾誰與為親？汝皆說之乎[8]？其有私焉[9]？如是皆有為臣妾乎？其臣妾不足以相治乎？其遞相為君臣乎？其有真君存焉[10]！如求得其情與不得，無益損乎其真。一受其成形，不亡以待盡[11]。與物相刃相靡[12]，其行盡如馳而莫之能止[13]，不亦悲乎？終身役役而不見其成功，苶然疲役而不知其所歸[14]，可不哀邪！人謂之不死，奚益！其形化，其心與之然，可不謂大哀乎？人之生也，固若是芒乎[15]？其我獨芒，

而人亦有不芒者乎？夫隨其成心[16]而師之[17]，誰獨且無師乎[18]？奚必知代而心自取者有之[19]？愚者與有焉！未成乎心而有是非，是今日適越而昔至也[20]。是以無有為有。無有為有，雖有神禹且不能知，吾獨且奈何哉！

注釋

1 非彼無我：「彼」即上之此，指上述各種情態。2 非我無所取：「取」，資。3 真宰：即真心，身的主宰，亦即真我。4 眹（zhèn）：徵兆，端倪。5 可行已信：可通過實踐來驗證。6 有情而無形：「情」，實。謂有真實存在而不見其形。7 六藏（zàng）：「藏」，通「臟」。心、肝、脾、肺、腎稱為五臟。腎有兩臟，所以又合稱六臟。8 說：同「悅」。9 私：偏愛。10 真君：與「真宰」同義，真心，真我。11 不亡以待盡：不中途亡失，言一旦秉承天地之氣成形，便要不失其真性以盡天年。12 相靡：「靡」今作「磨」。13 其行盡如馳：「盡」通「進」。14 苶（nié）然：疲病困之狀。15 芒：茫昧，迷糊。16 成心：成見之心。17 師：取法。18 誰獨且無師乎：「且」，語助詞。19 知代：「代」，指自然變化之相代。20 今日適越而昔至也：今天到越國去而昨天就已經到了。意思是說：沒有成心是不會有是非的，即是說，人的是非，都是由於成心先已形成。

譯文

沒有種種情態就沒有我，沒有我那它就無從呈現。我和它是近似的，但不知道是由甚麼東西指使的。仿佛有「真宰」，然而又尋不到它的端倪；可以通過實踐來驗證；雖然看不見它的形體，它本是真實存在而不具形象的。百骸、九竅和六臟，都完備地存在我的身上，我和哪一部分最親近呢？你都一樣地喜歡它們嗎？還是有所偏愛呢？如果同等看待，那麼都把它們視為臣妾嗎？難道僕從就誰也不能支配誰嗎？難道它們是輪流做主僕嗎？或許有「真君」存在其間呢？無論求得真君的真實情況與否，對它本身的真實存在都不會有甚麼影響。人一旦稟受成形體，便要不失其真性以盡天年，和外物相互摩擦，馳騁追逐於其中，而不能止步，這不是很可悲的嗎！終生勞勞碌碌而不見得有甚麼成就，疲憊困苦不知道究竟是為甚麼，這不是很可悲的嗎！這樣的人生雖然不死，但又有甚麼意思呢！人的形體逐漸枯竭衰老，人的精神又困縛於其中隨之消毀，這可不是莫大的悲哀嗎？人生在世，本來就是這樣的昏昧嗎？難道只有我一個人這樣地昏昧，而別人也有不昏昧的呢？如果依據自己的成見作為判斷的標準，那麼有誰沒有一個標準呢？何必一定要了解自然變化之理而心有見地的人？就是愚人也同樣會有的！如果說還沒有成見時就已經存有是非，那就好比「今天去越國而昨天就已經到了」。這種說法是把沒有當作有。如果要把沒有看成有，就是神明的大禹，尚且無法理解，我又有甚麼辦法呢！

三

夫言非吹也[1]。言者有言，其所言者特未定也[2]。果有言邪？其未嘗有言邪？其以為異於鷇音[3]，亦有辯乎[4]？其無辯乎？道惡乎隱而有真偽？言惡乎隱而有是非？道惡乎往而不存？言惡乎存而不可？道隱於小成[5]，言隱於榮華[6]。故有儒墨之是非，以是其所非而非其所是[7]。欲是其所非而非其所是，則莫若以明[8]。

注釋

1 言非吹也：言論和風吹不同。意指言論出於成見，風吹乃發於自然。2 言者有言，其所言者特未定也：猶謂辯者各有所說，但其說者尚不足為定準。3 鷇（gòu）音：鷇，初生之鳥。幼鳥將破殼而出時發出的叫聲。4 辯：通「辨」，別。5 小成：片面的成就，指局部認識所得的成果。6 言隱於榮華：言論被浮華之詞所蔽。7 有儒墨之是非，以是其所非而非其所是：儒墨各家的是非爭論，他們各從自己的主觀成見出發，是對方的所非，非對方的所是。8 莫若以明：不如用明靜之心去觀照。

譯文

言論並不像風的吹動，發言的人議論紛紛，只不過他們所說的卻得不出個定準。這果真是發了言呢？還是不曾發言呢？他們都認為自己的發言不同於剛破殼而出的小鳥的叫聲，到底有分別呢？還是沒有分別呢？道是怎樣被隱蔽而有真偽的分別？言論是怎樣被隱蔽而有是非的爭辯？道如何出現而又不復存在呢？言論如何展現過而又不被承認呢？道是被小的成就隱蔽了，言論是被浮華之詞隱蔽了。所以產生了像儒家墨家的是非爭辯，他們各以對方所非為是，各以對方所是為非，如果肯定對方所非的而非議對方所肯定的，則不如以空明的心境去觀照事物本然的情形。

物無非彼，物無非是[1]。自彼則不見，自是則知之[2]。故曰：彼出於是，是亦因彼，彼是方生之說也[3]。雖然，方生方死，方死方生[4]；方可方不可，方不可方可[5]；因是因非，因非因是[6]。是以聖人不由而照之於天[7]，亦因是也[8]。是亦彼也，彼亦是也。彼亦一是非，此亦一是非[9]。果且有彼是乎哉？果且無彼是乎哉？彼是莫得其偶，謂之道樞[10]。樞始得其環中，以應無窮[11]。是亦一無窮，非亦一無窮也[12]。故曰：莫若以明。

注釋

1 物無非彼，物無非是：物象，沒有不是作為他物的「彼」，作為自己的「此」而存在的。「彼」是那方面，「是」是這方面。2 **自彼則不見，自是則知之**：「是」原作「知」。3 **彼是方生**：指彼與此的概念相對而生、相依而存。4 **方生方死，方死方生**：這是惠施的命題，此處就相對主義的觀點說明事物的相對轉換。5 **方可方不可**：「可」即「是」。「不可」即「非」。說明價值判斷的無窮相對性。6 **因是因非，因非因是**：謂是非相因而生，有是即有非，有非即有是。7 **照之於天**：觀照於事物的本然子。8 **亦因是也**：也就順着這樣子。即謂這也是因任自然的道理。9 **是亦彼也，彼亦是也。彼亦一是非，此亦一是非**：謂相對之雙方可以互易，此方可為彼方，彼方亦可為此方。10 **彼是莫得其偶，謂之道樞**：彼此不成對峙，就是道的樞紐。樞：門軸，關鍵之意。道樞：指世界的實況、事物的本然。意指彼與此、可與不可的差別對立與紛爭，乃是人的主觀作用，並非客體實在。11 **樞始得其環中，以應無窮**：合乎道樞才像得入環的中心，可以順應無窮的流變。12 **是亦一無窮，非亦一無窮也**：指彼此人物、環象、事態的轉換對立中產生無窮的是非判斷。

譯文

世界上的事物沒有不是「彼」的，也沒有不是「此」的。從他物那方面就看不見這方面，從自己這方面來了解就知道了。所以說，彼方是出於此方對待而來的，此方也因着彼方對待而成的。彼與此是相對而生的，雖然這樣，但是任何事物隨起就隨滅，隨滅就隨起；剛說可就轉向不可，剛說不可就轉向可了。有因而認為是的就有因而認為非的，有因而認為非的就有因而認為是的。所以聖人不走這條路子，而觀照於事物的本然，這也是因任自然的道理。

「此」也就是「彼」，「彼」也就是「此」。彼有它的是非，此也有它的是非。果真有「彼」與「此」的分別嗎？果真沒有彼此的分別嗎？彼此不想對待，就是道的樞紐。合乎道樞才像得入環的中心，可以順應無窮的流變。「是」的變化是沒有窮盡的，「非」的變化也是無窮盡的。所以說，不如用明靜的心境去觀照事物的實況。

四

以指喻指之非指，不若以非指喻指之非指也；以馬喻馬之非馬，不若以非馬喻馬之非馬也[1]。天地一指也，萬物一馬也[2]。道行之而成，物謂之而然。有自也而可，有自也而不可。有自也而然，有自也而不然。惡乎然？然於然。惡乎不然？不然於不然。惡乎可？可於可。惡乎不可？不可於不可[3]。物固有所然，物固有所可。無物不然，無物不可。故為是舉莛與楹[4]，厲與西施[5]，恢恑憰怪[6]，道通為一。其

分也，成也；其成也，毀也[7]。凡物無成與毀，復通為一。

注釋

1 以指喻指之非指，不若以非指喻指之非指也；以馬喻馬之非馬，不若以非馬喻馬之非馬也：「指」、「馬」是當時辯者辯論的一個重要主題，尤以公孫龍的「指物論」和「白馬論」最著名。莊子只不過用這兩個概念作喻說，原義乃在於提醒大家不必斤斤計較於彼此、人我的是非爭論，更不必執着於一己的觀點去判斷他人。2 天地一指也，萬物一馬也：「一指」、「一馬」是用以代表天地萬物同質的共通概念。意指從相同的觀點來看，天地萬物都有它們的共同性。3 「道行之……不可於不可」：此句意為萬物乃因在如此之條件下故成為如此。4 莛（tíng）與楹（yíng）：「莛」，草莖。「楹」，屋柱。古書言莛，謂其小也。5 厲：借為癘，病癩。6 恢恑（guǐ）憰（jué）怪：猶言千形萬狀，謂形形色色的怪異現象。7 其分也，成也；其成也，毀也：任何事物的分散，必定有所生成；任何事物的生成，必定有所毀滅。好比木材的分散造成了器物，器物的造成，對木材來說，就有了毀壞的因素。

譯文

以大拇指來說明大拇指不是手指，不如用非大拇指來說明大拇指不是手指；用白馬來說明白馬不是馬，不如用非白馬來說明白馬不是馬。（其實從事理相同的觀點來看，）天地就是「一指」，萬物就是「一馬」。

道路是人們走出來的，事物的名稱是人們叫出來的。可有它可的原因，不可有它不可的原因；是有它是的原因，不是有它不是的原因；為甚麼是？自有它是的道理。為甚麼不是？自有它不是的道理。為甚麼可？自有它可的道理。為甚麼不可？自有它不可的道理。一切事物原本都有它是的地方，一切事物原本都有它可的地方。沒有甚麼東西不是，也沒有甚麼東西不可。所以舉凡小草與大木，醜癩的女人和貌美的西施，以及一切稀奇古怪的事物，從道的角度來看都可以通而為一。萬事有所分，必有所成；有所成必有所毀。所以一切事物從通體來看就沒有完成和毀壞，都是復歸於一個整體。

唯達者知通為一，為是不用[1]而寓諸庸[2]。〔庸也者，用也；用也者，通也；通也者，得也。適得而幾矣。〕[3]因是已[4]。已而不知其然，謂之道。勞神明[5]為一，而不知其同也，謂之「朝三」。何謂「朝三」？狙公[6]賦芧[7]，曰：「朝三而暮四。」眾狙皆怒。曰：「然則朝四而暮三。」眾狙皆悅。名實未虧，而喜怒為用，亦因是也。是以聖人和之以是非，而休乎天鈞[8]，是之謂兩行[9]。

注釋

1 不用：指不用固執自己的成見，或不用分別「分」與「成」的觀念。2 寓諸庸：寄寓於事物的功用上。3「庸也……幾矣」：此句疑為衍文。4 因是已：「因」，謂因物自然。「已」，語末助詞。5 神明：猶精神，指心思、心神。6 狙（jū）公：養猴的人。7 芧（xù）：小栗。8 天鈞：自然均衡的道理。9 兩行：兩端都可行，即兩端都能關照到。

譯文

只有通達之士才可能了解這個通而為一的道理，因此他不用固執自己的成見而寄寓在各物的功分上，這就是因任自然的道理。順着自然的路徑行走而不知道它的所以然，這就叫做「道」。（辯者們）竭盡心智去追求「一致」，而不知道它本來就是相同的，這就是所謂的「朝三」。甚麼叫做「朝三」？有一個養猴的人，餵猴子吃栗子，對這群猴子說：「早上給你們三升，晚上給你們四升。」這些猴子聽了都很生氣。養猴的人又說：「那麼就早晨給你們四升而晚上給你們三升。」這些猴子聽了都高興起來。名和實都沒有改變而猴子的喜怒卻因而不同，這也是順着猴子主觀的心理作用罷了。所以聖人不執着於是非的爭論而依順自然均衡之理，這就叫做「兩行」。

古之人，其知有所至矣。惡乎至？有以為未始有物者，至矣，盡矣，不可以加矣！其次以為有物矣，而未始有封也[1]。其次以為有封焉，而未始有是非也。是非之彰也，道之所以虧也。道之所以虧，愛之所以成[2]。果且有成與虧乎哉？果且無成與虧乎哉？有成與虧，故昭氏之鼓琴也[3]；無成與虧，故昭氏之不鼓琴也。昭文之鼓琴也，師曠[4]之枝策也[5]，惠子之據梧也[6]，三子之知，幾乎皆其盛者也[7]，故載之末年[8]。唯其好之也以異於彼[9]，其好之也欲以明之。彼非所明而明之，故以堅白之昧終[10]。而其子又以文之綸終[11]，終身無成。若是而可謂成乎，雖我亦成也[12]；若是而不可謂成乎，物與我無成也。是故滑疑之耀，聖人之所圖也[13]。為是不用而寓諸庸，此之謂「以明」。

注釋

1 封：界域。2 愛之所以成：按所謂「道隱於小成」。愛：指私愛，偏好。3 故昭氏之鼓琴也：「故」，猶則。「昭氏」，姓昭名文，善於彈琴。4 師曠：晉平公的樂師。5 枝策：舉杖以擊節。6 據梧：據梧樹。7 三子之知，幾乎皆其盛者也：三個人的技藝都算得上登峰造極了。8 載之末年：一說從事此業終身；一說以其知盛，故能載譽於晚年也。9 異於彼：炫異於他人。彼：他人，眾人。10 以堅白之昧終：謂惠子終身迷於堅白之說。昧：偏蔽。11 其子又以文之綸終：「綸」，一說琴瑟的弦，一說綸緒，即緒業。「其子」，一說昭文的兒子，一說惠施的兒子。12 雖我亦成也：此句應為「雖我無成，亦可謂成矣」。13 滑（gǔ）疑之耀，聖人之所圖也：一說含蓄的光明，乃是聖人所希圖的。一說迷亂人心的炫耀，乃是聖人所要摒去的。

譯文

古時候的人，他們的智識有個究極。究極在哪裏？有人認為宇宙初始並不存在萬物，這便是知識的究極，到達盡頭了，不能再增加了。次一等的人，認為宇宙初始是存在萬物的，只是萬物之間並不嚴分界域。再次一等的人，認為宇宙初始不僅存在萬物，並且事物之間有分界，只是不計較是非。是非的造作，道就有了虧損。道的虧損，是由於私好所形成。果真有所謂的完成和虧損嗎？還是果真沒有所謂的完成和虧損呢？有完成和虧損，好比昭文彈琴；沒有完成和虧損，好比昭文不彈琴。昭文彈琴，師曠持杖擊節，惠子倚在梧桐樹下爭辯，他們三個人的技藝，幾乎都算得上登峰造極的了，所以載譽於晚年。正因他們各有所好，以炫異於別人；他們各以所好，而想彰顯於他人。不是別人所非了解不可的而勉強要人了解，因此終身迷於「堅白論」的偏蔽。而昭文之子又終身從事於昭文的餘緒，以致於終生沒有甚麼成就。像這個情況可以算做成就嗎？那麼雖然我沒有甚麼成就也應算為有成就了。如果這樣不能算有成就，那麼人與我都談不上有甚麼成就。所以迷亂世人的炫耀，乃是聖人所是要摒棄的。所以聖人不用誇示於人而寄寓在事物的功分上，這就叫做「以明」。

五

今且有言於此，不知其與是類乎？其與是不類乎？類與不類，相與為類，則與彼無以異矣。雖然，請嘗言之。有始也者[1]，有未始有始也者，有未始有夫未始有始也者[2]。有有也者，有無也者[3]，有未始有無也者，有未始有夫未始有無也者[4]。俄而有無矣，而未知有無之果孰有孰無也。今我則已有謂矣，而未知吾所謂之其果有謂乎？其果無謂乎？天下莫大於秋豪之末，而大山為小；莫壽於殤子，而彭祖為夭[5]。天地與我並生，而萬物與我為一。既已為一矣，且得有言乎？既已謂之一矣，且得無言乎？一與言為二，二與一為三。自此以往，巧曆不能得[6]，而況其凡乎[7]！故自無適有[8]，以至於三，而況自有適有乎！無適焉[9]，因是已！

注釋　1 有始也者：宇宙有個開始。2 有未始有始也者，有未始有夫未始有始也者：有未曾開始的開始，更有未曾開始那「未曾開始」的開始。[3] **有有也者，有無也者**：宇宙萬物之初，有「有」，也有「無」。[4] **有未始有無也者，有未始有夫未始有無也者**：有未曾有「無」的「無」，更有未曾有那「未曾有『無』」的「無」。[5] **天下莫大於秋豪之末，而大山為小；莫壽於殤（shāng）子，而彭祖為夭**：天下沒有比秋天的毫毛的末端更大的東西，而泰山卻是小的；沒有比夭折的嬰兒更長壽的，而彭祖卻是短命的。在莊子看來，大小短長是相對、比較而言的，不是絕對的。每一個東西都比它小的東西大，也都比它大的東西小，所以每一個東西都是大的，也都是小的。[6] **巧曆**：善於計算的人。[7] **凡**：凡夫，普通人。[8] **自無適有**：從無（沒有語言的機心）到有（有語言的機心）。[9] **無適焉**：即無往矣，指不必再往前計算，意謂不如消除語言的機心。

譯文

現在在這裏說的一些話，不知道其他人的言論和我這些話是同一類呢，還是不同一類？無論是同一類還是不同類，儘管發了言都算是一類了，那麼和其他的論者便沒有甚麼分別了。

既然如此，還是讓我說說：宇宙有一個「開始」，也有個未曾開始的「開始」，更有個未曾開始那「未曾開始的『開始』」。宇宙最初的形態有它的「有」，也有它的「無」，還有未曾有「無」的「無」，更有未曾有那「未曾有的『無』」。突然間發生了「有」和「無」，然而不知這個「有」和「無」果真是「有」果真是「無」。

現在我已經說了這些話，但不知我果真說了呢？還是果真沒有說？天下沒有比秋毫的末端更大的東西，而泰山卻是小的；沒有比夭折的嬰兒更長壽的人，而彭祖卻是短壽的。天地和我共同生存，而萬物和我合為一體。既然合為一體，還需要言論嗎？既然已經說了「合為一體」，還能說沒有言論嗎？萬物一體加上我所說的就成了「二」，「二」再加上「一」就成了「三」。這樣繼續往下算，就是最巧算的計算家也不能得出最後的數目，何況普通人呢！從「無」到「有」已經生出三個名稱了，何況從「有」到「有」呢！不必再往前計算了，因任自然就是了！

賞析與點評

人間言論呈現百家齊放的景象，歸因於開放心胸的激發。寫廣大的心胸所激發出的創造能量。此節莊子從認知角度出發，抒寫認知心之探索客觀世界真相的作用。莊子乃是以宇宙整體觀的思維，說明宇宙間一切存在都有其內在的連繫，在相互關連中，共同構成一個有機的整體。在萬物相互蘊含的宇宙整體觀中要能保持「自喻適志」的心境，這樣我們才能以審美的的眼光，欣賞莊周達觀的人生態度。

夫道未始有封[1]，言未始有常[2]，為是而有畛也[3]。請言其畛。有左有右，有倫有義，有分有辯，有競有爭，此之謂八德[4]。六合之外[5]，聖人存而不論；六合之內，聖人論而不議；春秋經世先王之志[6]，聖人議而不辯。故分也者，有不分也；辯也者，有不辯也。曰：何也？聖人懷之[7]，眾人辯之以相示也[8]。故曰：辯也者，有不見也[9]。夫大道不稱，大辯不言，大仁不仁[10]，大廉不嗛[11]，大勇不忮[12]。道昭而不道，言辯而不及，仁常而不成，廉清而不信[13]，勇忮而不成。五者無棄而幾向方矣！故知止其所不知，至矣。孰知不言之辯，不道之道？若有能知，此之謂天府[14]。注焉而不滿，酌焉而不竭，而不知其所由來，此之謂葆光[15]。

注釋

1 道未始有封：謂道無所不在，而未曾有彼此之分。2 言未始有常：言未曾有定說。常：是非標準。3 為是而有畛（zhěn）：為了爭執一個「是」字而劃出界限。4 有左有右，有倫有義，有分有辯，有競有爭，此之謂八德：這是指儒墨等派所持爭論的八種。「倫」，猶紀。「義」，通「儀」，法度禮數。「倫義」，綱紀法度。5 六合：指天地四方。6 春秋經世先王之志：古史上有關先王治世的記載。7 懷之：指默默體認一切事理。8 相示：互相誇示。9 辯也者，有不見也：謂凡爭辯者，只見自己之是，而不見自己之非。10 大仁不仁：大仁是沒有偏愛的。11 大廉不嗛（qiān）：大廉是不遜讓的。[12] **大勇不忮**（zhì）：大勇是不傷害的。忮：害，傷害。[13] **仁常而不成，廉清而不信**：常，指固定在一方。「成」當作「周」。「仁」守滯一處便不能周遍，廉潔過分而不真實。[14] **天府**：自然的府庫，形容心靈涵攝量的廣大。[15] **葆光**：潛藏的光明。

譯文

道原本是沒有分界的，語言原本是沒有定說的，為了爭一個「是」字而劃出許多界限。如有左，有右，有倫序，有等差，有分別，有辯論，有競言，有爭持，這是界線的八種表現。天地之外的事，聖人是存而不論的；天地之內的事，聖人只是談論它而不議評；春秋史實乃是先王治世的記載，聖人只評議而不爭辯。天下事理有分別，就有不分別；有辯論，就有不辯論。這是怎麼講呢？聖人默默體認一切事理，眾人則喋喋爭辯而競相誇示。所以說：凡是爭辯，就有見不到的地方。大道是不可名稱的，大辯是不可言說的，大仁是無所偏愛的，大廉是不遜讓的，大勇是不傷害的。「道」講出來就不是真道，言語爭辨就有所不及，仁常守滯一處就不能周遍，廉潔過分就不真實，勇敢懷着害意則不能成為勇。這五者不要疏忽，那就差不多近於道了！

一個人能夠止於所不知的境域，這就是極點了。誰能知道不用言辭的辯論、不用稱說的大道呢？若有能知道，就夠得上稱為天然的府庫，這裏無論注入多少也不會滿溢，無論傾出多少也不會枯竭，不知道源流來自何處，這就叫做潛藏的光明。

六

故昔者堯問於舜曰：「我欲伐宗、膾、胥敖[1]，南面而不釋然[2]。其故何也？」舜曰：「夫三子[3]者，猶存乎蓬艾之間[4]。若不釋然[5]，何哉？昔者十日並出[6]，萬物皆照，而況德之進[7]乎日者乎！」

注釋

1 宗、膾、胥敖：三個小國名。2 不釋然：耿耿於懷，芥蒂於心。3 三子：三國的君主。4 存乎蓬艾之間：生存於蓬蒿艾草中間。5 若：汝，指堯。6 十日並出：這也是寓言，借來譬喻光明廣大，普照萬物。7 進：勝過。

譯文

從前堯問舜說：「我打算討伐宗、膾、胥敖這三個小國，每當臨朝，總是放在心裏感到不安。這是為甚麼呢？」

舜說：「這三個小國的國君，就同生存在蓬蒿艾草中間一樣，為甚麼還要放在心裏呢？從前據說有十個太陽同時出現，普照萬物，何況道德的光芒更勝過太陽的呢！」

賞析與點評

「十日並出，萬物皆照」，與儒家主張的「天無二日」（《禮記·曾子問》）形成鮮明的對比，顯出封閉的心靈與開放的心靈之不同。首節「萬竅怒呺」寫虛靈明覺的人心（「眾竅為虛」），在思想界開創出多元並起，異聲而和的繁盛局面。而「十日並出」意在寫廣大的心胸所激發出的創造能量，而且隱含性地暗示出內聖之道——「以明」之心——可以開創出萬民受惠的外王之道的成果。

譯文

從前堯問舜說：「我打算討伐宗、膾、胥敖這三個小國，每當臨朝，總是放在心裏感到不安。為甚麼呢？」

舜說：「這三個小國的國君，就如同生存在蓬蒿艾草中一樣，為甚麼還要放在心裏呢？從前據說有十個太陽同時出現，普照萬物，何況道德的光芒更勝過太陽的呢！」

齧缺問乎王倪曰[1]：「子知物之所同是乎[2]？」曰：「吾惡乎知之！」「子知子之所不知邪？」曰：「吾惡乎知之！」「然則物無知邪？」曰：「吾惡乎知之！

雖然，嘗試言之：庸詎知吾所謂知之非不知邪[3]？庸詎知吾所謂不知之非知邪？且吾嘗試問乎女：民溼寢則腰疾偏死[4]，鰌然乎哉[5]？木處則惴慄恂懼[6]，猨猴然乎哉？三者孰知正處？民食芻豢[7]，麋鹿食薦[8]，蝍蛆甘帶[9]，鴟鴉嗜鼠[10]，四者孰知正味？猨猵狙以為雌[11]，麋與鹿交，鰌與魚游。毛嬙麗姬[12]，人之所美也；魚見之深入，鳥見之高飛，麋鹿見之決驟[13]，四者孰知天下之正色哉？自我觀之，仁義之端，是非之塗，樊然淆亂[14]，吾惡能知其辯！」齧缺曰：「子不知利害，則至人固不知利害乎？」王倪曰：「至人神矣！大澤焚而不能熱，河漢沍而不能寒[15]，疾雷破山而不能傷，飄風振海而不能驚。若然者，乘雲氣，騎日月，而遊乎四海之外，死生無變於己，而況利害之端乎！」

注釋

1 齧（niè）缺、王倪：皆為虛擬人物。2 同是：共同標準，共同所認可的。3 庸詎（jù）知：安知，何知。4 偏死：半身不遂。5 鰌：泥鰍。6 恂（xún）懼：恐懼，害怕。恂：眩。7 芻豢（chúhuàn）：用草餵的叫芻，指牛羊；用穀子餵的叫豢，指家畜。8 薦：美草。9 蝍蛆（jíjū）甘帶：蜈蚣喜歡吃蛇。蝍蛆：蜈蚣。帶：蛇。10 鴟（chī）：貓頭鷹。11 猵（biān）狙：似猿，形同而類別。12 毛嬙（qiáng）、麗姬：皆為古代美女。一說「麗姬」當為「西施」。13 決驟：快速奔走。14 樊然淆（xiáo）亂：紛然錯亂。淆：錯雜。15 冱（hù）：凍。

譯文

齧缺問王倪：「你知道萬物有共同的標準嗎？」

王倪說：「我怎麼知道呢！」

齧缺又問：「你知道你所不明白的東西嗎？」

王倪說：「我怎麼知道呢！」

齧缺再問：「那麼萬物就無法知道了嗎？」

王倪說：「我怎麼知道呢！雖然這樣，姑且讓我說說看：怎麼知道我所說的『知』不是『不知』呢？怎麼知道我所說的『不知』並不是『知』呢？我且問你：人睡在潮濕的地方，就會患腰病或半身不遂，泥鰍也會這樣嗎？人爬上高樹就會驚恐不安，猿猴也會這樣嗎？這三種動物究竟誰的生活習慣才合標準呢？人吃肉類，麋鹿吃草，蜈蚣喜歡吃小蛇，貓頭鷹和烏鴉卻喜歡吃老鼠，這四類動物究竟誰的口味才合標準呢？猵狙和雌猿做配偶，麋和鹿交合，泥鰍和魚相交。毛嬙和麗姬是世人所認為最美的；然而魚見了就要深入水底，鳥見了就要高飛天空，麋鹿見了就要急速奔跑，這四種動物究竟哪一種美色才算最高標準呢！依我看來，仁義的觀點，是非的途徑，錯綜雜亂，我哪有法子加以分別呢？」

齧缺說：「你不顧利害，那麼至人也不顧利害嗎？」

王倪說：「啊，至人神妙極了！山林焚燒而不能使他感到熱，江河凍結不能使他感到冷，雷霆撼山嶽而不能使他受到傷害，狂風掀起海浪也不能使他感到驚恐。這樣的至人，駕着雲氣，騎着日月，而遊於四海之外，生死的變化都對他沒有影響，何況利害的觀念呢？」

瞿鵲子問乎長梧子曰[1]：「吾聞諸夫子[2]，聖人不從事於務，不就利，不違害，不喜求，不緣道[3]，無謂有謂，有謂無謂[4]，而遊乎塵垢之外。夫子以為孟浪之言[5]，而我以為妙道之行也。吾子以為奚若？」長梧子曰：「是黃帝之所聽熒也[6]，而丘也何足以知之！且女亦大早計，見卵而求時夜[7]，見彈而求鴞炙[8]。予嘗為女妄言之，女以妄聽之。奚旁日月，挾宇宙，為其吻合，置其滑涽，以隸相尊[9]？眾人役役，聖人愚芚，參萬歲而一成純[10]。萬物盡然，而以是相蘊[11]。予惡乎知說生之非惑邪！予惡乎知惡死之非弱喪而不知歸者邪[12]！「麗之姬，艾封人之子也[13]。晉國之始得之也，涕泣沾襟。及其至於王所，與王同筐牀，食芻豢，而後悔其泣也。予惡乎知夫死者不悔其始之蘄生乎？夢飲酒者，旦而哭泣；夢哭泣者，旦而田獵。方其夢也，不知其夢也。夢之中又占其夢焉，覺而後知其夢也。且有大覺而後知此其大夢也。而愚者自以為覺，竊竊然知之[14]。君乎！牧乎！固哉丘也[15]！與女皆夢也！予謂女夢，亦夢也。是其言也，其名為弔詭[16]。萬世之後，而一遇大聖，知其解者，是旦暮遇之也。

注釋

1 瞿鵲子、長梧子：人名為杜撰。2 夫子：指孔子。3 不緣道：無行道之跡；不拘泥於道。4 無謂有謂，有謂無謂：無言如同有言，有言如同無言，沒有說話卻好像說了，說了話卻好像沒有說。5 孟浪：漫瀾，不着實。6 聽熒：疑惑。7 時夜：司夜，指雞。8 鴞（xiāo）炙：烤吃鴞鳥。9 為其吻合，置其滑涽，以隸相尊：和宇宙萬物合為一體，任其紛亂之不顧，把世俗上尊卑看作是一樣的。為：與。其：指宇宙萬物。置：任。滑涽（hūn）：滑亂昏暗。10 參萬歲而一成純：謂糅合古今無數變異而成一精純之體。參：糅合，調和。萬歲：指古今無數變異。11 相蘊：意指互相蘊含於精純渾樸之中。12 弱喪：自幼流落。13 艾封人：艾地守封疆的人。14 竊竊然：察察然，自知的樣子。15 君乎！牧乎！固哉丘也：君啊，臣啊的，固陋極了。16 弔詭：怪異。

譯文

瞿鵲子問於長梧子，說道：「我聽孔夫子說過，『聖人不去營謀那些世俗的事，不貪圖利益，不躲避危害，不喜歡妄求，不拘泥於道，沒有說話好像說了，說了話好像又沒有說，而心神遨遊於塵俗世界之外。』孔夫子認為這些都是不着實際的無稽之言，我卻認為這正是妙道的行徑。你認為怎樣？」

長梧子說：「這些話連黃帝聽了都疑惑不解，而孔丘怎能了解呢！你未免操之過急，就像剛見到雞蛋就想得到報曉的公雞，見到彈丸就想煮吃鴞鳥。現在我姑且說說，你姑且聽聽，怎麼樣？聖人同日月並明，懷抱宇宙，和萬物吻合一體，是非殽亂置之不問，把世俗上尊卑貴賤的分別看作是一樣的。眾人熙熙攘攘，聖人渾樸相安，他糅和古今無數變異而成為一精純之體。萬物都是一樣，互相蘊含着歸於渾樸之中。

「我怎麼知道貪生不是迷惑呢？我怎麼知道怕死就不是像自幼流落他鄉而不知返回家鄉那樣呢！麗姬是艾地守封疆人的女兒，當晉國剛迎娶她的時候，哭得衣服都濕透了；等她到了王的宮裏，和國王同睡一牀，同吃美味的魚肉，這才後悔當初不該哭泣。我怎麼知道死了不後悔當初不該戀生呢？」

「夢見飲酒作樂的人，醒後或許會遇到不如意的事而哭泣；夢見傷心痛哭的人，醒後或許會有一場打獵的快樂。當人在夢中，卻不知道是在做夢。有時夢中還在做夢，醒了以後才知道是做夢。只有非常清醒的人明白不覺醒的一生就像是一場大夢，可是愚人卻自以為清醒，自以為甚麼都知道。甚麼皇上啊，臣子啊，真是淺陋極了！我看孔丘和你，也都在做夢；我說你在做夢，也是在做夢。這些話，稱為奇異的言談。也許經過萬世之後能遇到一個大聖人，了悟這個道理，也如同朝夕相遇一樣平常。」

賞析與點評

「以隸相尊……萬物盡然，而以是相蘊。」這是說，將卑賤的和尊貴的等同看待，萬物都歸於一體，而相互含蘊在大全的世界中，這段話用以用「相尊相蘊」這一命題來表述。「相尊相蘊」正是齊物精神的體現，它意味每一個個體的存在樣態雖然不同，但都可以互相包容。在道的宇宙大全的王國中，每一個人都可以發揮各自的功能，彼此在社群裏面也能相互尊重。齊物的精神境界，要有開闊的心胸才能達到。

「既使我與若辯矣[1]，若勝我，我不若勝，若果是也，我果非也邪？我勝若，若不吾勝，我果是也，而果非也邪？其或是也，其或非也邪？其俱是也，其俱非也邪？我與若不能相知也，則人固受其黮闇[2]，吾誰使正之？使同乎若者正之，既與若同矣，惡能正之？使同乎我者正之，既同乎我矣，惡能正之？使異乎我與若者正之，既異乎我與若矣，惡能正之？使同乎我與若者正之，既同乎我與若矣，

惡能正之？然則我與若與人俱不能相知也，而待彼也邪？」

注釋　1 我與若：我，長梧子自稱。若：汝，你。2 黮（dǎn）闇：暗昧不明，所見偏蔽。

譯文　「假如我和你辯論，你勝了我，我沒有勝你，你果然對嗎？我果然錯嗎？我勝了你，你沒有勝我，我果然對嗎？你果然錯嗎？是我們兩人有一個人對，有一個人錯呢？還是我們兩個人都對，或者都錯了呢？我和你都不知道，凡人都有偏見，我們請誰來評判是非？如果讓意見和你相同的人來評判，他已經和你相同了，怎麼評判呢？如果請意見和我相同的人來評判，他已經和我相同了，怎麼能評判呢？如果請意見和你我都不同的人來評判，他已經跟你我不同了，怎麼能評判呢？假使請意見和你我都相同的人來評判，他已經跟你我相同了，怎麼來評判呢？那麼，我和你及其他的人都不能評定誰是誰非了，還等待誰呢？」

化聲之相待[1]，若其不相待，和之以天倪[2]，因之以曼衍[3]，所以窮年也。「何謂和之以天倪？」曰：「是不是，然不然。是若果是也，則是之異乎不是也亦無辯；然若果然也，則然之異乎不然也亦無辯。忘年忘義[4]，振於無竟[5]，故寓諸

無竟。」

注釋

1 化聲之相待：是非之辯互相對待而成。2 天倪：自然的分際。3 曼衍：散漫的流衍，不拘常規。4 忘年忘義：忘生死忘是非。忘：安適之至。5 振於無竟：遨遊於無窮的境地。

譯文

「變化的聲音是相待而成的，如果要使它們不相對待，就要用自然的分際來調和它，我的言論散漫流行，隨物因變而悠遊一生。甚麼叫『用自然的分際』來調和一切是非？任何東西有『是』便有『不是』，有『然』便有『不然』，『是』果真是『是』，就和『不是』有區別，這樣也就不須辯論。『然』果真是『然』，就和『不然』有區別，這樣也不須辯論。不計歲月，超越仁義，暢遊於無窮的境域，這樣也就把自己寄寓在無窮的境地。」

賞析與點評

「忘年忘義，振於無竟」的意思是說：心神若能從主觀爭辯的觀念囚籠中超拔出來，忘卻是非對待，遨遊於無窮的境域，這樣就能把自己寄寓在無窮無窮的境界中。「成心」所導致的是非然否之辯，既然得不出定論，還不如順任事物的本然情狀，遵循着事物的變化（「和之以天倪，因之以曼衍」），如此，精神不致於為勞神累心的爭辯所困蔽。此處所謂「振於無竟」、「寓諸無竟」，與《大宗師》坐忘所達到的「同於大通」之境，正相對應。「大通」就是大道，道的境界也就是自由的境界。

七

罔兩問景曰[1]：「曩子行[2]，今子止；曩子坐，今子起。何其無特操與？」景曰：「吾有待而然者邪？吾所待又有待而然者邪？吾待蛇蚹蜩翼邪[3]？惡識所以然，惡識所以不然[4]？」

注釋

1 罔兩：景外之微陰。景：古「影」字，影子。2 曩（nǎng）：剛才。3 待蛇蚹（fù）蜩翼：意謂蛇憑藉腹下鱗皮而爬行，蟬憑藉翼羽而起飛。4 惡識所以然，惡識所以不然：既不識其所以然與其所以不然，則是非不必辯矣。

譯文

影外微陰問影子說：「剛才你移動，現在你又停止下來；剛才你坐着，現在你又站起來；你怎麼知道這樣沒有獨特的意志呢？」

影子回答說：「我因為有待才會這樣嗎？我所待的東西又有所待才會這個樣子嗎？我所待的就像蛇有待於腹下鱗皮、蜩有待於翅膀嗎？我怎能知道為甚麼會這樣？怎能知道為甚麼不會這樣呢？」

昔者[1]莊周夢為蝴蝶，栩栩然蝴蝶也[2]。自喻適志與[3]，不知周也。俄然覺，則蘧蘧然周也[4]。不知周之夢為蝴蝶與？蝴蝶之夢為周與？周與蝴蝶則必有分矣。此之謂物化[5]。

注釋

1 昔者：猶夕者。2 栩栩：即翩翩，形容蝴蝶飛舞的樣子。3 自喻適志與：「喻」同愉。適志：快意。4 蘧（qú）蘧然：僵直之貌。一説僵臥之貌。5 物化：萬物的轉化。

譯文

從前莊周夢見自己變成蝴蝶，翩翩飛舞的一隻蝴蝶，遨遊各處悠遊自在，根本不知道自己原來是莊周。忽然醒過來，自己分明是莊周。不知道是莊周做夢化為蝴蝶呢，還是蝴蝶做夢化為莊周呢？莊周和蝴蝶必定是有所分別的。這種轉變就叫做「物化」。

《齊物論》的篇末，莊子創造了「罔兩問景」這一令人費解的寓言，影子的回答全以疑問的口氣，意謂似有所待，實無所待。學界不解寓言的意旨，而往往以郭象的「天機自爾」、「天機自張」的觀點來作為解釋，實則莊子乃是以宇宙整體觀的思維，說明宇宙間一切存在都有其內在的連繫，在相互關連中，共同構成一個有機的整體。

在這種萬物相互蘊含的宇宙整體觀中，我們才能夠了解莊周與蝴蝶在宇宙大化流行中的流變性（「物化」），莊子或蝴蝶作為個體生命的顯現（「分」），雖在有限的時空中，但要能保持「自喻適志」的心境，這樣我們才能以審美的眼光，欣賞莊周達觀的人生態度。

「栩栩然蝴蝶也。自喻適志與！」正是寫審美主體在人生活動中顯現出無比的適意的審美情趣，莊子以人化蝴蝶為喻，將現實人生點化為「藝術人生」，徐復觀認為以莊子思想所成就的人生，實際是藝術人生，而「中國的純藝術精神，實際係此一思想系統所導出」。

養生主

本篇導讀——

《養生主》篇，主旨在說護養生之主——精神，提示養神的方法莫過於順其自然。外篇《達生》篇，通篇發揮此養神之理。

本篇分三章，首章提出「緣督以為經」，是為全篇的總綱。指出人生有涯而知無涯的境況中，當順循中虛之道，即順任自然之理。第二章，借「庖丁解牛」的故事，以喻社會的複雜如牛的筋骨盤結；處理世事當「因其固然」、「依乎天理」（順着自然的紋理），並懷着「怵然為戒」的審慎、關注的態度，且以藏斂（「善刀而『藏』之」）為自處之道。「庖丁解牛」的意旨在《人世間》篇中得到更具體、更細微的發揮。第三章分三段作喻，寫右師之介，乃屬自然之貌。這段主要在破除形骸殘全的觀念。《德充符》全篇發揮這一主題。澤雉一小段，寫水澤裏的野雞，逍遙自在，若關在樊中，則神雖旺，卻不自遂。後一段「秦失弔老聃」，寫人生在世，當「安時處順」，視生死為一如，不為哀樂之情所困擾、所拘着。篇末結語說：「指窮於為薪，火傳也。」喻精神生命在人類歷史中具有延續的意義與延展的價值。

許多耳熟能詳的成語，出自本篇，如：「庖丁解牛」、「鯤化鵬飛」、「目無全牛」、「遊刃有餘」、「恢恢有餘」、「躊躇滿志」、「薪盡火傳」和「莊周夢蝶」等。

一

吾生也有涯[1]，而知也無涯[2]，以有涯隨無涯，殆已[3]！已而為知者[4]，殆而已矣！為善無近名，為惡無近刑[5]，緣督以為經[6]，可以保身，可以全生，可以養親[7]，可以盡年。

注釋

1 涯：邊際，界限。2 知：音智，作心思講。3 殆已：形容疲困。4 已而為知者：既然這樣了還要去從事求知活動。5 為善無近名，為惡無近刑：做善事不要有求名之心，做惡事不要遭受刑戮之害。6 緣督以為經：順虛以為法常的意思。緣：循，順應。督：督脈。[7] 養親：一說「親」指「真君」，即養精神。一說親即血緣之親。兩說皆有所據。

譯文

我們的生命是有限的，而智識是沒有限度的，以有限度的生命去追求沒有限度的智識，就會弄得很疲困；既然這樣還要去汲汲追求智識，就會弄得更加疲困不堪了！做世俗上的人所認為的善事不要有求名之心，做世俗上的人認為的惡事不要遭到刑戮之害。順着自然的理路以為常法，就可以保護身體，可以保全天性，可以奉養雙親，可以享盡天年。

二

庖丁[1]為文惠君解牛[2]，手之所觸，肩之所倚，足之所履，膝之所踦[3]，砉然嚮然[4]，奏力騞然[5]，莫不中音，合於《桑林》之舞[6]，乃中《經首》[7]之會[8]。文惠君曰：「嘻，善哉！技蓋至此乎？」庖丁釋刀對曰：「臣之所好者道也，進乎技矣。始臣之解牛之時，所見無非全牛者；三年之後，未嘗見全牛也；方今之時，臣以神遇而不以目視，官知止而神欲行[9]。依乎天理[10]，批大郤[11]，導大窾[12]，因其固然[13]。枝經肯綮之未嘗微礙[14]，而況大軱乎[15]！良庖歲更刀，割也；族庖月更刀[16]，折也。今臣之刀十九年矣，所解數千牛矣，而刀刃若新發於硎[17]。彼節者有間，而刀刃者無厚，以無厚入有間，恢恢乎其於遊刃必有餘地矣。是以十九年而刀刃若新發於硎。雖然，每至於族[18]，吾見其難為，怵然為戒，視為止，行為遲，動刀甚微，謋然已解[19]，如土委地。提刀而立，為之四顧，為之躊躇滿志，善刀而藏之[20]。」文惠君曰：「善哉！吾聞庖丁之言，得養生焉。」

注釋

1 庖丁：名叫丁的廚師。一說掌廚丁役之人。2 文惠君：人名，不知何許人。舊注說是梁惠王，疑為附會。3 踦（yǐ）：通倚。4 砉（huò）然嚮然：形容解牛時發出的聲音。砉然：骨肉相離的聲音 5 騞（huō）然：「騞」同於「砉」，都是形容刀砍物所發出的聲音，聲音大於砉。6《桑林》之舞：殷湯樂名。7《經首》：堯樂。8 會：節奏，旋律。9 官知止而神欲行：感官的認知作用停止了，只是運用心神。官：指耳目之官。神欲行：喻心神自運而隨心所欲。10 天理：自然的紋理。11 批大郤：「批」，擊。「郤」指筋骨間的縫隙。12 導大窾（kuǎn）：「導」，引刀而入。「窾」，空，指骨節空處。13 因其固然：順着牛的自然結構。14 枝經肯綮（qìng）之未嘗微礙：「枝」，枝脈。

「經」，經脈。「肯」，着骨肉。「綮」，筋肉盤結處。[15] 軱（gū）：大骨。[16] 族：指一般的庖丁。[17] 硎（xíng）：磨刀石。[18] 族：交錯聚結。[19] 謋（huò）：解散。一說此句後應補入「牛不知其死也」。[20] 善刀：拭刀，言好好收拾其刀。

譯文

庖丁替文惠君宰牛，手所觸及的，肩所倚着的，足所踩到的，膝所抵住的，劃然響聲，進刀割解發出嘩啦響聲，沒有不合於音節；合於《桑林》樂章的舞步，同於《經首》樂章的韻律。

文惠君說：「啊，好極了！技術怎麼能達到這般的地步？」

庖丁放下屠刀，回答說：「我所愛好的是道，已經超過技術了。我開始宰牛時，所見不過是渾淪一牛；三年以後，就未嘗看見渾淪的整隻牛了。到了現在，我只用心神來領會而不用眼睛來觀看，器官的作用停止，而只是心神在運用。順着牛身上自然的紋理，劈開筋肉的間隙，導向骨節的空隙，順着牛的自然結構去用刀，即連經絡相連的地方都沒有一點妨礙，何況那大骨頭呢！好的廚子一年換一把刀，他們是用刀割筋肉；普通的廚子一個月換一把刀，他們是用刀去砍骨頭。現在我這把刀已經用了十九年了，所解的牛有幾千頭了，可是刀口還是像在磨刀石上新磨的一樣鋒利。因為牛骨節是有間隙的，而刀刃是沒有厚度的，以沒有厚度的刀刃切入有間隙的骨節，當然是遊刃恢恢而寬大有餘了。所以這把刀子用了十九年還是像新磨的一樣。雖然這樣，可是每遇到筋骨盤結的地方，我知道不容易下手，小心謹慎，眼神專注，手腳放緩，刀子微微一動，牛就嘩啦解體了，如同泥土潰散落地一般，牛還不知道自己已經死了呢！這時我提刀站立，張望四方，感到心滿意足，把刀子揩乾淨收藏起來。」文惠君說：「好啊！我聽了庖丁的這番話，懂得養生的道理了。」

賞析與點評

「庖丁解牛」從宰牛之方喻養生之理，由養生之理喻處世之道。而這寓言尤引人注意的是它由技入道所蘊含的哲學和藝術的義涵。由技藝而呈現道境的學説，屢見於《莊》書。如《達生》篇中「佝僂承蜩」、「津人操舟」、「梓慶為鐻」及《知北遊》中「大馬之捶鉤者」等寓言，皆宣導由技入道的哲理。

庖丁的技藝能達到如此神奇的地步，乃是因為他不間斷地操練工夫：初學時（「始臣之解牛之時」）、「三年之後」、「十九年矣」，在長期實踐累積的經驗中，庖丁越來越體認到其中的奧妙——掌握到牛體的生體結構、筋絡的理路、骨節間的空穴。如是依着自然的紋理（「依乎天理」），順着本然的結構（「因其固然」）「遊刃有餘」地進行運刀動作。

由技入道的過程中，主體的身體運作與心神投入是最為關鍵的因素。學藝時日越久則技能越專精，這要在持之有恆——用莊子的特殊術語：「有守」。庖丁的由技入道，正是技巧專一、藝能專精，志於道而有所持守之故。由技入道的過程中，主體的身體運作與心神投入是最為關鍵的因素。「形」與「心」在藝術活動的創作轉化中，有着密不可分的關係，為了達到心神運作的靈妙，肢體必須在漫長的過程中，經過實質的技藝操作，方能升華為「遊刃有餘」的藝術活動。

想像力和美感是莊子創作運思的重要成素。在多項由技入道的寓言作品中，「庖丁解牛」的構想尤為出奇。宰牛原本是一項勞動強度極其艱辛的苦役，莊子筆下卻「恢恢乎其於遊刃必有餘地」，洋溢着審美趣味。解牛告成，庖丁「提刀而立，為之四顧，為之躊躇滿志」，真是淋漓盡致地描繪出藝術創作者審美享受的陶然心境。

庖丁帶領着肢體作出配合無間的藝演，舉手投足之間皆能合拍於雅樂的美妙樂音，並表演出優雅動人的舞姿，這藝術形象構成一幅令人讚賞不已的審美意趣，也構繪出主體技藝之出神入化於揮灑自如的自由境界。而庖丁臻至道境的操刀過程中，是以「神遇」、「神行」為主導。守氣、靜心、凝神，「神」、「形」和合，才能展現為靈妙的道境及其出神入化的藝術活動。

蘇東坡讀了《庖丁解牛》，體悟到藝術創作和經驗累積的關係，從而說出了這樣富有哲理的話：「出新意於法度中，寄妙理於豪放之外，所謂『遊刃有餘地』，『運斤成風』也。」宗白華先生在《美學散步》中則說：「燦爛的『藝』，賦予道以形象與生命。道給予『藝』以深度和美感。」

三

公文軒見右師而驚曰[1]：「是何人也？惡乎介也[2]？天與？其人與[3]？」曰：「天也，非人也。天之生是使獨也，人之貌有與也，以是知其天也，非人也。」

澤雉[4]十步一啄，百步一飲，不蘄畜乎樊中[5]。神雖王[6]，不善也[7]。

注釋

1 公文軒：姓公文，名軒，宋國人。右師：官名。2 介：指一足。3 天與？其人與：天生下來就是這樣的呢？還是由於人為造成的呢？4 澤雉：草澤裏的野雞。5 蘄(qí)：祈求。6 王：通「旺」，旺盛。7 不善：不樂，不能自遂。

譯文

公文軒看見右師驚奇地說：「這是甚麼人？怎麼只有一隻腳呢？是生下來就是這樣？還是人為才這樣的呢？」他（自言自語）說：「生下來就是這樣，並不是人為才這樣。天生下來就只有一隻腳，人的形貌是天賦予的。所以知道是天生的，而不是人為的。」水澤裏的野雞走十步才啄到一口食，走百步才喝到一口水，可是它並不祈求被養在籠子裏。（養在籠子裏）形神雖然旺盛，但它並不自在。

老聃死[1]，秦失弔之[2]，三號而出。弟子曰：「非夫子之友邪？」曰：「然。」「然則弔焉若此可乎？」曰：「然。始也吾以為其人[3]也，而今非也。向吾入而弔焉，有老者哭之，如哭其子；少者哭之，如哭其母。彼其所以會之[4]，必有不蘄言而言，不蘄哭而哭者。是遁天[5]倍情[6]，忘其所受，古者謂之遁天之刑。適來，夫子時也；適去，夫子順也。安時而處順，哀樂不能入也，古者謂是帝之縣解[7]。」指窮於為薪[8]，火傳也，不知其盡也。

注釋

1 老聃：即老子。2 秦失：又作「秦佚」，可能是老聃的朋友，也可能是莊子杜撰的人名。3 其人：應為「至人」之誤。4 會：感會。5 遁天：逃避自然。6 倍情：一說增益人情，一說背情。7 帝之懸解：自然的解除倒懸。8 指窮於為薪：燭薪的燃燒是有窮盡的。「指」當是「脂」字，指燭薪上的油脂。「窮」指燃盡。

譯文

老聃死了，秦失前往弔喪，號了三聲就出來了。

弟子問說：「他不是你的朋友嗎？」

回說：「是的。」

問道：「那麼這樣子弔唁，可以嗎？」

秦失說：「可以的。原先我以為他是至人，現在才知道不是。剛才我進去弔唁的時候，看見有老年人哭他，如同哭自己的兒子一樣；有少年人哭他，如同哭自己的母親一樣。老人哭他這樣悲傷，必定是（情感執着）不必哭訴而哭訴。這是逃避自然，違背實情，忘記了我們所稟賦的生命長短，古時候稱這為逃避自然的刑法。正該來時，老聃應時而生；正該去時，老聃順理而死。安心適時而順應變化，哀樂的情緒便不能侵入心中，古時候把這叫做解除倒懸。」燭薪的燃燒是有窮盡的，火卻傳續下去，沒有窮盡的時候。

人間世

本篇導讀——

《人間世》篇，主旨在描述人際關係的紛爭糾結，以及處人與自處之道。處於一個權謀獪詐的戰亂時代，無辜者橫遭殺戮，社會成了人獸化的陷阱，一部血淋淋的歷史，慘不忍睹地暴露在眼前，莊子揭露了人間世的險惡面，而他所提供的處世與自處之道卻是無奈的。

本章可以分為七章，首章假借顏回與孔子的對話，描述與統治者相處的艱難。這裏，以衛國的暴亂喻人間的紛爭，借衛君描寫出當權者的專橫獨斷，一意孤行，「輕用其國」，「輕用民死」，全國死於權力鬥爭之下的人民滿溝遍野，多如蕉草。面對這樣一位君主，顏回提出了「端虛勉一」、「內直外曲」、「成而上比」等方法來對待，三者都被指出不足以感化衛君。最後提出「心齋」一法。人世間種種紛爭，追根究底，在於求名用智。「名」與「智」為造成人間糾紛的根源，去除求名鬥智的心念，使心境達於空明的境地，是為「心齋」。第二章，假借葉公子高出使齊國一事，道出君臣相處的艱難。這裏寫出臣子對君主時的疑懼之情，接受使命時，或不免於「人道之患」，或不免於「陰陽之患」。進而寫傳言的困難及使用語言不慎所造成的禍害。解除「陰陽之患」，唯有虛心安命，消極地提出「忘身」。最後由「人道之患」說到「乘物以遊心」、「養中」，這也是「託不得已」的事。「養中」、「遊心」，其要乃在順任自然。第三章，假借顏闔為衞靈公太子師，寫出與儲君相處的艱難。這裏提出了引達順導的教育方法。第四章，以社樹為喻，寫有才者「以其能苦其生」，遭斧斤之患，而轉出全生遠害在於以無用為大用。「無用」，即不被當道者所役用。不淪於工具價值，乃可保全自己，進而發展自己。這與《逍遙遊》篇末欲避「機辟」、「斤斧」之害，而求「無所可用」，具有相同的「困苦」處境與沉痛感。第五章，借異木亟言有「材」、「用」者被「斬」遇害，中道而「夭於斧斤」，警世之意頗深。第六章，借支離疏寫殘形者無所可用於當政者，乃得全生免害。篇末一章，借《楚狂接輿》唱出亂世景象，「方今之時，僅免刑焉」，在重稅與苦役下喘息的人民，能免於刑便是福。「禍重於地」、「殆乎殆乎」，寫出人民所遭受的重壓與危難。「迷陽迷陽」，「無傷吾行」，「無傷吾足」，處世之艱，當慎戒留意！

出自本篇的流行成語，有「螳臂擋車」、「以火救火」、「以水救火」、「吉祥止止」、「與古為徒」、「虛室生白」、「執而不化」、「巧言偏辭」、「畫地而趨」、「無用之用」、「終其天年」、「山木自寇」、「膏火自煎」等。

一

顏回見仲尼[1]，請行。曰：「奚之？」曰：「將之衛[2]。」曰：「奚為焉？」曰：「回聞衛君[3]，其年壯，其行獨[4]。輕用其國，而不見其過。輕用民死，死者以國量乎澤，若蕉[5]，民其無如矣[6]！回嘗聞之夫子曰：『治國去之，亂國就之，醫門多疾。』願以所聞，思其所行，則庶幾其國有瘳乎！」仲尼曰：「嘻，若殆往而刑耳[7]！夫道不欲雜，雜則多，多則擾，擾則憂，憂而不救。古之至人，先存諸己，而後存諸人。所存於己者未定，何暇至於暴人之所行？且若亦知夫德之所蕩，而知之所為出乎哉[8]？德蕩乎名，知出乎爭。名也者，相軋也；知也者，爭之器也。二者凶器，非所以盡行也。「且德厚信矼[9]，未達人氣；名聞不爭，未達人心。而強以仁義繩墨之言，衒暴人之前者，是以人惡育其美也[10]，命之曰菑人[11]。菑人者，人必反菑之，若殆為人菑夫！「且苟為悅賢而惡不肖，惡用而[12]求有以異？若唯無詔[13]，王公必將乘人而鬥其捷。而目將熒之[14]，而色將平之，口將營之[15]，容將形之，心且成之。是以火救火，以水救水，名之曰益多。順始無窮。若殆以不信厚言[16]，必死於暴人之前矣！「且昔者桀殺關龍逢[17]，紂殺王子比干[18]，是皆修其身以下傴拊人之民[19]，以下拂其上者也，故其君因其修以擠之。是好名者也。「昔者堯攻叢、枝、胥敖[20]，禹攻有扈[21]。國為虛厲[22]，身為刑戮。其用兵不止，其求實無已[23]，是皆求名實者也[24]，而獨不聞之乎？名實者，聖人之所不能勝也，而況若乎！雖然，若必有以也，嘗以語我來[25]。」

注釋

1 顏回：字子淵，魯國人，孔子最為得意的學生。有關他的言行，見於《論語》之《公冶長》、《述而》、《子罕》、《先進》、《顏淵》、《衛靈公》等篇。2 衛：衛國，春秋時期的諸侯國，今河南境內。3 衛君：莊子寓託故事人物以抨擊時君的殘民自暴。一說指衛莊公。4 行獨：行為專斷。5 死者以國量乎澤，若蕉：死者滿國，棄野而不葬者，亦如蕉之枕藉而不可計；猶云死人如麻。6 民其無如矣：無所歸依。7 殆：恐怕，將要。8 出：外露。9 信矼（gāng）：信譽着實。「矼」，堅，實的意思。10 是以人惡育其美也：這是以別人的過惡來炫耀自己的美德。11 菑（zāi）：音「災」。12 惡用而：何用汝。13 詔：爭辯、諫諍之意。14 熒：眩。15 口將營之：口裏只顧得營救自己。16 若：你。厚言：忠誠之言。17 關龍逢：夏桀的賢臣，盡誠而遭斬首。18 王子比干：商紂的叔父，因忠諫而被剖心。19 傴（yǔ）拊：猶愛養。20 叢、枝、胥敖：三小國。21 有扈：國名，在今陝西鄠縣。22 國為虛厲：國土變成廢墟，人民變為厲鬼。

23 **求實無已**：貪利不已。24 **是皆求名實者也**：這都是貪求名利的。25 **若必有以也，嘗以語我來**：你一定有你的說法。「來」，句末助詞。

譯文

顏回拜見孔子，向他辭行。孔子問：「到哪裏去？」

顏回說：「要到衞國去。」孔子問：「去做甚麼？」顏回說：「我聽說衞國的君主，年壯氣盛，行為專斷，處理國事輕舉妄動，而不知過錯；輕於用兵而不恤人民的生命，死的人積滿了山澤，好像乾枯的草芥一般，百姓真是無所歸依了。我曾聽先生說過：『安定的國家可以離開，動亂的國家可以前往，就像醫生的門前有很多的病人。』希望根據先生所說的去實行，或許這個國家還能免於疾苦吧！」

孔子說：「唉，你去了恐怕要遭受殺害啊！「道」是不宜喧雜的，喧雜就會多事，多事就會受到攪擾，攪擾就會引致憂患，憂患來到時自救也來不及了。古時候的至人，先求充實自己，然後才去扶助別人。如果自己都還立不穩，怎能去糾正暴人的行為呢？你知道『德』之所以失真而『智』所以外露的原因嗎？『德』的失真是由於好名，『智』的外露是由於爭勝。『名』是人們相互傾軋的原因，『智』是相互爭鬥的工具；這兩者都是兇器，不可以盡行於世。」

「而且，一個人雖然德性純厚信譽着實，但還不能達到別人了解的程度；即使不和別人爭奪名譽，但別人並不明白。如果你強用仁義規範的言論，在暴人面前誇耀，他就會以為你有意揭露別人的過惡來顯揚自己的美德，而認為你是害人。害別人的，別人一定反過來害他，你恐怕要被人害了！「如果說衛君喜歡賢才而厭惡不肖之徒，何用你去顯異於人呢？除非你不向他諫諍，否則衛君一定會抓着你說話的漏洞而展開他的辯才。這時候你會眼目眩惑，面色平和，口裏只顧得營營自救，於是容貌遷就，內心無主也就依順他的主張了。這是用火去救火，用水去救水，這就叫做幫兇。開始時依順他，以後就永遠順從下去了。如果他不相信厚言諫諍，那就必定死在暴人的面前了。」

「從前桀殺關龍逢，紂殺王子比干，都是因為他們修身蓄德，以在下的地位身份愛撫人君的民眾，以在下的地位違逆了上位君主的猜忌之性，所以君主因為他們的修身蓄德而陷害他們。這就是好名的結果。從前堯攻叢、枝和胥敖，禹攻有扈，這些國家為廢墟，人民死滅，國君被殺。這是因為他們不斷用兵、貪利不已，這都是求名求利的結果，你就沒有聽說過嗎？名利的心念，連聖人都不能克制，何況你呢！雖然這樣，你一定有你的想法，且說給我聽聽。」

顏回曰：「端而虛[1]，勉而一[2]，則可乎？」曰：「惡！惡可！夫以陽為充孔

揚[3]，采色不定[4]，常人之所不違，因案人之所感[5]，以求容與其心[6]。名之曰日漸之德不成[7]，而況大德乎！將執而不化，外合而內不訾[8]，其庸詎可乎！」「然則我內直而外曲，成而上比[9]。內直者，與天為徒[10]。與天為徒者，知天子之與己，皆天之所子[11]，而獨以己言蘄乎而人善之，蘄乎而人不善之邪？若然者，人謂之童子，是之謂與天為徒。外曲者，與人之為徒也。擎跽曲拳[12]，人臣之禮也。人皆為之，吾敢不為邪？為人之所為者，人亦無疵焉，是之謂與人為徒。成而上比者，與古為徒。其言雖教，讁之實也，古之有也，非吾有也。若然者，雖直而不病，是之謂與古為徒。若是則可乎？」仲尼曰：「惡！惡可！大多政法而不諜[13]。雖固，亦無罪。雖然，止是耳矣，夫胡可以及化！猶師心者也[14]。」

注釋

1 端而虛：外表端謹而內心謙虛。2 勉而一：勉力行事而專意執着。3 以陽為充孔揚：驕盛之氣充滿於內，顯揚於外。陽，盛氣。孔揚，揚揚自得。4 采色不定：喜怒無常。5 案人之所感：壓抑別人的諫勸。6 求容與其心：求自己內心的暢快。容與：自快的意思。7 日漸之德：指小德。8 外合而內不訾（zī）：表面附和，內心並不採納。9 成而上比：陳述成說而上比於古人。10 與天為徒：和自然同類。11 天之所子：屬於天生的。12 擎（qíng）跽（jì）曲拳：「擎」，執笏。「跽」，跪拜。「曲拳」，鞠躬。

13 大多政法而不諜：「大」讀作「太」。政法：正人之法。諜：當。14 師心：師法自己的成心，執着於自己的成見。

譯文

顏回說：「外貌端肅而內心謙虛，勉力行事而意志專一，這樣可以嗎？」

孔子說：「唉！這怎麼可以呢！衛君驕氣橫溢，喜怒無常，平常人都不敢違背他，壓抑別人對他的勸告，來求自己內心的暢快。這種人每天用小德慢慢感化他都不成，何況用大德來規勸呢！他必定固執不化，即使表面附合而內心也必不如此，你用的方法怎麼可以呢？」

顏回說：「那麼我內心誠直而外表恭敬，引用成說上比於古人。所謂內心誠直，是和自然同類。和自然同類的，便知道人君和我，在本性上都屬於天生的，這樣我對自己所講的話何必要求人家稱讚為善，又何必理會別人指責為不對呢？這樣人家都以我為赤子之心，這就叫做和自然同類了。所謂外表恭敬，是和一般人一樣。執笏跪拜，這是人臣的應盡的禮節。世人都這樣做，我敢不這樣做嗎？做大家都做的事，別人也不會責怪我了，這就叫做和大家同類。所謂引用成說上比於古人，是和古時候同類。我所引用的成說雖然都是教訓，但是這些諍言都是有根據的，是古時候就有的，並不是我自己造的。像這樣，言語雖然直率卻也不會招來怨恨，這就叫做和古時同類。這樣做可以嗎？」

孔子說：「唉！這怎麼可以呢！要去糾正人家的方法太多了而並不妥當。這些方法雖然固陋，倒也可以免罪。然而，只不過如此而已，怎麼能夠感化他呢！你太執着自己的成見了。」

顏回曰：「吾無以進矣，敢問其方。」仲尼曰：「齋，吾將語若。有心而為之，其易邪？易之者，皞天不宜[1]。」顏回曰：「回之家貧，唯不飲酒不茹葷者數月矣。如此，則可以為齋乎？」曰：「是祭祀之齋，非心齋也。」回曰：「敢問心齋。」仲尼曰：「若一志，無聽之以耳，而聽之以心；無聽之以心，而聽之以氣[2]。耳止於聽，心止於符。氣也者，虛而待物者也。唯道集虛[3]。虛者，心齋也。」顏回曰：「回之未始得使[4]，實有回也；得使之也，未始有回也，可謂虛乎？」夫子曰：「盡矣！吾語若：若能入遊其樊，而無感其名[5]，入則鳴，不入則止[6]。無門無毒[7]，一宅[8]而寓於不得已[9]，則幾矣。絕跡易，無行地難[10]。為人使易以偽，為天使難以偽。聞以有翼飛者矣，未聞以無翼飛者也；聞以有知知者矣，未聞以無知知者也。瞻彼闋者[11]，虛室生白[12]，吉祥止止[13]。夫且不止，是之謂坐馳[14]。夫徇[15]耳目內通，而外於心知[16]，鬼神將來舍，而況人乎！是萬物之化也，禹、舜之所紐也[17]，伏羲、几蘧之所行終[18]，而況散焉者乎[19]！」

注釋

1 皞（gāo）天不宜：與自然之理不合。皞天：自然。2 氣：指心靈活動到達極純精的境地，也就是說，氣是高度修養境界的空靈明覺心。3 虛：此指空明的心境。4 得使：言得教誨。5 無感其名：不為名位所動。6 入則鳴，不入則止：能接納你的意見就說，不能接納你的意見就不說。7 無門無毒：勿固閉、勿暴怒。8 一宅：「宅」是指心靈的位置。「一」是形容心靈凝聚的狀態。9 寓於不得已：指應事寄託於不得已。10 絕跡易，無行地難：不走路容易，走路不留行跡就困難。11 瞻彼闋者：觀照那個空明心境。瞻：觀照。闋：空。12 虛室生白：空明的心境生出光明。13 吉祥止止：吉祥善福，止在凝靜之心。前面的「止」是動詞，後面的「止」是名詞，喻凝靜之心。14 坐馳：形坐而心馳。15 徇：使。16 外於心知：排除心機。17 紐：樞紐，關鍵。18 几蘧：傳說中的古帝王。19 散焉者：疏散之人，指普通一般人。

譯文

顏回說：「我沒有更好的辦法了，請問有甚麼方法。」

孔子說：「你先齋戒，我再告訴你。你有了成心去做事，哪裏有這麼容易呢？如果你以為容易，那就不合自然的道理了。」

顏回說：「我家裏貧窮，不飲酒、不吃葷已經有好幾個月了。這樣子可算是齋戒了嗎？」

孔子說：「這是祭祀的齋戒，並不是『心齋』。」

顏回說：「請問甚麼是心齋？」

孔子說：「你心志專一，不用耳去聽而用心去聽，不要用心去聽，而用氣去感應。耳的作用止於聆聽外物，心的作用止於感應現象。氣乃是空明而能容納外物的，道只能集於清虛之氣中，清虛的心境，就是『心齋』。」

顏回說：「我在沒有聽到『心齋』道理的時候，實在不能忘我；聽到『心齋』道理之後，頓然忘去自己，這樣可算達到空明的心境嗎？」

孔子說：「對了，我告訴你了！如能悠遊於藩籬之內而不為名位所動，能夠接納你的意見就說，不能接納你的意見就不說。自己不要固閉，也不要暴躁，心靈凝聚而處理事情寄託於不得已，這樣就差不多了。不走路還容易，走路而不留行跡就很困難了。為情欲所驅使容易造偽，順其自然而行便難以造偽。只聽說過有翅膀才能飛，沒有聽說過沒有翅膀而能飛的；只聽說過用心智去求得知識，沒有聽說過不用心智而求得知識的。觀照那個空明的心境，空明的心境可以生出光明來，福善之事止於凝靜之心。如果心境不能寧靜，這就叫做『坐馳』。使耳目感官向內通達而排除心機，鬼神也會來依附，何況是人呢！這樣萬物都可以感化，這是禹舜處世的關鍵，也是伏羲、几蘧行為的準則，何況普通的人呢！」

賞析與點評

《莊》書言「氣」，從不同的語境來看，在哲學範疇中可以概分為兩類，一般多以氣為構成萬有生命的始基元素，但有時則又將始基元素的氣提升為精神氣質、精神狀態乃至精神境界。誠如徐復觀先生所論：「氣韻觀念之出現，係以莊學為背景。莊學的清、虛、玄、遠，實係『韻』的性格，『韻』的內容；中國畫的主流，始終是在莊學精神中發展。」

「心齋」修養方法，最緊要的是心神專注（「一志」），在「一志」的原則下，其步驟為：「耳止」，「心止」，「氣」導，「集虛」等修煉之功，亦即聚精會神，而後官能活動漸由「心」的作用來取代，接着心的作用又由清虛之「氣」來引導，「心齋」的關鍵在於精神專一，透過靜定功夫，引導清虛之氣會聚於空明靈覺之心。

「心齋」的修養工夫着重心境向內收——由耳而心，由心而氣，層層內斂。所謂「徇耳目內通」，即使耳目作用向「內通」，達到收視返聽於內的效果，開闊人的內在精神，陶冶人的內在本質。「心齋」修養方法，最緊要的是心神專注（「一志」），從耳目官能的感知作用，到心的統轄功能，而後到氣的運行，循序而進，層層提升。

「瞻彼闋者，虛室生白，吉祥止止。夫且不止，是之謂坐馳。夫徇耳目內通而外於心知。」

意謂心齋能使心靈通過修養工夫達到「虛室生白」那種空明的境界。這空明的覺心能使「耳目內通」，能感化萬物。這段話另有一番意趣，所謂觀照那空明心境的「瞻闋」、所謂福善之事止於凝靜之心的「止止」、所謂耳目感官通向心靈深處的「耳目內通」，都是「內視」的提法。在中國古代思想文化史上，「內視」之說首出於此。

二

葉公子高將使於齊[1]，問於仲尼曰：「王使諸梁也甚重，齊之待使者，蓋將甚敬而不急。匹夫猶未可動，而況諸侯乎！吾甚慄之。子常語諸梁也曰：『凡事若小若大，寡不道以歡成[2]。事若不成，則必有人道之患[3]；事若成，則必有陰陽之患[4]。若成若不成而後無患者，唯有德者能之。』吾食也執粗而不臧[5]，爨無欲清之人[6]。今吾朝受命而夕飲冰，我其內熱與[7]！吾未至乎事之情而既有陰陽之患矣！事若不成，必有人道之患。是兩也，為人臣者不足以任之，子其有以語我來！」

注釋

1 葉公子高：楚大夫，葉縣令，姓沈，名諸梁，字子高。2 寡不道以歡成：未有不依道而能使美滿成就。3 人道之患：人為的禍患，指人君的懲罰。4 陰陽之患：陰陽之氣激盪而導致失調患病。5 吾食也執粗而不臧：「臧」，精美。6 爨（cuàn）：燒火做飯。此指燒火之人。7 內熱：內心煩焦。

譯文

葉公子高將要出使齊國，問孔子說：「楚王交給我的使命是很重大的，齊國對待外來的使者，總是表面恭敬而實際怠慢。一個普通人尚且不敢輕動，何況是諸侯呢！我很是害怕。先生曾經對我說：『凡事無論大小，很少有不合乎道而結果是好的。事情如果辦不成，就必定遭受懲罰；事情如果能辦成，那麼必定會受陰陽之氣激盪之致失調患病。無論是成功或不成功而不會遭到禍患的，只有盛德的人才能做到。』我平時吃粗食不求精美，家中沒有求清涼的人。現在我早晨接到使命而晚上就要喝冰水，我是心中焦灼了吧！我還沒有了解事實的真相，就已經陰陽之氣激盪而失調患病；事情如果再辦不成功，必定要遭到人君的懲罰。這兩種災患降臨在身，為人臣的實在承受不了，先生可以教導我嗎？」

仲尼曰：「天下有大戒二[1]：其一，命也；其一，義也[2]。子之愛親，命也，

不可解於心；臣之事君，義也，無適而非君也，無所逃於天地之間。是之謂大戒。是以夫事其親者，不擇地而安之，孝之至也；夫事其君者，不擇事而安之，忠之盛也；自事其心者，哀樂不易施乎前，知其不可奈何而安之若命，德之至也。為人臣子者，固有所不得已。行事之情而忘其身，何暇至於悅生而惡死！夫子其行可矣！「丘請復以所聞：凡交近則必相靡以信[3]，交遠則必忠之以言。言必或傳之。夫傳兩喜兩怒之言，天下之難者也。夫兩喜必多溢美之言，兩怒必多溢惡之言。凡溢之類妄，妄則其信之也莫[4]，莫則傳言者殃。故法言曰[5]：『傳其常情，無傳其溢言，則幾乎全。』且以巧鬥力者，始乎陽，常卒乎陰[6]，泰至則多奇巧；以禮飲酒者，始乎治，常卒乎亂，泰至則多奇樂。凡事亦然，始乎諒，常卒乎鄙[7]；其作始也簡，其將畢也必巨。言者，風波也；行者，實喪也[8]。夫風波易以動，實喪易以危。故忿設無由，巧言偏辭。獸死不擇音，氣息茀然，於是並生厲心[9]。剋核太至[10]，則必有不肖之心應之，而不知其然也。苟為不知其然也，孰知其所終！故法言曰：『無遷令，無勸成[11]。過度，益也[12]。』遷令勸成殆事。美成在久，惡成不及改，可不慎與！且夫乘物以遊心[13]，託不得已以養中[14]，至矣。何作為報也[15]？莫若為致命[16]，此其難者[17]。」

注釋

1 **大戒**：指人生足以為戒的大法。戒：法。2 **其一，命也；其一，義也**：「命」，天性。「義」，一種應然的社會生活的存在規範。3 **靡**：縻通，維繫。4 **信之也莫**：猶言信之不篤。莫：薄。5 **法言**：格言。6 **始乎陽，常卒乎陰**：指以巧鬥力者，始於明鬥，而常終於暗鬥。7 **始乎諒，常卒乎鄙**：始則誠信，終則鄙惡。諒：見諒，取信之意。鄙：欺詐。8 **實喪**：猶言得失。9 **厲心**：狠戾之心。10 **剋核太至**：逼迫太甚。11 **無遷令，無勸成**：不要改變所受的使命，不要強求事情的成功。12 **益**：「溢」之初文。13 **乘物以遊心**：意即順任事物的自然而悠遊自適。遊心：心靈自由活動。14 **託不得已以養中**：給予不得已，意謂順任自然，保養心性。15 **何作為報也**：何必作意去報效國君呢！16 **致命**：意指真實無妄地傳達君命。17 **此其難者**：指完成君主的使命是很困難的事。

譯文

孔子說：「世間有兩個足以為戒的大法：一個是『命』（自然的），一個是『義』（人為的）。子女愛父母，這是人的天性，無法解釋的；臣子事君主，這是不得不然的，不論任何國家都不會沒有君主，這是無法逃避的。這就是所謂的足以為戒的大法。所以子女奉養父母，無論甚麼境地都要使他們安適，這就是行孝的極點了；臣子事君主，無論甚麼事情都要安然處之，這就是盡忠的極點了；從事內心修養的人，不受哀樂情緒的影響，知道事情的艱難無可奈何而能安心去做，這就是德性的極點了。為人臣子的，當然有不得已的事。但是遇事能如實地去做而忘記自己，這樣哪裏會有貪生怕死的念頭呢？你這樣去做就可以了。

「我還要把我聽到的再告訴你：大凡國與國相交，鄰近的國家就以信用來往，遠途的國家要用忠實的語言維繫。用語言來建立邦交就要靠使臣去傳達。傳達兩國國君的喜怒的言詞，是天下最難的事情。兩國國君喜悅的言詞必定過度地添加許多好話；兩國國君憤怒的言詞必定過度地添加許多壞話。凡是過度添加的話都是失真的，失真就雙方都不相信，不相信則傳話的使臣要遭殃了。所以古語說：『要傳達真實不妄之言，不要傳達過分的言詞，這樣就可以保全自己。』

「那些以技巧來角力的人，開始的時候是明來明去，到最後往往是使出陰謀，太過分時就詭計百出了；以禮飲酒的人，開始的時候規規矩矩，到最後往往迷亂昏醉，太過分時就會放蕩狂樂了。任何事情都是這樣，開始的時候彼此見諒，到最後時就往往互相欺詐了；許多事情開始的時候很單純，到後來就變得艱難了。語言就像風波；傳達言語，有得有失。風波容易興作，得失之間容易發生危難。所以憤怒的發作沒有別的原因，就是由於花言巧語偏辭失當。困獸要死的時候就尖聲亂叫，呼吸急促，於是產生噬人的惡念。凡事逼迫太過分時，別人就會興起惡念來報復他，而他自己還不知道為甚麼緣故。如果自己都不知道怎麼回事，誰能知道他會遭到甚麼結果呢！所以古語說：『不要改變所受的使命，不要強求事情的成功。過度就是「溢」了。』改變成命強求事成都會敗事。成就一件好事需要很久的時間，做成一件壞事就後悔不及了。這可以不謹慎嗎？心神任隨外物的變化而悠遊自適，寄託於不得已而保養自己的心性，這就是最好的了。何必作意去擔心國君的回報呢！不如如實地傳達國君的指示，這會很困難嗎？」

三

顏闔將傅衛靈公太子[1]，而問於蘧伯玉曰[2]：「有人於此，其德天殺[3]。與之為無方，則危吾國；與之為有方，則危吾身。其知適足以知人之過，而不知其所以過。若然者，吾奈之何？」蘧伯玉曰：「善哉問乎！戒之，慎之，正汝身也哉！形莫若就[4]，心莫若和[5]。雖然，之二者有患。就不欲入[6]，和不欲出[7]。形就而入，且為顛為滅，為崩為蹶；心和而出，且為聲為名，為妖為孽[8]。彼且為嬰兒，亦與之為嬰兒；彼且為無町畦[9]，亦與之為無町畦；彼且為無崖[10]，亦與之為無崖；達之，入於無疵。「汝不知夫螳蜋乎？怒其臂以當車轍，不知其不勝任也，是其才之美者也。戒之，慎之，積伐而美者以犯之[11]，幾矣[12]！「汝不知夫養虎者乎？不敢以生物與之，為其殺之之怒也；不敢以全物與之，為其決之之怒也。時其飢飽，達其怒心。虎之與人異類，而媚養己者，順也；故其殺之者[13]，逆也。「夫愛馬者，以筐盛矢[14]，以蜄盛溺。適有蚊虻僕緣[15]，而拊之不時，則缺銜、毀首、碎胸[16]。意有所至，而愛有所亡，可不慎邪！」

注釋

1 顏闔：姓顏，名闔，魯國的賢人。2 蘧（qú）伯玉：姓蘧，名瑗，字伯玉，衛國的賢大夫。3 其德天殺：天性刻薄人，天資劣薄。4 形莫若就：外貌不如表現親近之態。5 心莫若和：內心不如存着誘導之意。6 就不欲入：親附他不要太過度。7 和不欲出：誘導之意不要太明顯。8 為妖為孽：謂招致災禍。孽：災。9 町畦（tǐngqí）：皆田區，即界限。10 無崖：無拘束。11 積伐而美者：「積」，屢。「伐」，誇。「而」，你。12 幾：危殆。13 殺之：搏殺，指傷人。14 矢：通「屎」。15 僕緣：附着。16 毀首、碎胸：指毀碎口勒與胸上的絡纓。

譯文

顏闔被請去做衞靈公太子的師傅，他去請教蘧伯玉說：「現在有一個人，天性殘酷。如果放縱他，就會危害國家；如果用法度去規諫他，就會危及自身。他的聰明足以知道別人的過錯，但不知道自己為甚麼犯過錯。遇到這種情況，我該怎麼辦呢？」

蘧伯玉說：「你問得很好！要小心謹慎，首先你要立得穩。外表不如表現親近之態，內心存着誘導之意。雖然這樣，這兩者仍有累患。親附他不能太過分，誘導他不要太顯露。外表親附太深，就要顛敗毀滅；內心誘導太顯露，他以為你為了爭聲名，就會招致災禍。他如果像嬰孩那樣爛漫，你也姑且隨着他像嬰兒那樣爛漫；他如果沒有界限，那麼你也姑且隨着他那樣不分界限；他如果不拘束，那麼你也姑且也隨着他那樣不拘束。這樣引達他，入於無過失的正途上。」

「你不知道那螳螂嗎？奮力舉起雙臂去阻擋車輪，不知道自己的力量不能勝任，這是因為它把自己的才能看得太高的緣故。要小心，要謹慎啊！你若多誇耀自己的長出去觸犯他，這就危險了。」

「你不知道那養虎的人嗎？不敢拿活物給它吃，怕它投殺活物時激起它殘殺的天性；不敢拿完整的食物給它吃，怕它撕裂食物時激起它殘殺的天性。知道它飢飽的時刻，順着它喜怒的性情。虎與人雖是不同類別卻馴服於餵養它的人，因為能順着它的性子。至於它要傷害人，是因為觸犯了他的性子。」

「喜歡馬的人，用別致的竹筐去接馬糞，用珍貴的盛水器去接馬尿。恰巧有蚊虻叮咬在馬身上，愛馬的人如若出其不意拍打蚊虻，馬就會受驚咬斷口勒，毀壞頭上胸上的轡絡。本意出於愛而結果適得其反，這可以不謹慎嗎？」

四

匠石之齊，至於曲轅，見櫟社樹[1]。其大蔽數千牛，絜之百圍[2]，其高臨山十仞而後有枝[3]，其可以為舟者旁十數[4]。觀者如市，匠伯不顧[5]，遂行不輟。弟子厭觀之[6]，走及匠石，曰：「自吾執斧斤以隨夫子，未嘗見材如此其美也。先生不肯視，行不輟，何邪？」曰：「已矣，勿言之矣！散木也。以為舟則沉，以為棺槨則速腐，以為器則速毀，以為門戶則液樠，以為柱則蠹，是不材之木也。無所可用，故能若是之壽。」匠石歸，櫟社見夢曰：「女將惡乎比予哉？若將比予於文木邪？夫柤梨橘柚果蓏之屬[7]，實熟則剝，剝則辱[8]。大枝折，小枝泄[9]。此以其能苦其生者也。故不終其天年而中道夭，自掊擊於世俗者也。物莫不若是。且予求無所可用久矣！幾死，乃今得之，為予大用。使予也而有用，且得有此大也邪？且也，若與予也皆物也，奈何哉其相物也[10]？而幾死之散人，又惡知散木！」匠石覺而診其夢[11]。弟子曰：「趣取無用[12]，則為社何邪？」曰：「密！若無言！彼亦直寄焉！以為不知己者詬厲也[13]。不為社者，且幾有翦乎！且也，彼其所保與眾異，而以義喻之[14]，不亦遠乎？」

注釋

1 櫟（lì）社樹：把櫟樹當做神社。2 絜（xié）之百圍：用繩子度量粗細。圍：圓周一尺。3 其高臨山十仞而後有枝：樹身高達山頭，樹幹七八十尺以上才生枝。形容樹的高大。4 旁：旁枝。5 匠伯：伯，作石；石是工匠之名；伯，指工匠之長。6 厭觀：飽看。7 果蓏之屬：果瓜之類。8 辱：扭折。9 泄：牽引。10 奈何哉其相物也：為甚麼還要拿我去類比文木呢？11 診：通「畛」，告。12 趣取：意在求取。13 詬厲：辱罵。14 義喻：從常理來衡量。

譯文

有個名叫石的木匠前往齊國，到了曲轅，看見一棵為社神的櫟樹。這棵樹大到可以供幾千頭牛來遮蔭，量一量樹幹足有白尺粗寬，樹身高達山頭，好幾丈以上才長出枝條，可以造船的旁枝就有十來枝。觀看的人就像趕集一樣眾多，然而匠伯不瞧一眼，直往前走。

他的徒弟站在那兒看了個夠，追上匠石，問道：「自從我拿起斧頭跟隨先生，還沒有見過這麼大的木材。先生不肯看一眼，直往前走，為甚麼呢？」

匠石回答說：「算了吧，不要再說下去了！那是沒有用的散木。用它做船，船就很快會沉沒；用它做棺槨很快會腐爛；用它來做器具很快會折毀；用它做門戶就會流污漿；用它做屋柱就會被蟲蛀，這是不材之木，沒有一點用處，所以才能有這麼長的壽命。」

匠石回到家，夜裏夢見社神櫟樹對他說：「你要拿甚麼東西來和我相比呢？把我和有用之木相比嗎？那柤梨橘柚，瓜果之類，果實熟了就遭剝落，剝落就被扭折。大枝被折斷，小枝被扯下來。這都是由於它們的才能害苦了自己的一生。所以不能享盡天賦的壽命而中途夭折，這都是自己顯露有用招來世俗的打擊。一切東西沒有不是這樣的。我求做到無所可用的境地已經很久了！幾乎被砍殺，到現在我才保全了自己，這正是我的大用。假使我有用，我還能長得這麼大嗎？而且你和我都是物，為甚麼還要拿我去類比文木呢？你這將要死的散人，又怎能知道散木呢！」

匠石醒來把夢告訴了他的弟子。弟子說：「它意在求取無用，為甚麼要做社樹呢？」匠石說：「停！你不要再說了。櫟樹也不過是寄託於社，才使那些不了解它的人詬議它。如果它不做社樹，豈不就遭到砍伐之害嗎。況且它用以保全自己的方法與眾不同，你只從常理來度量它，不是相差太遠了嗎？」

五

南伯子綦[1]遊乎商之丘[2]，見大木焉，有異，結駟千乘，將隱芘其所藾[3]。子綦曰：「此何木也哉！此必有異材夫！」仰而視其細枝，則拳曲而不可以為棟樑；俯而視其大根，則軸解而不可以為棺槨[4]；咶其葉，則口爛而為傷；嗅之，則使人狂酲三日而不已[5]。子綦曰：「此果不材之木也，以至於此其大也。嗟乎，神人以此不材。」宋有荊氏者[6]，宜楸柏桑[7]。其拱把而上者[8]，求狙猴之杙者斬之[9]；三圍四圍，求高名之麗者斬之[10]；七圍八圍，貴人富商之家求樿傍者斬之[11]。故未終其天年而中道之夭於斧斤，此材之患也。故解之[12]以牛之白顙者[13]，與豚之亢鼻者[14]，與人有痔病者，不可以適河[15]。此皆巫祝以知之矣，所以為不祥也。此乃神人之所以為大祥也。

注釋

1 南伯子綦：虛擬人物，《齊物論》作「南郭子綦」。2 商之丘：即今河南商丘縣。3 將隱芘其所藾：「將隱」，通行本作「隱將」。「芘」通「庇」，遮蔽。藾（lài）：蔭。4 軸解：謂木心分裂。5 酲（chéng）：酒醉。6 荊氏：地名，在宋國境內。7 楸（qiū）：落葉喬木，木質堅密。8 拱把：兩手相握稱「拱」，一手所握稱「把」。9 杙（yì）：栓。10 高名之麗：高名之家，華麗高屋。11 樿（shàn）傍：由整塊板做成的棺材。12 解之：禳除，即祭神求福解罪。13 白顙（sǎng）：白額。非純色，素以不能與祭。14 亢鼻：仰鼻，鼻孔翻上。15 適河：把童男童女投入河中祭神。

譯文

南伯子綦到商丘去遊玩，看見一棵大樹與眾不同，可供千乘的馬車隱息於樹蔭下。子綦說：「這是甚麼樹木啊！這樹必定有奇特的材質吧！」仰起頭看看它的細枝，卻只見彎彎曲曲的，不能做棟樑；低下頭去看看它的大幹，卻見木紋旋散而不能製作棺槨；舔舔它的葉子，嘴就潰爛受傷；聞聞它的氣味，就會使人狂醉，三天都醒不過來。

子綦說：「這是不材之木，所以才能長得這麼大。唉，神人也是這樣顯示自己的不材呀！」

宋國荊氏那個地方，適宜種植楸、柏之、桑樹。一握兩握粗的，想用它做繫猴的木栓的人就把它砍了去；三圍四圍粗的，想用它做高大屋棟的人就把它砍了去；

七圍八圍粗的，富貴人家想用做獨板棺材，就把它砍了去。所以不能享盡天賦的壽命而中途就被斧頭砍死，這就是有用之材的禍患。所以古時禳除的祭祀，凡是白額的牛和鼻孔翻上的豬，以及生痔瘡的人，都不可以用來祭祀河神。這是巫祝都知道的，認為那是不吉祥的。但這正是神人以為最吉祥的。」

六

支離疏者[1]，頤隱於臍，肩高於頂，會撮指天[2]，五管在上[3]，兩髀為脅[4]。挫針治繲[5]，足以糊口；鼓筴播精[6]，足以食十人。上徵武士，則支離攘臂而遊於其間；上有大役，則支離以有常疾不受功；上與病者粟，則受三鍾與十束薪[7]。夫支離其形者[8]，猶足以養其身，終其天年，又況支離其德者乎！

注釋

1 支離疏：寓託的人名。2 會撮：髮髻。3 五管：五臟的穴位。一說「五官」。4 兩髀（bì）為脅：「髀」，股，膝以上的腿骨。「脅」，胸旁的肋骨。5 挫針治繲（jiè）：

縫衣洗衣。6 **鼓筴**（jiā）**播精**：「鼓」，簸。「筴」，小箕。「播精」，用簸箕揚棄米糠而得精米。7 **鍾**：六斛四斗為一鍾。古時官吏俸祿多以鍾計。8 **支離其德**：猶忘德。

譯文

有一個支離疏（形體支離不全的人），臉部隱藏在肚臍下，肩膀高過頭頂，頸後的髮髻朝天，五臟的穴位向上，兩條大腿和胸旁的肋骨貼在一起。替人家縫衣洗衣，足夠過活；替人家簸米篩糠，足夠養十口人。政府徵兵時，支離疏搖擺而遊於其間；政府徵夫的時候，因為殘疾而免去勞役；政府放賑救濟貧病的時候，他可以領到三鍾米和十捆柴。形體殘缺不全的人，還能夠養身，享盡天賦的壽命，更何況那些忘德的人呢！

七

孔子適楚，楚狂接輿遊其門曰：「鳳兮鳳兮，何如德之衰也？來世不可待，往世不可追也。天下有道，聖人成焉[1]；天下無道，聖人生焉[2]。方今之時，僅免刑焉！福輕乎羽，莫之知載；禍重乎地，莫之知避。已乎，已乎！臨人以德。殆乎，殆乎！畫地而趨。迷陽迷陽[3]，無傷吾行。郤曲郤曲[4]，無傷吾足。」山木，自寇也[5]；膏火，自煎也。桂可食[6]，故伐之；漆可用，故割之。人皆知有用之用，而莫知無用之用也。

注釋

1 成：指成就事業。2 生：求生，即保全生命。3 迷陽：即荊棘。4 郤曲郤曲：回護避就。郤曲：轉彎行走。5 自寇：自取寇伐。6 桂可食：桂樹的皮與肉氣味芳香，可供調味，桂皮可做藥。

譯文

孔子到楚國去，楚國狂人接輿走過孔子門前唱道：「鳳啊，鳳啊，你的德行為甚麼衰敗？來世不可期待，往世不可追回。天下有道，聖人可以成就事業；天下無道，聖人只能保全生命。現在這個時代，只求免於遭受刑害！幸福比羽毛還要輕，卻不知道摘取；災禍比大地還要重，卻不知道回避。罷了，罷了！別在人的面前炫耀自己。危險啊，危險啊！擇地而蹈。荊棘啊荊棘，不要刺傷了自己的行徑。轉個彎兒走，轉個彎兒走，不要刺傷自己的腳啊。」山木自招砍伐；膏火自招煎熬。桂樹因為可以吃，所以遭人砍伐；漆樹因為可以用，所以遭人刀割。世人都知道有用的用處，而不知道無用的用處。

德充符

本篇導讀——

《德充符》篇，主旨在於破除外形殘全的觀念，而重視人的內在性，借許多殘畸之人為德行充足的驗證。能體現宇宙人生的根源性與整體性的謂之德。有德之人，生命自然流露出一種精神力量吸引着人。

本篇可分六章，首章寫兀者王駘，行不言之教，而有潛移默化之功。王駘的弟子與孔子相若，孔子也要拜他為師。王駘能「保始」、「守宗」，把握事物的本質；「物視其所一」，把萬物看成一個不可分割的整體。心靈能作整體觀，則不局限於一隅。王駘之過人之處，在於他有統一的世界觀。第二章，為兀者申徒嘉與子產合堂同師的寓言。這寓言表現出執政不僅不體恤有殘疾的人，還以其高位而傲視有殘疾的人。這寫出一般權高位重者君臨人民的面貌。而申徒嘉的殘廢是遭刑逼的，「遊於彀中、中央者，中地也。」「彀中」、「中地」，則人間世如一刑網。

再由形的殘全問題，見出有人形體雖殘缺而心智卻完善，有人形體雖完好而心智卻殘缺。執政與申徒嘉同窗，「遊於形骸之內」，所求者道德學問，然而執政卻以貌取人，以勢淩人，而索人於「形骸之外」，這種價值取向顯然是極浮薄的。第三章，寫兀者叔山無趾見孔子的故事。這與申徒嘉一節寫法相似。孔子蔽於形而不知德，見叔山遭刑致殘而歧視他，叔山說他雖亡足，「猶有尊足者存」。責孔子「蘄以諔詭幻怪之名聞」，而不知死生如一，是非平齊之理。第四章，寫哀駘它無權勢、無利祿、無色貌、無言說。有內涵的人卻不外揚，所謂「內保之而外不蕩」。第五章，闉跂支離無脤與甕大癭，也是奇形怪狀的人，他們「德有所長，而形有所忘」。篇末一章，為莊子與惠子的對話，談論人情的問題。「不以好惡內傷其身」，莊子所批判的是縱情肆欲，勞身焦思以至於傷害性命，塗滅性靈。莊子要人「常因自然」，遮撥俗情，以體悟天地之大美。

出自本篇的著名成語，有「肝膽楚越」、「虛往實歸」、「無可奈何」、「廢然而反」、「無形心成」、「死生一條」、「和而不唱」等。

一

魯有兀[1]者王駘[2]，從之遊者與仲尼相若。常季[3]問於仲尼曰：「王駘，兀者也，從之遊者與夫子中分魯。立不教，坐不議，虛而往，實而歸。固有不言之教，無形而心成者邪[4]？是何人也？」仲尼曰：「夫子，聖人也。丘也直後而未往耳！丘將以為師，而況不若丘者乎！奚假魯國[5]，丘將引天下而與從之。」常季曰：「彼兀者也，而王先生[6]，其與庸亦遠矣[7]。若然者，其用心也，獨若之何？」仲尼曰：「死生亦大矣，而不得與之變；雖天地覆墜，亦將不與之遺[8]；審乎無假而不與物遷[9]，命物之化[10]而守其宗也[11]。」常季曰：「何謂也？」仲尼曰：「自其異者視之，肝膽楚越也；自其同者視之，萬物皆一也。夫若然者，且不知耳目之所宜[12]，而遊心乎德之和。物視其所一而不見其所喪[13]，視喪其足猶遺土也。」常季曰：「彼為己，以其知得其心，以其心得其常心[14]。物何為最之哉[15]？」仲尼曰：「人莫鑒於流水而鑒於止水，唯止能止眾止[16]。受命於地，唯松柏獨也正，在冬夏青青；受命於天，唯堯、舜獨也正，在萬物之首。幸能正生[17]，以正眾生。夫保始之徵[18]，不懼之實，勇士一人，雄入於九軍[19]。將求名而能自要者而猶若是，而況官天地、府萬物[20]、直寓六骸[21]、象耳目[22]、一知之所知而[23]心未嘗死者乎[24]！彼且擇日而登假[25]，人則從是也。彼且何肯以物為事乎！」

注釋

1 兀（wù）：通「介」，斷足。2 王駘（tái）：莊子寓託的理想人物。王：取為人所崇敬之意。駘：含有大智若愚的意思。3 **常季**：孔子的弟子。4 **無形而心成**：指潛移默化之功。5 **奚假**：何但，何止。6 **王**：音「旺」，勝。7 **庸**：常人。8 **不與之遺**：不會隨着遺落。9 **審乎無假**：處於無待。「審」，處。「無假」，無所假借，即無所待。10 **命物之化**：即順任事物的變化。11 **守其宗**：執守事物的樞紐。12 **不知耳目之所宜**：指不知耳目宜於聲色是非。13 **物視其所一而不見其所喪**：把萬物看成一體，則不感到有甚麼遺失。14 **以其知得其心，以其心得其常心**：用他得智慧去領悟「心」，再根據這個「心」返回到「常心」。這裏的「常心」指原始本然之心。此心無分別、無好惡作用，領悟道的真諦。15 **最**：聚，歸依。16 **唯止能止眾止**：唯有靜止之物，才能止住一切求靜止者。17 **正生**：即正性，指堯、舜自正性命。18 **保始之徵**：保全本始的徵驗。19 **九軍**：這裏泛指千軍萬馬。20 **官天地、府萬物**：主宰天地，包藏萬物。官：主宰。府：包藏萬物。21 **直寓六骸**：把六骸視為旅舍。22 **象耳目**：把耳目看作是跡象。23 **一知之所知**：把智能的認識統一到道的同一中。24 **心未嘗死者**：心中未嘗有死生變化的觀念。

死：喪失。25 **彼且擇日而登假**：「擇日」指日。「登假」，升於高遠，指達到超塵絕俗的精神世界。「假」通「遐」，遠，高遠。

譯文

魯國有一個斷了腳的人名叫王駘，跟從他求學的弟子和孔子相等。常季問孔子說：「王駘是斷了腳的人，跟隨他學的弟子和先生在魯國各佔一半。他立不施教，坐不議論，跟他學的人空虛而來，滿載而歸。果真有不用語言的教導，無形感化而達到潛移默化之功嗎？這是甚麼樣的人呢？」

孔子說：「這位先生是個聖人。我也落在後面還沒有去請教他。我準備拜他為師，何況不如我的人呢！何止魯國，我將要引領全天下的人去跟他學。」

常季說：「他是一個斷了腳的人，而能勝過你，那麼他與普通人相比，其間的差距就太大了。果真這樣，他的心智活動有甚麼獨特之處呢？」

孔子說：「死生是一件極大的事，卻不會使他隨之變化；就是天覆地墜，他也不會隨着遺落毀滅；他處於無所待的境界而不受外物變遷的影響，主宰事物的變化而執守事物的樞紐。」

常季說：「這是甚麼意思呢？」

孔子說：「從事物相異的一面去看，肝膽毗鄰卻如遠隔，這就像楚國和越國一樣；從他們相同的一面去看，萬物都是一樣的。如果了解這一點，就不會關心關心耳目適合何種聲色，只求心靈遊放於德的和諧的境地。從萬物相同的一面去看就看不見有甚麼喪失，所以看自己斷了一隻腳就好象失落了一塊泥巴一般。」

常季說：「王駘的自身修養，是用他的智力去把握自我的新，再經由主導自我的心去把握普遍相適的『常心』，那麼為甚麼眾人會歸附他呢？」

孔子說：「人不在流動的水面上照自己的影子，而在靜止的水面照自己的影子，唯有靜止的東西才能使他物靜止。接受生命於地，唯有松柏稟自然之正，無分冬夏，枝葉常青；接受生命於天，唯有堯、舜得性命之正，在萬物中為首長。幸而他們能自正性命，才能去引導眾人。能保全本始的徵驗，才會有勇者的無所畏懼，勇敢的武士，一個人衝入千馬萬馬之中。想要追求功名的人尚且能夠這樣，何況主宰天地，包藏萬物，以六骸為寄寓，以耳目為跡象，天賦的智慧能夠燭照所知的境域，而心中未嘗有死的念頭的人呢？王駘能從容地選定吉日而超塵絕俗，大家都樂意隨從他，他哪裏肯以吸引眾人為事呢？」

賞析與點評

《德充符》開篇運用對比反差手法描寫寓言人物王駘的身體殘缺與內在精神之完美。兀者王駘從事教學工作，他的弟子和孔子相若，他「立不教，坐不議」，行不言之教，而有潛移默化之功（「無形而心成」）。王駘的心靈活動有甚麼獨特之處呢。在「其用心也獨若之何？」這一議題上，莊子乃藉寓言中的重言人物仲尼描述王駘這位理想的道家人物的理念，具有這樣獨特的人格魅力：「守宗」、「保始」而「遊心乎德之和」——這是說王駘能掌握生命的主軸把握事物的根源，因而他的心神能遨遊於道德的和諧境界（「遊心乎德之和」）。

「遊心乎德之和」是莊子藝術哲學中引人注意的語句。莊子藉寓言人物王駘作了相似的表述：他視宇宙萬物為統一的整體（「物視其所一」），同時主張把眾人種種地認識會通到大道的同一的境域之中（「一知之所知」）。具有這種世界觀的人，才能達到「遊心乎德之和」的境界。《內篇》還從不同面言及主體的審美活動，如《人間世》：「乘物以遊心」，這是一種以藝術精神入世的心態；《應帝王》：「遊心於淡」，這是在生活中保持超功利的美的鑒賞心態，而《德充符》此處，則將審美主體提升到完滿的和諧之美人生境界。

二

申徒嘉[1]，兀者也，而與鄭子產同師於伯昏無人[2]。子產謂申徒嘉曰：「我先

出則子止，子先出則我止。」其明日，又與合堂同席而坐。子產謂申徒嘉曰：「我先出則子止，子先出則我止。今我將出，子可以止乎？其未邪？且子見執政[3]而不違[4]，子齊執政乎？」申徒嘉曰：「先生之門，固有執政焉如此哉？子而悅子之執政而後人者也[5]。聞之曰：『鑒明則塵垢不止，止則不明也。久與賢人處則無過。』今子之所取大者[6]，先生也，而猶出言若是，不亦過乎？」子產曰：「子既若是矣，猶與堯爭善。計子之德，不足以自反邪？」申徒嘉曰：「自狀其過，以不當亡者眾[7]，不狀其過，以不當存者寡。知不可奈何而安之若命，唯有德者能之。遊於羿[8]之彀中[9]。中央者，中地也[10]；然而不中者，命也。人以其全足笑吾不全足者多矣，我怫然而怒[11]，而適先生之所，則廢然而反[12]。不知先生之洗我以善邪[13]（，吾之自寤邪）！吾與夫子遊十九年矣，而未嘗知吾兀者也。今子與我遊於形骸之內，而子索我於形骸之外，不亦過乎！」子產蹴然[14]改容更貌曰：「子無乃稱[15]！」

注釋

1 申徒嘉：姓申徒，名嘉，鄭國賢人。2 伯昏無人：「昏」是道家所崇尚的一種人生境界，以「無人」為名，可見是莊子寓託。3 執政：子產為鄭國執政大臣，這裏是子產的自稱。4 不違：不避。5 後人：瞧不起人。6 所取大者：「取」，求。「大」，指學問德性。謂求廣見識，培養德性。7 自狀其過，以不當亡者眾：自己申辯說過錯以為不應當殘形的人很多。8 羿：堯時的神射手。9 彀（gòu）中：張弓弩射程之內，一說喻刑網。10 中地：箭矢射中的地方，喻在刑網之中。11 怫（fú）然：臉上變色的樣子。12 廢然而反：怒氣全消。13 洗我以善：即以善洗我，指用善道來教導我。洗，猶教育。此句後「吾之自寤邪」應是衍文。14 蹴（cù）然：慚愧不安的樣子。15 子無乃稱：你別再說了。「乃」讀為「仍」，「復」，再。「乃稱」，猶復言。

譯文

申徒嘉是一個斷了腳的人，他和鄭子產同是伯昏無人的弟子。子產對申徒嘉說：「我先出去，你就停下；你先出去，我就停下。」到了第二天，他們又合堂同席坐在一起。子產對申徒嘉說：「我先出去，你就停下；你先出去，我就停下。現在我要先出去，你可以稍停一下嗎？還是不能呢？你看見我這執政大臣還不回避，你把自己看成和我一樣的執政大臣嗎？」

申徒嘉說：「先生的門下，有這樣的執政嗎？你炫耀你的執政而瞧不起人嗎？聽說『鏡子明亮就不落灰塵，落上灰塵就不明亮。常和賢人在一起就不會有過失。』你今天來先生這裏求學修德，還說出這種話來，不是太過分嗎？」

子產說：「你已經是這樣了，還要和堯爭善。你計量一下自己的德性，還不夠你自我反省嗎？」

申徒嘉說：「一個人自己辯說自己的過錯，認為不應當殘形的人很多，既殘形後，不辯說自己的過錯，以為自己不當全形的人很少。知道事情的無可奈何，而能安下心來視如自然的命運，這只有有德的人才能做到。走進羿的射程之中，正是當中的地方，進入了必中的境地；然而有時不被射中，那是命。別人因為兩腳完全而譏笑我殘廢的人很多，我聽了非常生氣；等我來看先生這裏，我的怒氣全消，回復了常態。你還不明白這是先生用善來教化我嗎？我在先生門下已經十九年了，可是他從來沒有感覺到我是斷了腳的人。現在你和我遊於『形骸之內』以德相交，但你卻在卻在『形骸之外』用外貌上來衡量我，不是很錯誤的嗎？」子產覺得很慚愧，立刻改變面容說：「請你不要再說了。」

三

魯有兀者叔山無趾[1]，踵見仲尼[2]。仲尼曰：「子不謹，前既犯患若是矣。雖今來，何及矣！」無趾曰：「吾唯不知務而輕用吾身，吾是以亡足。今吾來也，猶有尊足者存焉[3]，吾是以務全之也。夫天無不覆，地無不載，吾以夫子為天地，安知夫子之猶若是也！」孔子曰：「丘則陋矣！夫子胡不入乎？請講以所聞。」無趾出。孔子曰：「弟子勉之！夫無趾，兀者也，猶務學以復補前行之惡，而況全德之人乎[4]！」無趾語老聃曰：「孔丘之於至人，其未邪？彼何賓賓以學子為[5]？彼且蘄[6]以諔詭幻怪之名聞[7]，不知至人之以是為己桎梏邪？」老聃曰：「胡不直使彼以死生為一條，以可不可為一貫者，解其桎梏，其可乎？」無趾曰：「天刑之[8]，安可解！」

注釋

1 叔山無趾：虛構的名字。「叔山」是字，遭刖足，所以稱號為「無趾」。2 踵（zhǒng）見：踵行而求見。3 猶有尊足者存焉：「尊足」謂尊於足，猶言貴於足。4 全德：猶全體，謂道德完美、內德充足。5 賓賓以學子為：總是把自己當成個學者。賓賓：猶頻頻、繽繽。6 蘄（qí）：求。7 諔（chù）詭幻怪：奇異怪誕。8 天刑之：天然刑罰，指孔子天生根器如此。

譯文

魯國有一個斷了腳趾的人名叫叔山無趾，用腳後跟走路去見孔子。孔子說：「你不謹慎，早先已經犯了這樣的過錯，現在雖然來這裏請教，怎麼還來得及呢！」

無趾說：「我只因不知時務而輕用自己的身體，所以才斷了腳。現在我來這裏，還有比腳更尊貴的東西存在，我想要保全它。天是無所不覆的，地是無所不載的，我把先生當作天地，哪裏知道先生是這樣的啊！」

孔子說：「我實在淺陋！您為甚麼不進來呢？請說說你的看法。」

無趾走了。孔子說：「弟子們勉勵啊！無趾是一個斷了腳趾的人，還努力求學以補過錯前非，何況沒有犯錯的全德之人呢！」

無趾對老聃說：「孔子還沒有達到『至人』的境界吧！他為甚麼總是把自己當成個學者呢？而他還要企求以奇異的名聲傳聞天下，他不知道至人把名聲當作是一種枷鎖呢！」

老聃說：「你為甚麼不使他了解死生為一致，可和不可為齊平的道理，解除他的束縛，這樣可以吧？」無趾說：「這是天然加給他的刑罰，怎麼可能解除呢？」

四

魯哀公問於仲尼曰：「衛有惡人焉[1]，曰哀駘它[2]。丈夫與之處者，思而不能去也；婦人見之，請於父母曰『與為人妻，寧為夫子妾』者，十數而未止也。未嘗有聞其唱者也，常和人而矣。無君人之位以濟乎人之死，無聚祿以望人之腹[3]，又以惡駭天下，和而不唱，知不出乎四域[4]，且而雌雄合乎前[5]，是必有異乎人者也。寡人召而觀之，果以惡駭天下。與寡人處，不至以月數，而寡人有意乎其為人也；不至乎期年，而寡人信之。國無宰，寡人傳國焉。悶然而後應，氾然而若辭[6]。寡人醜乎[7]，卒授之國。無幾何也，去寡人而行。寡人卹焉[8]若有亡也，若無與樂是國也[9]。是何人者也？」

注釋

1 惡：醜。2 哀駘它：虛擬的人名。3 望：如月望，飽滿地樣子。4 不出乎四域：不超出人世。5 雌雄合乎前：「雌雄」，指婦人丈夫。6 氾然而若辭：「氾然」，漫不經心的樣子。氾，同「泛」。7 寡人醜乎：「醜」，慚愧。喻魯哀公感自愧不如。8 卹(xù)：憂悶的樣子。9 若無與樂是國也：即「是國若無與樂也」。是：此，指魯國。

譯文

魯哀公問孔子說：「衞國有個面貌醜陋的人，名叫哀駘它。男人和他相處，想念他不捨得離開；女人見了他，請求父母說，『與其做別人的妻子，不如做這位先生的妾』，這樣的女人不止有十幾個。沒有聽到他倡導甚麼，只見他應和而已。他沒有權位去救濟別人的災難，也沒有錢財去養飽別人的肚子，而且又面貌醜惡使天下人見了都感到驚駭，他應和而不倡導，他的知見不超出人世以外，然而婦人男子親附他，這必定有異於常人之處。我召他來，果然見他面貌醜陋可以驚駭天下人。但是和我相處，不到一個月，我就覺得他有過人之處；不到一年，我就很信任他。這時國內正沒有宰相，我就把國事委託給他。他卻淡淡然而無意承應，漫漫然而未加推辭。我覺得很慚愧，終於把國事委託給他。沒有好久，他就離開我走了。我很憂悶，好像失落了甚麼似的，好像國中再沒有人可以功歡樂似的，他究竟是怎樣的人呢？」

仲尼曰：「丘也嘗使於楚矣，適見㹠子[1]食於其死母者。少焉眴若[2]，皆棄之而走。不見己焉爾，不得類焉爾[3]。所愛其母者，非愛其形也，愛使其形者也[4]。戰而死者，其人之葬也不以翣資[5]；刖者之屨，無為愛之，皆無其本矣[6]。為天子之諸御[7]，不翦爪[8]，不穿耳；取妻者止於外，不得復使。形全猶足以為爾，而況全德之人乎！今哀駘它未言而信，無功而親，使人授己國，唯恐其不受也，是必才全[9]而德不形[10]者也。」

注釋

1 㹠（tún）子：小豬。2 眴（shùn）若：驚慌的樣子。3 不得類焉爾：不同一類，意指不像活着的樣子。4 使其形：主宰形體的精神。5 戰而死者，其人之葬也不以翣（shà）資：謂在戰場埋葬死者無棺，則不用棺飾送葬。翣：古時棺材上的飾物，形如扉。資：送，給。6 刖者之屨，無為愛之，皆無其本矣：謂刖者無足，無須愛屨。刖（yuè）：古代砍足的刑罰。屨（lǚ）：鞋。7 諸御：宮女。8 不翦爪：不剪指甲。翦：同「剪」。9 才全：才質完備。10 德不形：德不顯露。

譯文

孔子說：「我曾經到楚國去，恰巧看見一群小豬在剛死的母豬身上吃奶。一會兒都驚慌地拋開母豬逃走。因為母豬已經失去知覺了，不像活着的樣子。可見他們所以愛母親的，不是愛它的形體，而是愛主宰它形體的精神。戰場上戰敗而死的人，行葬時不用棺飾；砍斷了腳的人，不會愛惜原來的鞋子。這都是因為失去了根本啊！做天子嬪妃的，不剪指甲，不穿耳眼；娶妻的人留在宮外，不得再為役使。為求形體的完整尚且如此，何況德性完整的人呢！現在哀駘它沒有開口就取得人的信任，沒有功業就贏得人的親敬，能使別人要把自己的國政委託給他，還怕他不肯接受，這一定是『才全』而『德不形』的人。」

哀公曰：「何謂才全？」仲尼曰：「死生、存亡、窮達、貧富、賢與不肖、毀

譽、飢渴、寒暑，是事之變，命之行也[1]。日夜相代乎前，而知不能規乎其始者也[2]。故不足以滑和[3]，不可入於靈府[4]。使之和豫通而不失於兑[5]，使日夜無郤[6]而與物為春[7]，是接而生時於心者也。是之謂才全。」

注釋

1 命：天命，自然。2 規：讀作「揆」，揆度之意。3 滑和：擾亂本性的平和。滑：亂。4 靈府：指心靈。5 和豫通：安適通暢。兑：悦。6 日夜無郤：日夜都不間斷，意謂經常保持怡悦的心情。7 與物為春：應物之際，春然和氣。謂萬物欣欣向榮之意。

譯文

哀公説：「甚麼叫做『才全』？」孔子説：「死、生、得、失、窮、達、貧、富，賢與不肖、毀、譽，飢、渴、寒、暑，這都是事物的變化，運命的流行。好像晝夜的輪轉一般，而人們知覺卻不能窺睹它們的起始。了解這點就不足以讓他們擾亂了本性的平和，不至於讓他們侵入我們的心靈。使心靈安逸自得而不失怡悦的心情；使日夜不間斷地隨物所在保持保持着春和之氣，這樣就能萌生出在接觸外物時與時推移的心靈。這就叫做『才全』。」

賞析與點評

「才全而德不形」——説到才性的保全和德的不外露，關鍵處還在於心的修養。人生的旅程中，總會遭遇到種種的變故和價值的糾結（比如死生存亡，窮達富貴，賢愚毀譽，飢渴寒暑），這都是事物的變化，運命的流行。生命中的種種際遇，有的糾結，可以經由主觀的努力而獲得改善；有的變故，則人力所無可奈何！最重要的還在於不能讓它們擾亂自己平和的心境。

「靈府」是莊子為了言及心的作用而創造的一個新的概念，莊子進而闡述了「靈府」的審美活意趣：

「使之和豫通而不失於兑」，是談審美主體或藝術創作主體首先要培養心靈的安然自在，有如《田子方》一則寓言寫畫家「解衣般礴」所表露出藝術家的神采，宋代畫論家郭熙說：「莊子說畫史解衣般礴，此真得畫家之法，人須養得胸中寬快，意思悦適。」（《畫意》）藝術創作者「養得胸中寬快，意思悦適」，正是「使之和豫通而不失於兑」的另一表述。

「與物為春，是接而生時於心者也」，這是說與人相處保持着春和之氣，與外物接觸心中反映着相應的時季的變化。「與物為春」謂心神接觸外物像春天一般有生氣、與人相處滿懷着春日般意趣盎然，這正如《則陽》所描述：「其於物也，與之為娛矣；其於人也，樂物之通……飲人以和。」莊子對審美的闡揚，開啟了歷代詩歌文論的審美思潮。「是接而生時於心者」，正如《大宗師》描述真人的人格神態時所說一樣：「凄然似秋，煖然似春，喜怒通四時，與物有宜而莫知其極。」「喜怒通四時」，如同「是接而生時於心者」，都是寫主體心神接觸自然界時的心理反應。莊子筆下，常巧妙地把自然界擬人化，將自然界作為人的情感的對象化來反映；在莊子的世界裏，人的情意與大自然聯為一體，因而心神活動常反映出大自然的節奏，就像宋代郭熙論畫時所説的：「春山煙雲連綿，人欣欣；夏山嘉木繁陰，人坦坦。」（《林泉高致・山水訓》）莊子所謂「喜怒通四時」，正是此意。

「何謂德不形？」曰：「平者，水停之盛也[1]。其可以為法也，內保之而外不蕩也。德者，成和之修也[2]。德不形者，物不能離也。」

注釋

1 盛：至，極。2 成和之修：完滿純和的修養。

譯文

「甚麼叫做『德不形』？」孔子說：「水平是極端的靜止狀態。它可以為我們取法的準繩，內心保持極端的靜止狀態就可以不為外境所搖盪。德，乃是最純美的修養。德不着形跡，萬物自然親附不肯離去。」

賞析與點評

所謂「德不形」就是說德性不要彰顯外露，保持內在精神的穩定，不隨意受外境所搖盪（「內保之而外不蕩也」），這是呼應首章「唯止能止眾止」的道理。最後一句：「德者，成和之修也」，這則是呼應首章「遊心乎德之和」而提出的。道家的宇宙觀、人生觀的基本主張是人和宇宙為不可分割的整體，以此進而倡導人與自然的和諧關係、人與人的和諧關係，以及人對自己內在保持平衡狀態，這就是莊子所倡導的三和：宇宙的和諧（「天和」）、人間的和諧（「人和」）及內心的和諧（「心和」）。「德者，成和之修也」，正是說「德」的最高境界就是達到人與自然、人與人的和諧修養的境界，這也就是「遊心於德之和」的審美境界。

莊子學說最大的特點，莫過於闡揚「遊」和「遊心」。「心」是精神活動的主體，「遊」是審美心理活動，因而「遊心」不僅是主體精神自由活動的表現，更是藝術人格的流露。

哀公異日以告閔子曰[1]：「始也吾以南面而君天下，執民之紀而憂其死，吾自以為至通矣[2]。今吾聞至人之言，恐吾無其實，輕用吾身而亡其國。吾與孔丘，非君臣也，德友而已矣！」

注釋　1 閔子：孔子弟子，姓閔，名損，字子騫。2 至通：非常通達，指明於治道。

譯文　有一天哀公告訴閔子說：「起初，我以國君的地位治理天下，執掌法紀而憂慮人民的死亡，我自以為盡善盡美了。現在我聽了至人的言論，恐怕我沒有實績，只是輕率地動用自己的身體，以至危亡我的國家。我和孔子並非是君臣，而是以德相交的朋友！」

賞析與點評

「德者，成和之修也」，正是說「德」的最高境界就是達到人與自然、人與人的和諧修養的境界，這也就是「遊心於德之和」的審美境界，這是呼應首章「遊心乎德之和」而提出的。「德不形」所說的這兩句話：「內保之而外不蕩也。德者，成和之修也。」想來也頗有意味。前者着重內在生命充實完美的追求，這是《德充符》的主旨，也是道家所崇尚的人格形象。而「德者，成和之修」也是對本篇主題思想的再度彰顯。

五

闉跂支離無脤說衛靈公[1]，靈公說之[2]，而視全人，其脰肩肩[3]。甕㼜大癭說齊桓公[4]，桓公說之，而視全人，其脰肩肩。故德有所長而形有所忘。人不忘其所忘，

而忘其所不忘，此謂誠忘。故聖人有所遊，而知為孽，約為膠[5]，德為接[6]，工為商[7]。聖人不謀，惡用知？不斵，惡用膠？無喪，惡用德？不貨，惡用商？四者，天鬻也[8]。天鬻者，天食也[9]。既受食於天，又惡用人！有人之形，無人之情。有人之形，故群於人；無人之情，故是非不得於身。眇乎小哉，所以屬於人也；謷乎[10]大哉，獨成其天。

注釋

1 **闉（yīn）跂支離無脤（shēn）**：曲足、傴背、無唇，形容形殘貌醜之人。2 **說之**：喜歡他。說：同「悅」。3 **其脰（dòu）肩肩**：「脰」，短頸。肩肩：形容細小的樣子。4 **甕㼜大癭**：形容頸瘤大如盆。5 **知為孽，約為膠**：以智巧為災孽，以約束為膠漆。6 **德為接**：以施惠為交接手段。德：小惠施人。接：交接。7 **工為商**：工巧是商賈的行為。8 **天鬻（yù）**：大自然的養育。9 **天食**：受自然的飼食。10 **謷（áo）乎**：高大的樣子。

譯文

有一個跛腳、傴背、缺唇的人去遊說衛靈公，衛靈公很喜歡他，看到身體完整的人，反而覺得他們的脖子太細長了。有一個脖子生大瘤的人去遊說齊桓公，齊桓公很喜歡他，看到身體完整的人，反而覺得他們的脖子太過於細小了。所以說只要有過人的德性，形體上的殘缺就會被人遺忘。人們如果不遺忘所應該遺忘的（形體的缺陷），而遺忘所不應當遺忘的（德性的不足），這才是真正的遺忘。所以聖人悠遊自適，而智巧是災孽，誓約是膠執，施惠是交接的手段，工巧是商賈的行徑。聖人不圖謀慮，哪裏還用智巧呢？不割裂，哪裏還用膠執？不喪失天性，哪裏還用恩德？不求謀利，哪裏還用得着推銷？這四種品德就是天養；天養就是受自然的飼養。既然受自然的養育，又何必着意人為呢！

有人的形體，而沒有人的偏情。有人的形體，所以和人相處，沒有人的偏情，所以是非不侵擾他。渺小啊，他與人同群；偉大啊，他能超越人群而提升為與自然同體。

六

惠子謂莊子曰：「人故無情乎？」莊子曰：「然。」惠子曰：「人而無情，何以謂之人？」莊子曰：「道與之貌，天與之形，惡得不謂之人？」惠子曰：「既謂之人，惡得無情？」莊子曰：「是非，吾所謂情也。吾所謂無情者，言人之不以好惡內傷其身，常因自然而不益生也。」惠子曰：「不益生，何以有其身？」莊子曰：「道與之貌，天與之形，無以好惡內傷其身。今子外乎子之神，勞乎子之精，倚樹而吟，據槁梧而瞑[1]。天選子之形[2]，子以堅白鳴[3]。」

注釋

1 槁梧：枯槁的梧桐樹。瞑：古「眠」字，睡眠。2 天選：天授。3 堅白鳴：即惠施唱盈堅白的論調，戰國時名家的著名論題。

譯文

惠子對莊子說：「人該是無情的嗎？」莊子說：「是的。」

惠子說：「人若沒有情，怎麼能稱為人？」莊子說：「道給了人容貌，天給了人形體，怎麼不能稱為人？」

惠子說：「既然稱為人，怎麼沒有情？」莊子說：「這不是我所說的『情』。我所說的無情，乃是說人不以好惡損傷自己的本性，經常順任自然而不是人為去增益。」

惠子說：「不用人為去增益，怎麼能夠保存自己的身體？」莊子說：「道給了人容貌，天給了人形體，不以好惡損傷自己的本性。現在你馳散你的精神，勞費你的精力，倚着樹下歌吟，靠着几案休息。天給了你形體，你卻自鳴得意於堅白之論。」

大宗師

本篇導讀——

《大宗師》篇主旨在於寫真人體道的境界。「大宗師」——即宗大道為師。宇宙為一生生不息的大生命；宇宙整體就是道；道亦即是宇宙大生命所散發的萬物之生命。「天人合一」的自然觀，「死生一如」的人生觀，「安化」的人生態度，「相忘」的生活境界，是本篇的主題思想。

本篇分為十章。首章提出天人的關係，即討論自然與人的關係。其觀點為天人作用本不分，「天與人不相勝」，人與自然是為親和的關係。莊子天人一體的觀念，表達了人和宇宙的一體感，人對宇宙的認同感與融合感。能了解人與自然的這種關係的，便是真人。在這一章裏，對於真人的精神面貌有諸多的描繪。第二章，要人認識死生是自然而不可免的事，正如晝夜的變化一樣，乃是自然的規律。人不當局限於形軀我，當與大化同流；在自然萬化中求生命的安頓。第三章寫道，簡略地描述道體的無形、永存及無限性。第四章，借南伯子葵對女偊的對話，述學道的進程。第五章，子祀、子輿、子犁、子來四人結為默契之友，體認「死生存亡之一體」。第六章，子桑戶、孟子反、子琴張三人相與為友的，「相忘以生，無所終窮」，不為死生之情所羈絆。生來死歸，為自然變化的必然現象，能安於所化，精神才能獲得大解放。這裏，對於生之無繫感和死之無懼感作了許多的描述。子桑戶死，二友「臨屍而歌」的泰然神態，拘於禮數的儒家人物見了大為驚懼。儒家「憒憒然為世俗之禮」以飾眾人的視聽而已。故二友笑儒者「惡知禮意！」第七章，寫孟孫才善處喪，孟孫氏不受儒家繁瑣禮節所拘，他能了解生死的真相，了解變化的道理。第八章，意而子與許由的對話，指責堯以仁義是非黥人，這是對儒家傳統主義的道德規範、理論價值進行批判。指出在儒家道德規範、理論價值的束縛下，人類精神便無自由活動的可能。第九章寫「坐忘」。「離形去知，同於大通，此謂坐忘」。「離形」，即消解由生理所激起的貪欲。「去知」，即消解由心智作用所產生的偽詐。如此，心靈才能開敞無礙，無所繫蔽，而通向廣大的外境。篇末一章，由子桑的困境，寫其安命的思想。自然變化即是「命」，「安命」亦即安於自然的變化流行。

許多富有哲理的成語出自本篇，如「泉涸之魚」、「相濡以沫」、「相忘江湖」、「自適其適」、「藏舟於壑」、「藏山於澤」、「善始善終」、「莫逆之交」、「遊方之外」、「不生不死」、「相視莫逆」等。

一

知天之所為，知人之所為者，至矣！知天之所為者，天而生也[1]；知人之所為者，以其知之所知[2]，以養其知之所不知[3]，終其天年而不中道夭者，是知之盛也。雖然，有患[4]。夫知有所待[5]而後當，其所待者特未定也。庸詎知吾所謂天之非人乎？所謂人之非天乎？且有真人而後有真知。何謂真人？古之真人，不逆寡，不雄成，不謨士[6]。若然者，過而弗悔，當而不自得也。若然者，登高不慄，入水不濡，入火不熱。是知之能登假於道者也若此[7]。古之真人，其寢不夢，其覺無憂，其食不甘，其息深深。真人之息以踵，眾人之息以喉。屈服者，其嗌言若哇[8]。其耆欲深者，其天機淺[9]。

注釋

1 知天之所為者，天而生也：知道天的所為，是順着自然而生的。2 知之所知：人的智力所能知道的。前一「知」字讀作「智」。3 知之所不知：智力所不知道的。指一般智力難以知道的自然深層次的規律及生死變化的道理。4 雖然，有患：這種觀點還有困難或還有問題。5 所待：所待的物件，一說具備條件。6 謨（mó）士：謀士。

7 登假於道：謂達到大道的境界。假：至。8 其嗌言若哇：言語吞吐喉頭好像受到阻礙一樣。嗌：咽喉。哇：礙。9 天機：自然之生機，這裏指天然的根器。

譯文

知道哪些是屬於天然的，哪些是屬於人為的，這就是洞察事理的極境了。知道天的所為，是出於自然的；知道人的所為，是用人類智力所能知的，去保養自己智力所不能知道的，讓自己享盡天年而不至於中途死亡，這是知識的能事了。雖然這樣說，但是還有問題。知識必定要有所待的物件而後才能判斷它是否正確，然而所待的物件卻是變化無定的。怎麼知道我所謂屬於天然的不也是屬於人為的？所謂屬於人為的不也是屬於天然的呢？有真人才可能有真知。甚麼叫做真人？古時候的真人，不拒絕微少，不自恃成功，不謀慮事情。若是這樣，錯過時機而不後悔，順利得當而不自得。像這樣子，登高而不發抖，下水不覺濕，入火不覺熱。只有知識能到達與道相合的境界才能這樣。

古時候的真人，睡覺時不做夢，醒來時不憂愁，飲食不求精美，呼吸來得深沉。真人的呼吸是從腳跟運氣，普通人的呼吸用喉嚨吐納。議論被人屈服時，言語吞吐喉頭好像受到阻礙一般。凡是嗜欲深的人，他的天然根器就淺了。

古之真人，不知說生，不知惡死。其出不訢[1]，其入不距[2]。翛然而往[3]，翛然而來而已矣。不忘其所始，不求其所終。受而喜之，忘而復之。是之謂不以心捐道，不以人助天，是之謂真人。若然者，其心忘，其容寂，其顙頯[4]。淒然似秋，暖然似春，喜怒通四時，與物有宜而莫知其極。〔故聖人之用兵也，亡國而不失人心；利澤施乎萬世，不為愛人。故樂通物，非聖人也；有親，非仁也；天時，非賢也；利害不通，非君子也；行名失己，非士也；亡身不真，非役人也。若狐不偕、務光、伯夷、叔齊、箕子、胥餘、紀他、申徒狄，是役人之役，適人之適，而不自適其適者也[5]。〕

注釋

1 訢：同「欣」字。2 距：同「拒」。3 翛（xiāo）然：無拘束的樣子。4 頯（kuí）：寬大的樣子。5 此段是別處錯入。狐不偕：姓狐，字不偕，古賢人。一說堯時人，不受禪讓，投河而死。務光：夏末隱士，湯讓天下而不受，投河而死。伯夷、叔齊：商時二君子，周武王滅商，他們認為這是以暴易暴，不食周粟，餓死於首陽山。箕子：商紂王庶叔，因忠諫不從而佯狂為奴，被紂王囚禁。胥餘：不詳。舊注說是箕子之名，或謂比干、伍子胥。紀他：商時隱士，擔心湯讓位，投水而死。申徒狄：商時人，因仰慕紀他，負石沉河而死。

譯文

古時候的真人，不知道悅生，不知道惡死。出生不欣喜，入死不拒絕。無拘無束地去，無拘無束地來而已。不忘記它自己的本源，也不追求它自己的歸宿。事情來了欣然接受，忘掉死生任其復返自然。這就是叫不用心智去損害道，不用人的作為去輔助天然，這就是真人了。像這樣子，他心裏忘懷了一切，他的容貌靜寂安閒，他的額頭寬寬恢弘。冷肅的像秋天一樣，溫暖的像春天一樣，一喜一怒如四時運行一樣的自然，對於任何事物都適宜而無法測知他的底蘊。〔所以聖人用兵，滅亡了數國而不失掉人心；恩澤施及萬世，對人卻無偏心。所以有心和人交往，就不是聖人；有私愛，就不是仁人；揣度時勢，就不是賢人；利害不能相通為一，就不是君子；求名而迷失自己，就不是求學之士；喪身忘性，就不是主宰世人的人。例如狐不偕、務光、伯夷、叔齊、箕子、胥餘、紀他、申徒狄，都是被人役使，使別人安適，而不自求安適的人。〕

古之真人，其狀義而不朋，若不足而不承；與乎其觚而不堅也[1]，張乎其虛而不華也；邴乎其似喜也[2]，崔乎其不得已也[3]。滀乎進我色也[4]，與乎止我德也[5]，厲乎其似世也[6]，謷乎其未可制也[7]，連乎其似好閉也[8]，悗乎忘其言也[9]。〔以刑

為體，以禮為翼，以知為時，以德為循。以刑為體者，綽乎其殺也；以禮為翼者，所以行於世也；以知為時者，不得已於事也；以德為循者，言其與有足者至於丘也，而人真以為勤行者也。〕[10]故其好之也一，其弗好之也一。其一也一，其不一也一。其一與天為徒，其不一與人為徒，天與人不相勝也，是之謂真人。

注釋

1 與乎：自然的樣子。觚（gū）：特立不群。2 邴（bǐng）乎其似喜也：真人的精神開朗，似有喜色。邴邴：欣喜的樣子。3 崔乎其不得已也：舉動出於不得已。4 滀（chù）乎進我色也：形容內心充實而面色可親。滀：聚。5 與：通「豫」，寬舒的樣子。6 止：歸止，歸依。這句話是說寬厚的德行，讓人歸依。6 厲：嚴厲，嚴肅的意思。7 謷乎其未可制也：高邁敖放而不可制止。8 連乎：形容沉默不語。連：合，密。9 悗（mèn）乎其忘言也：形容無心而忘言。10 此段與莊子思想極不想類，和《大宗師》主旨相違，當刪除。

譯文

古時候的真人，其形狀隨物所宜而不偏倚，好像不足卻無所承受；介然不群並非堅執，心志開闊而不浮華；舒暢自適好像很歡喜，一舉一動好像不得已；內心充實而面色可親，德行寬厚而令人歸依；精神遼闊猶如世界的廣大，高速超邁而不拘禮法；沉默不語好像封閉了感覺，不用心機好像忘了要說的話。（天和地是合一的）不管人喜好或不喜好，都是合一的。不管人認為合一或不合一，他們也都是合一的。認為天和地是合一的就和自然同類，認為天和地是不合一的就和人同類。把天和人看作不是互相對立，這就叫做真人。

二

死生，命也[1]；其有夜旦之常，天也[2]。人之有所不得與[3]，皆物之情也。彼特以天為父[4]，而身猶愛之，而況其卓乎[5]！人特以有君為愈乎己，而身猶死之，而況其真乎[6]！泉涸，魚相與處於陸，相呴以濕[7]，相濡以沫[8]，不如相忘於江湖。與其譽堯而非桀也，不如兩忘而化其道。夫藏舟於壑，藏山[9]於澤，謂之固[10]矣！然而夜半[11]有力者負之而走，昧者[12]不知也。藏小大[13]有宜，猶有所遯。若夫藏天下於天下而不得所遯，是恆物之大情也。特犯[14]人之形而猶喜之。若人之形者，萬化而未始有極也，其為樂可勝計邪？故聖人將遊於物之所不得遯而皆存。善夭[15]善老，善始善終，人猶效之，又況萬物之所係而一化之所待乎[16]！

注釋

[1] 命：自然而不可免者，事物變化的自然過程。[2] 天：自然的規律。[3] 與：參與。[4] 特：獨，僅。[5] 卓：獨化卓越，指道。[6] 真：指道。[7] 呴（xū）：噓吸。[8] 濡（rú）：濕潤。[9] 山：作「汕」，漁網。[10] 固：牢靠。[11] 夜半：半夜，引申為不知不覺的意思。[12] 昧者：愚昧。一說「昧」通「寐」，睡。[13] 藏小大：藏小於大。[14] 犯：猶遇也，遭遇。[15] 夭：少。[16] 一化之所待：一切變化之所依待的，指道理。

譯文

人的死生是必然而不可免的，就像永遠有黑夜和白天一般，是自然的規律。許多事情是人力所不能干預的，這都是物理的實情。人們認為天是生命之父，而終身敬愛它，何況那獨立超絕的道呢？人們認為君主的勢位超過了自己，而捨身效忠，何況那獨立超絕的道呢？泉水乾了，魚就一同困在陸地上，用濕氣互相噓吸，用口沫互相濕潤，倒不如在江湖裏彼此相忘。與其讚美堯而非議桀，不如忘卻兩者的是是非非而融化於大道。

把船藏在山谷裏面，把山藏在深澤之中，可以說是很牢固了。但是夜深人靜時造化的大力士還是把它背走了，沉睡的人還絲毫不覺察，把小的東西藏在大的地方是適宜的，但是仍不免於亡失。如果把天下託付給天下，就不會亡失了，這乃是萬物的真實情形。所以聖人遊心於不會亡失的境地而和大道共存。對於老少生死都善於安順的人，大家尚且效法他，又何況那決定着萬物生成轉化的道呢？

「相濡以沫」、「相忘江湖」如今都已成為家喻戶曉的成語。在這段論説中，莊子起筆就呈現一個自然災變的景象：泉水乾涸，池塘枯竭，魚兒一起困處在陸地上，相互嘘吸濕氣，相互吐出唾沫。莊子藉魚來描繪人間的處困及困境中相互救助的情景。然而「相濡以沫」之處困，畢竟還不如彼此「相忘於江湖」，人間的道理和自然界的法則畢竟是相通的。所以説與其是非相爭，互不相讓，倒不如用大道來化除彼此的爭執對立——「與其譽堯而非桀也，不如兩忘而化其道。」

於此，魚在自然界的三種情境（即「相呴以濕」、「相濡以沫」、「相忘江湖」）正反映着人間世上的幾種現象和意境：一是所謂「譽堯而非桀」，亦即《秋水》所説的「自貴而相賤」、「自然而相非」，二是在對立爭執中，訂定仁義禮法以相互規範（這一層次好比魚「相處於陸」），如《大宗師》意而子章所説的「堯謂我：『汝必躬服仁義而明言是非。』」（這一層次好比魚「相濡以沫」），三是「兩忘而化其道」，有如魚兒「相忘於江湖」，是物我兩忘而融合在道的境界中。

三

夫道有情有信，無為無形；可傳而不可受[1]，可得而不可見；自本自根，未有天地，自古以固存；神鬼神帝[2]，生天生地；在太極之先而不為高，在六極之下而不為深[3]，先天地生而不為久，長於上古而不為老[4]。〔狶韋氏得之[5]，以挈天地；伏羲氏得之，以襲氣母；維斗得之[6]，終古不忒；日月得之，終古不息；堪坏得之[7]，以襲崑崙；馮夷得之[8]，以遊大川；肩吾得之[9]，以處大山；黃帝得之，以登雲天；顓頊得之[10]，以處玄宮；禺強得之[11]，立乎北極；西王母得之[12]，坐乎少廣，莫知其始，莫知其終；彭祖得之，上及有虞，下及五伯[13]；傅説得之，以相武丁，奄有天下，乘東維，騎箕尾，而比於列星。〕[14]

注釋

1 情：實。信：真。受：通「授」。2 神鬼神帝：生鬼生帝。神，生，引出。3 在太極之先而不為高，在六極之下而不為深：指道無所不在。太極：通常指天地沒有形成以前，陰陽未分的那股元氣。六極：六合，指天地和四方。4 先天地生而不為久，長於上古而不為老：謂道貫古今，無時不在。5 狶（xī）韋氏：傳説中的遠古帝王。6 維斗：北斗星。[7] **堪坏**：崑崙山之神。[8] **馮夷**：黃河之神。[9] **肩吾**：泰山之神。[10] **顓頊**（zhuānxū）：黃帝之孫，又稱高陽，古代五帝之一，為北方帝，居玄宮。[11] **禺強**：水神。[12] **西王母**：傳說中的神人。一說為太陰之精，豹尾，虎齒，善笑。常坐西方少廣之山，不復生死，莫知所終。[13] **上及有虞，下及五伯**：謂從上古虞舜時代活到春秋時期五霸時代。**五伯**：即五霸：齊桓公、晉文公、秦穆公、楚莊王、宋襄公。[14] 此段神話，疑為後人所加，當刪去。

譯文

道是真實而有信驗的，沒有作為也沒有形跡的；可以心傳而不可以口授，可以心得而不能目見；它自為本自為根，沒有天地以前，從古以來就已存在；它產生了鬼神和上帝，產生了天和地；它在太極之上卻不算高，在六合之下卻不算深，先天地存在卻不算久，長於上古卻不算老。〔狶韋氏得到它，用來整頓天地；伏羲氏得到它，用來調合元氣；北斗星得到它，永遠不會改變方位；日月得到它，永遠運行不息；山神堪坏得到它，可以掌管崑崙；河神馮夷得到它，就可以巡遊於大川；山神肩吾得到它，可以主持泰山；黃帝得到它，可以登天雲天；顓頊得到它，就能居住玄宮；禺強得到它，可以立於北極。西王母得到它，可以安居少廣山上，沒有人知道他年代的始終；彭祖得到它，可以上及有虞的時代，下及五伯的朝代；傳說得到它，可以做武丁的宰相，執掌天下的故事，死後成為天上的星宿，乘駕着東維星和箕尾星，而和眾生並列。」

四

南伯子葵[1]問乎女偊[2]曰：「子之年長矣，而色若孺子，何也？」曰：「吾聞道矣。」南伯子葵曰：「道可得學邪？」曰：「惡！惡可！子非其人也。夫卜梁倚有聖人之才而無聖人之道，我有聖人之道而無聖人之才。吾欲以教之，庶幾其果為聖人乎！不然，以聖人之道，告聖人之才，亦易矣。吾猶守而告之[3]，參日而後能外天下[4]；已外天下矣，吾又守之，七日而後能外物；已外物矣，吾又守之，九日而後能外生；已外生矣，而後能朝徹[5]；朝徹，而後能見獨[6]；見獨，而後能無古今；無古今，而後能入於不死不生。殺生者不死，生生者不生[7]。其為物，無不將也，無不迎也，無不毀也，無不成也[8]。其名為攖寧[9]。攖寧也者，攖而後成者也。」南伯子葵曰：「子獨惡乎聞之？」曰：「聞諸副墨之子[10]，副墨之子聞諸洛誦之孫[11]，洛誦之孫聞之瞻明[12]，瞻明聞之聶許[13]，聶許聞之需役[14]，需役聞之於

謳[15]，於謳聞之玄冥[16]，玄冥聞之參寥[17]，參寥聞之疑始[18]。」

注釋

1 南伯子葵：虛擬人物，《齊物論》有南郭子綦，《人間世》作南伯子綦。2 女偊（yǔ）：寄寓的得道之士。3 守：修守，修持。4 外天下：忘世故。外：遺、忘。5 朝徹：形容心境清明洞徹。6 見獨：洞見獨立無待的道。7 殺生者不死，生生者不生：殺生者和生生者都是指大道，大道本身就是不生不死的。8 其為物，無不將也，無不迎也，無不毀也，無不成也：謂作為萬物主宰者的道，無時不在送走甚麼，無時不在迎來甚麼，無時不在毀滅甚麼，無時不在成就甚麼。指就整體宇宙而言，萬物無時不在生成往來的變化運動當中。將：送。9 攖（yīng）寧：擾亂中保持安寧。10 聞諸副墨之子：意為聞道於文字源之流傳。11 洛誦：指誦讀的意思。12 瞻明：指見解洞徹。瞻：見。13 聶許：目聶而心許。14 需役：踐行，實踐。需：須。役：行。15 於謳（ōu）：詠歎歌吟。16 玄冥：深遠幽寂。17 參寥：空曠。18 疑始：迷茫之始。

譯文

南伯子葵問女偊說：「你的年齡很大了，而面色卻像孩童一樣，為甚麼呢？」女偊說：「我聞道了。」南伯子葵說：「道可以學到嗎？」女偊說：「不！不可以！你不是學道的人。卜梁倚有聖人的才質而沒有聖人的根器。我有聖人的根器而沒有聖人的才質。我想教他，或許他可以成為聖人了吧！不是這樣的，以聖人之道告訴具有聖人之才質的人，也容易領悟的。我告訴他而持守着，三天而後能遺忘世故；已經遺忘世故了，我再持守，七天之後能不被物役；心靈已經不被物役了，我又持守着，九天後就能無慮於生死；已能把生死置之度外，心境就能清明洞徹；心竅清明洞徹，而後就能洞體悟絕對的道；體悟絕對的道，而後能不受時間的限制；不受時間的限制，而後才能沒有死生的觀念。大道流行能使萬物生息死滅，而它自身是不生不死的。道之為物，無不一面有所送，無不一面所迎，無不一面有所毀，無不一面有所成，這就叫做『攖寧』。『攖寧』的意思，就是在萬物生死成毀的紛紜煩亂中保持寧靜的心境。」

南伯子葵說：「你從哪裏聽得道呢？」

女偊說：「我從副墨（文字）的兒子那裏得來的，副墨的兒子從洛誦（誦讀）的孫子那裏得來的，洛誦的孫子是從瞻明（見解明徹）那裏得來的，瞻明是從聶許（心得）那裏得來的，聶許是從需役（實行）那裏得來的，需役是從於謳（詠歎歌吟）那裏得來的，於謳是從玄冥（靜默）那裏得來的，玄冥是從參寥（高邈寥曠）那裏得來的，參寥是從疑始（迷茫之始）那裏得來的。」

莊子言「虛」既有滌除貪欲與成見的意涵，但更重要的是強調主體心境的靈動涵容的積極作用。莊子用「天府」、「靈府」來形容「虛」心，前者形容心靈涵量廣大；後者如周濟所說的「空則靈氣往來」，形容心靈生機蓬勃。《莊子》內篇言「虛」不言「靜」，但「坐忘」之坐姿已含靜定工夫。猶如《大宗師》另一詞語：「攖寧」——在萬物紛繁變化的煩擾中保持內心的安寧。

五

子祀、子輿、子犁、子來四人相與語曰[1]：「孰能以無為首，以生為脊，以死為尻[2]；孰知死生存亡之一體者，吾與之友矣！」四人相視而笑，莫逆於心[3]，遂相與為友。俄而子輿有病，子祀往問之。曰：「偉哉，夫造物者[4]將以予為此拘拘也[5]。」曲僂發背[6]，上有五管，頤隱於齊[7]，肩高於頂，句贅指天[8]。陰陽之氣有沴[9]，其心閒而無事，跰䟕而鑒於井[10]，曰：「嗟呼！夫造物者又將以予為此拘拘也。」子祀曰：「女惡之乎？」曰：「亡，予何惡！浸假[11]而化予之左臂以為雞，予因以求時夜；浸假而化予之右臂以為彈，予因以求鴞炙[12]；浸假而化予之尻以為輪，以神為馬，予因以乘之，豈更駕哉！且夫得者，時也；失者，順也。安時而處順，哀樂不能入也，此古之所謂縣解[13]也。而不能自解者，物有結之。且夫物不勝天久矣，吾又何惡焉！」俄而子來有病，喘喘然將死。其妻子環而泣之。子犁往問之，曰：「叱！避！無怛化[14]！」倚其戶與之語曰：「偉哉造化[15]！又將奚以汝為？將奚以汝適？以汝為鼠肝乎？以汝為蟲臂乎？」子來曰：「父母於子[16]，東西南北，唯命之從。陰陽於人，不翅[17]於父母。彼[18]近吾死而我不聽，我則悍矣，彼何罪焉？夫大塊載我以形，勞我以生，佚我以老，息我以死。故善吾生者，乃所以善吾死也。今之大冶鑄金，金踴躍曰：『我且必為鏌鋣！』大冶必以為不祥之金。今一犯人之形[19]而曰：『人耳！人耳！』夫造化者必以為不祥之人。今一以天地為大爐，以造化為大冶，惡乎往而不可哉！」成然寐[20]，蘧然覺。

注釋

1 子祀、子輿、子犁、子來：寓言，皆為虛擬人物。2 尻（kāo）：尾、終之意。指背脊骨盡之處。3 莫逆於心：內心相契。4 造物者：指「道」。5 拘拘：形容屈曲不申的樣子。6 曲僂（lóu）發背：形容彎腰駝背。7 頤隱於齊：面頰藏在肚臍下。齊：古「臍」字。8 句贅：髮髻。9 沴（lì）：陵亂。10 跰䠠（piánxiān）：蹣跚的樣子。11 浸假：假使。[12] 鴞（xiāo）炙：烤斑鳩。[13] 縣解：即懸解，解其倒懸。[14] 怛（dá）化：驚動。[15] 造化：創造化育，指道。[16] 父母於子：即「子於父母」的倒裝句。下「陰陽於人」也是倒裝句。[17] 不翅：不啻，不如止。[18] 彼：指陰陽、造化。[19] 今一犯人之形：現在造化者剛開始範鑄人的形體。犯：通「範」，鑄造。[20] 成然寐：酣睡。成：熟。

譯文

子祀、子輿、子犁、子來四人互相談說：「誰能把『無』當作頭顱，把『生』當作脊樑，把『死』當作尻骨；誰能認識到生死存亡是一體的，我們就和他做朋友。」四人相視而笑，內心相契，於是就相互結為好友。

不久子輿生病了，子祀去看他。子輿說：「偉大啊，造物者把我變成這樣一個拘攣的人啊。」子輿腰彎背駝，五臟血管向上，面頰隱在肚臍下，肩膀高過頭頂，頸後髮髻朝天。陰陽二氣錯亂不和，可是他心中閒逸而若所事，他蹣跚地走到井邊，照見自己的影子說：「哎呀，造物者又把我變成這樣拘攣的人啊。」

子祀說：「你嫌惡嗎？」子輿說：「不，我為甚麼要厭惡呢？假使把我的左臂化做雞，我就用它來報曉；假使把我的右臂變作彈丸，我就用它去打斑鳩烤了吃；假使把我的尻骨變作車輪，把我的精神變為馬，我就乘着它走，哪裏還要另外的車馬呢！再說人的得生，乃是適時；死去，乃是順應。能夠安心適時順應變化的人，哀樂的情緒就不會侵入心中，這就是古來所說的解除束縛。那些不能自求解脱的人，是被外物束縛住。人力不能勝過天然由來已久，我又有甚麼嫌惡的呢？」

一會兒，子來生病，氣喘急促快要死了。他的妻子兒女圍着啼哭。子犁去探望他，對子來的家屬說：「去！走開！不要驚動將變化的人！」便靠着門對子來說：「偉大啊！造物者，又要把你變成甚麼東西？要把你送到哪裏？要把你變成鼠的肝嗎？要把你變成小蟲的臂子嗎？」

子來說：「子女對於父母，無論東南西北，都是聽從吩咐。陰陽對於人，無異於父母，它要我死，而我聽從，我就悍違不順，它有甚麼罪過呢？大自然給我形體，用生使我勞動；用老讓我清閒；用死使我安息。因而以生為安善的，也應該以死為安善了！譬如現在有一個鐵匠正在鑄造金屬器物，那金屬忽然從爐裏跳着起來說：『一定要把我做成鏌鋣寶劍！』鐵匠必定會認為這是不祥的金屬。現在造化者開始範鑄人的形體，那模型就喊着：『變成人吧！變成人吧！』造化者必定會認為這是不祥之人。人們只獲得形體就欣然自喜。如果知道人的形體，千變萬化而未嘗有窮盡，那麼這種歡樂豈可計算得清嗎！如果現在就開始把天地當作大熔爐，把造化看作大鐵匠，那麼到哪裏而不可呢！」子來說完話，安然睡去，又自在地醒來。

六

子桑戶、孟子反、子琴張三人相與友[1]，曰：「孰能相與於無相與，相為於無相為[2]？孰能登天遊霧[3]，撓挑無極[4]，相忘以生，無所終窮？」三人相視而笑，莫逆於心。遂相與為友。莫然有間[5]，而子桑戶死，未葬。孔子聞之，使子貢往侍事焉[6]，或編曲[7]，或鼓琴，相和而歌曰：「嗟來桑戶乎！嗟來桑戶乎！而已反其真[8]，而我猶為人猗[9]！」子貢趨而進曰：「敢問臨尸而歌，禮乎？」二人相視而笑曰：「是惡知禮意！」子貢反，以告孔子曰：「彼何人者邪？修行無有[10]，而外其形骸，臨尸而歌，顏色不變，無以命之[11]。彼何人者邪？」孔子曰：「彼遊方之外者也[12]，而丘遊方之內者也。外內不相及，而丘使女往弔之，丘則陋矣！彼方且與造物者為人[13]，而遊乎天地之一氣[14]。彼以生為附贅縣疣[15]，以死為決𤴯潰癰[16]。夫若然者，又惡知死生先後之所在！假於異物，託於同體[17]；忘其肝膽，遺其耳目；反覆終始，不知端倪；芒然[18]彷徨乎塵垢之外，逍遙乎無為之業。彼又惡能憒憒然[19]為世俗之禮，以觀眾人之耳目哉[20]！」子貢曰：「然則夫子何方之依？」孔子曰：「丘，天之戮民也。雖然，吾與汝共之。」子貢曰：「敢問其方？」孔子曰：「魚相造乎水，人相造乎道。相造乎水者，穿池而養給；相造乎道者，無事而生定[21]。故曰：魚相忘乎江湖，人相忘乎道術。」子貢曰：「敢問畸人[22]。」曰：「畸人者，畸於人而侔於天。故曰：天之小人，人之君子；人之君子，天之小人也。」

注釋

1 子桑戶、孟子反、子琴張：方外之士，寓言人物。相與友：相交為朋友。2 相與於無相與，相為於無相為：形容相交而出於自然，相助而不着形跡。3 登天遊霧：形容精神超然物外。4 撓挑無極：跳躍於無極。5 莫然有間：謂三人寂漠無言而有頃也。6 侍事：助治喪事。7 編曲：編挽歌。8 而已反其真：謂而已返歸自然。9 我猶為人猗（yī）：我們還是做凡人的事。10 修行無有：言不修飾禮文。11 無以命之：無以名之。12 方之外：方域之外，形容超脱禮教之外，不受禮教的束縛。13 為人：為偶。14 天地之一氣：指萬物之初的原始混沌狀態，亦即大道的渾一狀態。15 附贅：附生的多餘的肉癤。縣疣（yóu）：懸生的肉瘤。縣：同「懸」。16 𤵛（huán）：皮膚上的腫包。癰（yōng）：紅腫出膿的瘡。17 假於異物，託於同體：借着不同的原質，聚合而成一個形體。18 芒然：同茫然。19 憒憒（kuì）：煩亂。20 觀：示，炫耀。21 生定：性分靜定而安樂。生：通「性」。22 畸（jī）人：奇異之人，不合於俗的人。

譯文

子桑戶、孟子反、子琴張三人互相談說：「誰能夠相交而出於無心，相助而不着形跡？誰能夠超然於物外，跳躍於無極之中，忘掉生死，而沒有窮極？」三個人相視而笑，內心相契，就一同做了朋友。

這樣不久子桑戶死，還沒有下葬。孔子聽到了，就叫子貢去助理喪事。子貢看到一個在編歌曲，一個在彈琴，二人合唱道：「哎呀桑戶啊！哎呀桑戶啊！你已經還歸本真了，而我們還在做凡人的事啊！」子貢趕上去問說：「請問對着屍體歌唱，合禮嗎？」二人望望笑着說：「他哪裏懂得禮的真意？」

子貢回去後，把所見的告訴孔子，問說：「他們是甚麼人呢？不用禮儀來修行德行，把形骸置之度外，對着屍體歌唱，無悲哀之色，簡直無法形容。他們究竟是甚麼人啊？」

孔子說：「他們是遊於方域之外的人，而我是遊於方域之內的人。方域之外和方域之內彼此不相干，而我竟然叫你去弔唁，這是我的固陋啊！他們正在和造物者為友伴，而遨遊於天地之間。他們把生命看作是氣的凝結，像身上的贅瘤一般，把死亡看作是氣的消散，像膿瘡潰破了一樣，像這樣子，又哪裏知道生死先後的分別呢！借着不同的原質，聚合而成一個形體；忘卻內部的肝膽，遺忘外面的耳目；讓生命隨着自然而迴圈變化，不去追究它們的分際；安閒無擊地神遊於塵世之外，逍遙自在地遊於自然的境地。他們又怎能不厭煩地拘守世俗的禮節，表演給眾人觀看呢！」

子貢說：「那麼您是依從哪一方呢？」

孔子說：「從自然的道理看來我就像受着刑戮的人。雖然如此，我們應該共同追求方外之道。」

子貢說：「請問有甚麼方法？」

孔子說：「魚相適於水，人相適於道。相適於水的，挖個池子來供養；相適於道的，泰然無適而性分自足。所以說，魚游於江湖之中就忘記一切而悠悠哉哉，人遊於大道之中就會忘了一切而逍遙自適。」

子貢說：「請問這些不合於世俗的人是甚麼人？」

孔子說：「異人是異於世俗人應合於自然。所以說，從自然的觀點看來是小人的，卻成為人間的君子；從自然的觀點看來是君子的，卻成為人間的小人。」

七

顏回問仲尼曰：「孟孫才[1]，其母死，哭泣無涕，中心不戚，居喪不哀[2]。無是三者，以善處喪蓋魯國[3]，固有無其實而得其名者乎？回壹怪之[4]。」仲尼曰：「夫孟孫氏盡之矣，進於知矣，唯簡之而不得，夫已有所簡矣。孟孫氏不知所以生，不知所以死。不知孰先，不知孰後。若化為物，以待其所不知之化已乎[5]！且方將化，惡知不化哉？方將不化，惡知已化哉？吾特與汝，其夢未始覺者邪！且彼有駭形[6]而無損心，有旦宅而無情死[7]。孟孫氏特覺[8]，人哭亦哭，是自其所以乃[9]。且也相與『吾之』耳矣！庸詎知吾所謂『吾之』乎？且汝夢為鳥而厲乎天[10]，夢為魚而沒於淵。不識今之言者，其覺者乎？其夢者乎？造適不及笑[11]，獻笑不及排[12]，安排而去化[13]，乃入於寥天一[14]。」

注釋

1 孟孫才：姓孟孫，名才，魯國人。2 居喪：守喪期間。3 蓋：覆蓋。4 壹：語助詞，表強調。5 以待其所不知之化：以應付那不可知的變化。6 有駭形：形態有變異。7 旦宅：形骸之變。8 特覺：獨覺。9 是自其所以乃：這就是他所以這個樣子的緣故。10 厲：到達。11 造適不及笑：形容內心達到最適意的境界。12 獻笑不及排：形容內心適意自得而於自然中露出笑容。13 安排而去化：任聽自然的安排而順任變化。14 寥天一：指道。

譯文

顏回問孔子說：「孟孫才的母親死了，他哭泣沒有眼淚，心中不悲戚，居喪不哀痛。沒有眼淚、悲戚、哀痛這三點，卻以善於處喪而聞名魯國，怎麼有不具其實而得到虛名嗎？我覺得很奇怪。」

孔子說：「孟孫氏已經盡了居喪之道，他比知道喪禮的人知道多了。喪事應該簡化，只是世俗相因無法做到，然而他已經有所簡化了。孟孫氏不知道甚麼是生，也不知道甚麼是死；不知道甚麼是佔先，也不知道甚麼是居後。他順任自然的變化，以應付那不可知的變化而已！再說如今將要變化，怎麼知道那不變化的情形呢？如今未曾變化，又如何知道那已經變化了的情形呢？我和你正在做夢，還沒有覺醒過來啊！孟孫氏認為，人有形體的變化而沒有心神的損傷；有形體的轉化而沒有精神的死亡。孟孫氏尤其徹悟，人家哭泣他也哭泣，這就是他所以那個樣子的原因了。世人相互稱說這是我，然而哪裏知道我所謂我果真不是我呢！像你夢作鳥而在天空中飛翔，夢作魚在水底遊玩。不知道現在說話的我們，是醒着呢？還是做夢呢？忽然達到適意的境界而來不及笑出來，從內心自然地發出笑聲而來不及事先安排，聽任自然的安排而順應變化，就可以進入遼遠之處的純一境界。」

八

意而子見許由[1]，許由曰：「堯何以資汝[2]？」意而子曰：「堯謂我，『汝必躬服仁義而明言是非』。」許由曰：「而奚來為軹[3]？夫堯既已黥汝以仁義[4]，而劓汝以是非矣[5]。汝將何以遊夫遙蕩恣睢轉徙之塗乎[6]？」意而子曰：「雖然，吾願遊於其藩[7]。」許由曰：「不然。夫盲者無以與乎眉目顏色之好，瞽者無以與乎青黃黼黻之觀[8]。」意而子曰：「夫無莊之失其美[9]，據梁之失其力[10]，黃帝之亡其知，皆在爐捶之間耳[11]。庸詎知夫造物者之不息我黥而補我劓，使我乘成以隨先生邪[12]？」許由曰：「噫！未可知也。我為汝言其大略：吾師乎[13]！吾師乎！齏萬物而不為義[14]，澤及萬世而不為仁，長於上古而不為老，覆載天地、刻雕眾形而不為巧，此所遊已！」

注釋

1 意而子：假託的寓言人物。2 資：資助，教益。3 而奚來為軹（zhǐ）：倒裝句，讀為「而為奚來軹」。而：通「爾」，你。軹：通「只」，語助詞。4 黥（qíng）：古時候的一種刑罰，刺在額上，然後再塗上墨，因此也叫墨刑。5 劓（yì）：古代割鼻的一種刑罰。6 遙蕩恣睢轉徙：「遙蕩」，逍遙放蕩。「恣睢」，放縱不拘。「轉徙」，變化。7 藩：藩籬，門戶。8 黼黻（fǔfú）：古代禮服，喻華美的衣飾。9 無莊：古時美人。無莊是沒有裝飾的意思。10 據梁：古時力士，是強梁的意思。11 爐捶：陶冶鍛煉。12 乘成：使形體完全。成：全，完整。13 吾師乎：莊子以「道」為宗師，所以稱「道」為吾師。14 䪠（jī）萬物而不為義：調和萬物而不以為義。

譯文

意而子去見許由，許由說：「堯教你甚麼？」意而子說：「堯告訴我，『你一定要實行仁義而明辨是非』。」許由說：「你還來這裏做甚麼呢？堯既然用仁義給你行墨刑，又用是非給你行劓刑。你怎麼能夠逍遙放蕩、無拘無束地遊於變化的境界呢？」意而子說：「雖然如此，我還是希望遊於這個境地的邊緣。」許由說：「不行。瞎子無法欣賞眉目顏色的美好，盲人無法觀賞色彩錦繡的華麗。」意而子說：「無莊忘記自己的美麗，據梁忘記自己的力氣，黃帝忘記自己的聰明，都在大道的陶冶鍛煉中而成的。怎麼知道造物者會護養我被黥的傷痕，修補我受了劓刑的殘缺，使我形體恢復完整，追隨先生呢？」許由說：「唉！這是不可知的啊！不過我說個大略你聽聽：我的大宗師啊！我的大宗師啊！調和萬物卻不以為義，澤及萬世卻不以為仁，長於上古卻不算老，覆天載地、雕刻各種物體的形象卻不以為靈巧，這就是遊心的境地啊！」

九

顏回曰：「回益矣[1]。」仲尼曰：「何謂也？」曰：「回忘禮樂矣。」曰：「可矣，猶未也。」他日復見，曰：「回益矣。」曰：「何謂也？」曰：「回忘仁義矣！」曰：「可矣，猶未也。」他日復見，曰：「回益矣！」曰：「何謂也？」曰：「回坐忘矣[2]。」仲尼蹴然曰[3]：「何謂坐忘？」顏回曰：「墮肢體，黜聰明，離形去知[4]，同於大通[5]，此謂坐忘。」仲尼曰：「同則無好也，化則無常也[6]。而果其賢乎！丘也請從而後也。」

注釋

1 益：增益，指修煉得到提高。2 坐忘：達於安適狀態的心境。3 蹴（cù）然：驚異不安的樣子。4 墮肢體，黜（chù）聰明，離形去知：意思是不受形骸、智巧的束縛。5 大通：一切無礙。6 同則無好：和同萬物就沒有偏好。化則無常：參與變化而不執滯。常：意指執滯而不變通。

譯文

顏回說：「我進步了。」孔子說：「怎樣進步呢？」顏回說：「我安然相忘於禮樂了。」孔子說：「很好，但是還不夠。」過了幾天，顏回又見到孔子，說：「我進步了。」孔子說：「怎樣進步呢？」顏回說：「我安然相忘於仁義了。」孔子說：「很好，但是還不夠。」過了幾天，顏回又見到孔子，說：「我進步了。」孔子說：「怎樣進步呢？」顏回說：「我坐忘了。」孔子驚奇的說：「甚麼叫坐忘？」顏回說：「不着意自己的肢體，不賣弄自己的聰明，超脱形體的拘執、免於智巧的束縛，和大道融通為一，這就叫坐忘。」孔子說：「和萬物混同一體就是沒有偏私了，參與萬物的變化不偏執滯常理。你果真成是賢人啊！我願意追隨在你的後邊。」

賞析與點評

「坐忘」的修養工夫則使心境向外放——由忘仁義、忘禮樂而超越形體的拘限、超越智巧的束縛，層層外放，通向大道的境界（「同於大通」）。「坐忘」提示人的精神通往無限廣大的生命境界。如何達到「大通」的道境，這裏指出了三個主要的進程：首先是心境上求超越外在的規範（「忘禮樂」），其次求超越內在的規範（「忘仁義」），再則求破除身心內外的束縛（「離形去知」）。可見「坐忘」的修養方法，要在超功利、超道德，超越自己的耳目心意的束縛，而達到精神上的自由境界。

「坐忘」揮發着人的豐富想像力，遊心於無窮之境，物我兩忘而融合在道的境界中，這也正是「坐忘」工夫而達於「同於大通」的最高境界。李白詩中所描繪的「陶然共忘機」，正是莊子筆下達於安適足意、自由無礙的心境。劉勰《文心雕龍．神思》謂：「寂然凝慮，思接千載；情焉動容，視通萬里。」所謂「『寂然凝慮』，可說如「心齋」之內視，而「視通萬里」，則如坐忘之「同於大通」。「心齋」的工夫，開闢自我的內在精神領域；「坐忘」的工夫，則由個我走向宇宙的大我。

十

子與與子桑友[1]。而霖雨十日[2]，子輿曰：「子桑殆病矣[3]！」裹飯而往食之。至子桑之門，則若歌若哭，鼓琴曰：「父邪？母邪？天乎？人乎？」有不任其聲[4]

而趨舉其詩焉[5]。子輿入，曰：「子之歌詩，何故若是？」曰：「吾思夫使我至此極者而弗得也。父母豈欲吾貧哉？天無私覆，地無私載，天地豈私貧我哉？求其為之者而不得也。然而至此極者，命也夫！」

注釋

1 子桑：虛擬人物。2 霖雨：凡雨自三日以上為霖。3 病：指飢餓。4 不任其聲：形容心力疲憊，發出的歌聲極其微弱。5 趨舉其詩：詩句急促，不成調子。

譯文

子輿和子桑是朋友。淫雨霏霏一連下了十天，子輿說：「子桑恐怕要餓病了吧！」於是就帶着飯食送給他吃。到了子桑的門前，就聽到裏面又像歌唱又像哭泣。聽見彈着琴唱道：「父親啊！母親啊！天啊！人啊！」歌聲微弱而詩句急促。

子輿進了門，問道：「你唱詩歌，為何這種調子？」

子桑說：「我在想着使我到這般困窘地步的原因而不得解。父母難道要我貧困嗎？天是沒有偏私地覆蓋着，地是沒有偏私地承載着，天地哪裏單單使我貧困呢？追究造成我貧困的道理而得不出來。然而使我達到這般絕境，這是由於命吧！」

應帝王

本篇導讀——

《應帝王》篇，主旨在說為政當無治。本篇表達了莊子無治主義的思想，主張為政之道，勿庸干涉，當順人性之自然，以百姓的意志為意志。

全篇分七章。第一章，第一段，借寓言人物蒲衣子之口，道出理想的治者：心胸舒泰、純真質樸；不用權謀智巧，也不假借任何仁義名目去要結人心。第二章，借狂接輿與肩吾的對話，指出「君人者以己出經式義度」是「欺德」的行為，對統治者僅憑個人意志制定法律的獨裁行徑做了有力的批判。法度條規必須以人民的利益為準則，必須以人民的意見為依歸，若僅為統治者個人及其政權利益為目的，則雖有武力作後盾，使人「孰敢不聽」，但終難使人順服。如用這種方式來治國，「猶涉海鑿河而使蚊負山」，注定要失敗。為政之道，要在「正而後行，確乎能其事者」；不以我強人，任人各盡所能就是了。第三章，天根遇無名人，問「為天下」之道。無名人說：「去！汝鄙人也，何問之不豫也！」對於政治權力的厭惡感表露無遺。治人的觀念徹底打消，以為治人不如不治，不治天下反倒安寧，治人的歷史是一部砍殺的歷史，一片血肉橫飛的慘景歷歷眼前。天根又問，無名人最後說：「順物自然而無容私焉，則天下治矣。」「順物自然」，則人民可以享有自由的生活。治者去私，才能走向為民為公的路途。第四章談明王之治，不張揚表露，「化貸萬物而民弗恃」，使百姓不知帝力何所加。第五章，寫神巫替壺子看相的故事，主題在寫「虛」與「藏」。推之於為政，則虛己無為，人民乃可無擾；含藏己意而無容私，百姓乃得以自安。第六章，「無為名尸」一段，再度提出為政在於不自專，勿獨斷，亦不用智巧計算人民。最後仍舊歸結到「虛」。「至人用心若鏡」，則「虛」為形容空明如鏡的心境。此心境能如實反映外在客觀的景象，亦即能客觀如實地反映民心意向。為政在「虛」，則治者去私，而能收納廣大人民的意見，且以廣大民眾的利益為前提。篇末最後一章，為有名的渾沌的故事。渾沌喻真樸的人民。「日鑿一竅，七日而渾沌死」，為政者今天設一法，明天立一政，繁擾的政舉屢屢置民於死地。莊子目擊戰國時代的慘景，運用高度的藝術筆描繪渾沌之死，以喻「有為」之政給人民帶來的災害。

出自本篇的流行成語有：「蚊虻負山」、「涉海鑿河」、「虛與委蛇」、「用心若鏡」、「混沌鑿竅」等。

一

齧缺問於王倪，四問而四不知[1]。齧缺因躍而大喜，行以告蒲衣子[2]。蒲衣子曰：「而乃今知之乎？有虞氏不及泰氏[3]。有虞氏其猶藏仁以要人[4]，亦得人矣，而未始出於非人[5]。泰氏其臥徐徐[6]，其覺于于[7]。一以己為馬[8]，一以己為牛。其知情信，其德甚真，而未始入於非人[9]。」

注釋

1 四問而四不知：見《齊物論》。2 蒲衣子：寓言人物。3 有虞氏：即舜。泰氏：上古帝王，無名之君。4 要：邀，要結。5 非人：指物。6 徐徐：安閒，舒緩。7 于于：「于」為「迂」之代字。于于，形容自得的樣子。8 一：或，任或。9 未始入於非人：意即從來沒有受外物的牽累。

譯文

齧缺問王倪，問了四次，都回答說不知道。齧缺喜歡得跳躍起來，走去告訴蒲衣子。蒲衣子說：「現在你才知道了嗎？有虞氏不如泰氏。有虞氏還標榜仁義以要結人心；雖然也獲得了人心，但是還沒有超脫外物的牽累。泰氏睡時安適舒緩，醒時逍遙自適；任人把自己稱為馬，或是稱為牛。他的知見信實，他的德性真實，而從來沒有受到外物的牽累。」

二

肩吾見狂接輿。狂接輿曰：「日中始何以語女[1]？」肩吾曰：「告我，君人者以己出經式義度[2]，人孰敢不聽而化諸[3]？」狂接輿曰：「是欺德也[4]。其於治天下也，猶涉海鑿河，而使蚊負山也。夫聖人之治也，治外乎[5]？正而後行[6]，確乎能其事者而已矣[7]。且鳥高飛以避矰弋之害[8]，鼷鼠[9]深穴乎神丘之下以避熏鑿之患[10]，而曾二蟲之無如[11]？」

注釋

1 日中始：假託的寓言人物。女：同「汝」，你。2 經式義度：法度。義：讀為「儀」。3 諸：句尾助詞，猶「乎」。4 欺德：虛偽不實的言行。5 治外：指用「經式儀度」繩之於外。6 正而後行：自正而後化行天下。7 確乎能其事者：指任人各盡其能。8 矰弋（zēngyì）：捕鳥的器具，把箭繫在生絲上。9 鼷（xī）鼠：小鼠。10 熏鑿：

謂煙熏和挖掘。11 無如：一本作「無知」。

譯文

肩吾見狂接輿，狂接輿說：「日中始對你都說了些甚麼？」

肩吾說：「他告訴我做國君的憑自己的想法制定法度，人民誰敢不聽從而被感化呢？」

狂接輿說：「這完全是欺騙人的。這樣去治理天下，就如同在大海裏開鑿河，讓蚊蟲背負大山一樣。聖人治理天下，是用法度繩之於外嗎？聖人是先正自己的性命而後感化他人，任人各盡所能就是了。鳥兒尚且知道高飛以躲避羅網弓箭的傷害，鼷鼠上且知道深藏在神壇底下，以避開煙熏鏟掘的禍害，難道人還不如這兩種蟲子嗎？」

三

天根遊於殷陽[1]，至蓼水之上[2]，適遭無名人而問焉，曰：「請問為天下。」

無名人曰：「去！汝鄙人也，何問之不豫也[3]！予方將與造物者為人[4]，厭則又乘夫莽眇之鳥[5]，以出六極之外，而遊無何有之鄉，以處壙埌之野[6]。汝又何帠以治天下感予之心為[7]？」又復問，無名人曰：「汝遊心於淡，合氣於漠[8]，順物自然而無容私焉[9]，而天下治矣。」

注釋

1 天根：寓名。殷陽：殷山之陽，莊子虛擬地名，比喻陰陽主宰。2 蓼水：疑是莊子自設的水名。3 何問之不豫：言所問何其不當。不豫：不悅，不快。豫：適，謂妥當。4 予方將與造物者為人：謂予方將與大道為友。即正要和大道同遊的意思。5 莽眇之鳥：喻以清虛之氣為鳥，遊於太空。6 壙埌（kuànglàng）之野：空曠寥闊。7 帠（yì）：「臬」的壞字，讀作「寱」，「囈」的本字。一說當為「叚」，為「暇」借字。8 遊心於淡，合氣於漠：淡、漠，皆指清靜無為。9 無容私：不參以私意。

譯文

天根遊於殷陽，走到蓼水之上，恰巧碰見無名人問說：「請問治理天下的方法。」無名人說：「去吧！你這個鄙陋的人，為甚麼問這個不妥當的問題！我正要和造物者交遊，厭煩了就乘着『莽眇之鳥』，飛出天地四方之外，而遊於無何有之鄉，處在廣闊無邊的曠野。你又為甚麼拿治理天下的夢話來擾亂我的心呢？」天根再次詢問，無名人說：「遊心於恬淡之境，清靜無為，順着事物自然的本性而不用私意，天下就可以治理了。」

「遊心於淡」或為古典美學「澄懷味象」之餘音，「遊」遍見於《莊子》全書，瀏覽其間，使人直覺着字裏行間散發出清沁的藝術氣氛。「遊」之內涵，不僅反映着莊子的一種獨特的生活方式，也呈現出一種獨特的藝術情懷。

在眾多思想觀念中，最能反映出莊子學說特點的，莫過於「遊心」。「遊心」不僅是精神自由的表現，更是藝術人格的流露。莊子「遊心」所表達的自由精神、所洋溢着的生命智慧、所蘊含着的審美意蘊，成為境界哲學的重要成分，亦長期沉浸在文學藝術的創作心靈中。

四

陽子居見老聃[1]，曰：「有人於此，嚮疾強梁[2]，物徹疏明[3]，學道不倦。如是者，可比明王乎？」老聃曰：「是於聖人也，胥易技係[4]，勞形怵心者也。且也虎豹之文來田[5]，猨狙之便、執斄之狗來藉[6]。如是者，可比明王乎？」陽子居蹴然曰[7]：「敢問明王之治。」老聃曰：「明王之治：功蓋天下而似不自己，化貸萬物

而民弗恃[8]；有莫舉名[9]，使物自喜；立乎不測，而遊於無有者也[10]。」

注釋

1 陽子居：虛擬人物。歷來多認為陽子居是主張「貴己」的楊朱，也有人認為二名其實不相干。2 嚮疾強梁：敏捷果敢的意思。3 物徹疏明：鑒物洞徹，疏通明敏。4 胥易技係：意思是胥吏治事為技能所累。胥：有才智。易：治。技係：被技術所束縛而不能脫身。5 來：招來。田：田獵。6 便：靈便。犛（lí）：狐狸。藉：拘係。7 蹴（cù）然：臉色突然改變的樣子。8 化貸萬物而民弗恃：施化普及於萬物而民不覺有所依待。9 有莫舉名：有功德而不能用名稱說出來。10 立乎不測，而遊於無有者也：形容明王清靜幽隱，而遊心於自然無為的境地。

譯文

陽子居去見老聃，問說：「假如有這樣的一個人，敏捷果敢，透徹明達，學道精勤不倦。這樣可以和明王相比嗎？」

老聃說：「在聖人看來，胥吏治事為技能所累，勞其形體擾亂心神。而且虎豹因為皮有花紋而招來捕獵，猨猴由於敏捷所以被人捉來栓住。這樣可以和明王相比嗎？」

陽子居慚愧地說：「請問明王怎樣治理政事？」

老聃說：「明王治理政事，功績廣被天下卻不出於自己，教化施及萬物而百姓卻不覺得有所依待；他雖有功德卻不能用名稱說出來，他使萬物各得其所；而自己立於不可測識的地位，而行所無事。」

賞析與點評

「化貸萬物而民弗恃」是對老子「為而弗恃」、「功成而弗居」思想的發揮。在莊子看來，敏捷果敢，透徹明達，學道不倦之人均不能與明王比擬，明王之治是盡自己所為卻不張揚，施化普及於萬物而百姓不知帝力之所加，使人、物各得其所而能遊心於自然無為之境。這樣的明王，體現了道家的心胸博大舒展的精神，也是莊子理想中的為政者的形象。

五

鄭有神巫曰季咸[1]，知人之死生、存亡、禍福、壽夭，期以歲月旬日，若神[2]。鄭人見之，皆棄而走[3]。列子見之而心醉，歸，以告壺子[4]，曰：「始吾以夫子之道為至矣，則又有至焉者矣。」壺子曰：「吾與汝既其文，未既其實[5]。而固得道與？眾雌而無雄，而又奚卵焉[6]！而以道與世亢[7]，必信[8]，夫故使人得而相汝[9]。嘗試與來。以予示之。」明日，列子與之見壺子。出，而謂列子曰：「嘻！子之先生死矣！弗活矣！不以旬數矣[10]！吾見怪焉，見濕灰焉[11]。」列子入，泣涕沾襟以告壺子。壺子曰：「鄉吾示之以地文[12]，萌乎不震不止[13]。是殆見吾杜德機也[14]。嘗又與來。」明日，又與之見壺子。出，而謂列子曰：「幸矣！子之先生遇我也，有瘳矣[15]！全然有生矣！吾見其杜權矣[16]！」列子入，以告壺子。壺子曰：「鄉吾示之以天壤[17]，名實不入，而機發於踵。是殆見吾善者機也[18]。嘗又與來。」明日，又與之見壺子。出，而謂列子曰：「子之先生不齊[19]，吾無得而相焉。試齊，且復相之。」列子入，以告壺子。壺子曰：「吾鄉示之以太沖莫勝[20]，是殆見吾衡氣機也[21]。鯢桓之審[22]為淵，止水之審為淵，流水之審為淵。淵有九名[23]，此處三焉[24]。嘗又與來。」明日，又與之見壺子。立未定，自失而走。壺子曰：「追之！」列子追之不及。反，以報壺子曰：「已滅矣，已失矣，吾弗及已。」壺子曰：「鄉吾示之以未始出吾宗[25]。吾與之虛而委蛇[26]，不知其誰何，因以為弟靡[27]，因以為波流[28]，故逃也。」然後列子自以為未始學而歸。三年不出，為其妻爨[29]，食豕如食人[30]，於事無與親。雕琢復樸[31]，塊然獨以其形立。紛而封哉[32]，一以是終[33]。

注釋

1 神巫：精於巫術和相術的人。季咸：這個故事亦出現於《列子·黃帝篇》。2 期以歲月旬日，若神：指預言年、月、旬、日，準確入神。3 鄭人見之，皆棄而走：因為鄭國人怕預聞到有凶禍的事，所以都棄而走避。4 壺子：名林，號壺子，鄭國人，是列子的老師。5 吾與汝既其文，未既其實：猶言吾為汝講究道之名相，尚未講究道之究竟。6 眾雌而無雄，而又奚卵焉：有雌無雄，無以生卵，喻有文無實不能稱為道。7 而以道與世亢：這個「道」字非指實道，因列子所學只「既其文」，因而所得的只是道之表。8 信：伸。9 使人得而相汝：讓神巫窺測到你的心跡，從而要給你相面。10 不以旬數：不能用旬來計算死期，死期不到十天了。旬：十天。11 濕灰：喻毫無生氣。12 鄉：通「嚮」，剛才。地文：大地寂靜之象，形容心境寂靜。13 萌乎：猶「芒然」，喻昏昧的樣子。萌：通「芒」。14 杜德機：杜塞生機。15 有瘳（chōu）：疾病可以痊癒。16 杜權：閉塞中有所變動。權：變，動。17 天壤：指天地間一絲生氣。壤：地。18 善者機：指生機。善：生意。19 不齊：指神色變化不定，精神恍惚。20 吾鄉：當是「鄉吾」的誤倒。太沖莫勝：喻太虛而無徵兆之象。21 衡氣機：「衡」，平，謂氣度持平的機兆。22 鯢（ní）桓之審：大鯨魚盤旋之深處。23 淵有九名：《列子·黃帝篇》：「鯢旋之潘為淵，止水之潘為淵，流水之潘為淵，濫水之潘為淵，沃水之潘為淵，氿水之潘為淵，雍水之潘為淵，汧水之潘為淵，肥水之潘為淵，是為九淵焉。」

24 此處三焉：指鯢桓之水喻杜德機、止水喻善者機、流水喻衡氣機。25 未始出吾宗：未曾出示我的根本大道。26 虛：無所執着。委蛇（yí）：隨順應變的意思。27 弟靡：茅草隨風擺動。描寫隨順應變之狀。弟：讀作「稊」，茅草類。28 波流：形容一無所滯。29 爨（cuàn）：炊。30 食（sì）豕：餵豬。31 雕琢復樸：去雕琢復歸於樸。32 紛而封哉：謂在紛亂的世事中持守真樸。33 一以是終：言終身常如此。

譯文

鄭國有一個善於相面的神巫名叫季咸，能夠占出人的生死存亡和禍福壽夭，所預言的年、月、日，準確如神。鄭國人見了他，都驚慌地逃開。列子見了為他心醉，回來告訴壺子說道：「原先我還以為先生的道術最高深了，現在才知道還有更高深的。」壺子說：「我教你的只是名相，真實的道理並沒有傳授給你，你就認為自己得道了嗎？雌鳥沒有雄鳥，怎能生出卵來呢？你用表面的道去和世間的道周旋，而求人的信任，所以被人窺測到你的心思。把他帶來，看看我的相。」

第二天，列子與季咸來看壺子的相。季咸出來對列子說：「唉！你的先生快要死了！不能活了，過不了十來天！我見他形色怪異，面如濕灰。」列子進去，哭的衣服都濕了，把情形告訴壺子。壺子說：「剛才我顯給他看的是心境寂靜，不動又不止。他看到我閉塞生機。再跟他來看看。」

第二天，列子又邀季咸來看壺子。季咸出來對列子說：「你的先生幸虧遇上了我！

有救了，全然有生氣了！我大概看到他閉塞的生機開始活動了！」列子進去告訴壺子。壺子說：「剛才我顯示給他看的是天地間的生氣，名利不入於心，一絲生機從腳後跟升起。他看到我這線生機。你再請他來看看。」

第二天，列子又邀季咸來看壺子。季咸出來對列子說：「你的先生神情恍惚，我無從給他看相。等他心神安寧的時候，我再給他看相。」列子進去告訴壺子。壺子說：「我剛才顯示給他看的是沒有朕兆可見的太虛境界。他看到我氣度持平的機兆。鯨魚盤旋之處成為深淵，止水之處成為深淵，流水之處成為深淵。淵有九種，我給他看的只有三種。你再請他來看看。」

第二天，又請了季咸來看壺子。季咸還沒有站定，就驚慌失色地逃走了。壺子說：「追上他！」列子追趕不上，回來告訴壺子說：「已經不見蹤跡了，不知去向了，我追不上他了。」壺子說：「剛才我顯示給他看的是（萬象俱空的境界）未曾出示我的根本大道。我和他隨順應變，他捉摸不定，猶草遇風披靡，如水隨波逐流，所以就逃去了。」

列子這才知道自己沒有學到甚麼，便返回家中，三年不出家門。他替妻子燒火做飯，飼豬，就像侍候人一般，對待一切事物無所偏私。棄浮華而復歸真樸，不知不識的樣子。在紛紜的世界中持守真樸，終身如此。

神巫見壺子的故事也見於《列子・黃帝》篇。壺子是莊子理想中的「應帝王」的形象，他虛己待物，因應變化，無為而化。「未始出吾宗」是這則故事的主要觀念。王孝漁先生解釋說：「天下本來是一個整體，多不相外，其中的每一部分既各有其獨立自由的一面，又各有其相互聯係、相互依存的一面。所謂聖人就是本着這一整體精神，來治理天下，大小兼顧，巨細不遺地調整部分和部分之間及部分和整體之間的相互關係，使之相得而益彰，並行而不悖，發揮出他們各自應盡的職能，致天下於長治久安。」在這個故事中，莊子把壺子精神的頻繁變化比喻作人間繁複紛雜的政事，莊子通過壺子一次次的變化暴露出季咸只誇海口，不善治天下；只視局部，不見整體，沒有宏觀控制能力。

六

無為名尸[1]，無為謀府[2]，無為事任[3]，無為知主[4]。體盡無窮，而遊無朕[5]。盡其所受乎天[6]而無見得[7]，亦虛而已！至人之用心若鏡，不將不迎，應而不藏[8]，故

能勝物而不傷。

注釋

1 無為名尸：不為名之主。2 無為謀府：勿為謀之府，猶言計策不可專由一人獨定。3 無為事任：不可強行任事。4 無為知主：言不可主於智巧。5 體盡無窮，而遊無朕：謂體悟廣大無邊之道的境界而行所無事。6 盡其所受乎天：承受着自然的本性。7 無見得：不自現其所得，即不自我誇矜。8 不將不迎，應而不藏：形容順任自然，不懷私意。

譯文

絕棄求名的心思，絕棄策謀的智慮；絕棄專斷的行為，絕棄智巧的作為。體悟着無窮的大道，遊心於寂靜的境域。盡享自然所賦予的本性，而不自我誇矜，這也是達到空明的心境！至人的用心有如鏡子，任物的來去而不加迎送，如實反映而無所隱藏，所以能夠勝物而不被物所損傷。

賞析與點評

「至人用心若鏡」，指至人之心能如實地反映外在的客觀事物，且能如實地反映民心所向而廣納民意。莊子十分形象地把至人的用心比作鏡子，這就是中國文化哲學史上著名的心鏡說。與「以明」一樣，莊子強調要能如實地反映萬物的客觀景象，不為私欲和成見所隱蔽。這一客觀反映論的「認知心」，和「道德心」、「審美心」的倡導同時出現，經稷下道家的闡發，而荀子、韓非一系脈亦多所申論，可謂先秦心學之另一新章。美國學者安樂哲（Roger Ames）與郝大維（David Hall）曾在他們合着的書中說：「道家思想既不消極被動，也非枯寂。水是生命之源；鏡是一種光源；心是一種能夠起改造作用的能量之源。像鏡子那樣去『認知』，不是要重複這個世界，而是要將其投射於某種光亮中。」

七

南海之帝為儵，北海之帝為忽，中央之帝為渾沌[1]**。儵與忽時相與遇於渾沌之地，渾沌待之甚善。儵與忽謀報渾沌之德，曰：「人皆有七竅以視聽食息**[2]**，此獨無有，嘗試鑿之。」日鑿一竅，七日而渾沌死。**

注釋

1 南海之帝為儵（shū），北海之帝為忽，中央之帝為渾沌：「儵」、「忽」、「渾沌」，皆是寓言。混沌涵義頗豐。其一喻純樸自然為美；其二喻各適其性，混沌之死，如魯侯飼鳥；其三，南海為陽，北海為陰，中央為陰陽之合。2 七竅：指一口、兩耳、兩目、兩鼻孔。

譯文

南海的帝王名叫儵，北海的帝王名叫忽，中央的帝王名叫渾沌。儵和忽時常常到渾沌的境地裏相會，渾沌待他們很好。儵和忽商量報答渾沌對他們的美意，說：「人們都有七竅，用來看、聽、飲食、呼吸，唯獨他沒有，我們試着替他鑿出來。」一天鑿一竅，到了第七天渾沌就死了。

賞析與點評

莊子運用高度的藝術手筆，描述渾沌之死，比喻有為之政給百姓和人間帶來的災害，以表達其無治主義的思想。莊子在《人間世》和《至樂》篇反覆提出這一告誡，透過愛馬人和魯侯養鳥的故事，莊子提出一個發人深省的問題——如果無視效果，而一味強調自己的願望，這樣的好心又能被誰所承認和接受呢？

外篇

駢拇

本篇導讀——

《駢拇》篇取篇首二字為篇名，主旨闡揚人的行為當合於自然，順人情之常。「駢拇」，即併生的足趾。

首章指出濫用聰明、矯飾仁義的行為並不是自然的正道。自然的正道要「不失其性命之情」。仁義的行為，須合於人情，如不合人情，則成「膠漆纆索」一般，束縛人的行為。末章批評自三代以下「奔命於仁義」、「招仁義以撓天下」；為了追逐仁義之名，殘生傷性的種種現象，都是悖違「性命之情」的。

「駢拇枝指」、「累瓦結繩」、「鶴長鳧短」等成語都出自本篇。

一

彼至正[1]者，不失其性命之情。故合者不為駢，而枝者不為歧[2]；長者不為有餘，短者不為不足。是故鳧脛[3]雖短，續之則憂；鶴脛雖長，斷之則悲。故性長非所斷，性短非所續，無所去憂也。意[4]仁義其非人情乎！彼仁人何其多憂也。

注釋

1 至正：通行本誤作「正正」，「正」乃「至」之誤。2 歧：舊本誤作「跂」。3 鳧（fú）脛：野鴨的小腿。4 意：成玄英《疏》本作「噫」，嗟歎之聲。

譯文

那些合於事物本然實況的，不違失性命的真情。所以結合的並不是駢聯，分枝的並不是有餘，長的並不是多餘，短的並不是不足。所以野鴨的腿雖然短小，但給它接上一段就會帶來痛苦；野鶴的腿雖然修長，但給它截去一節就會帶來悲哀。所以本性是長的，就不該去截短它；本性是短的，就不該去接長它，這樣也就沒有甚麼可憂慮的了。噫，仁義它不合乎性命之情吧！那些仁義者怎麼會有那麼多的憂愁？

「仁義豈非人情乎」，仁義之操，本事出於至情至性，發自內心，但倡導日久，則成虛文，矯情偽性，違失生命的本質。莊子反對儒者將道德絕對化，認為仁義道德本應合人情順人性，倡導人情調劑之必須，方能免除人性受道德僵固化、形式化的束縛。莊子進而提出「任其性命之情」，對後代文學藝術有深遠影響，成為重振文化生命力的解藥。

二

且夫待鉤繩規矩而正者[1]，是削其性者也；待繩索[2]膠漆而固者，是侵其德者也；屈折禮樂[3]，呴俞仁義[4]，以慰天下之心者，此失其常然也[5]。天下有常然。常然者，曲者不以鉤，直者不以繩，圓者不以規，方者不以矩，附離不以膠漆[6]，約束不以纆索[7]。故天下誘然皆生[8]，而不知其所以生；同焉皆得，而不知其所以得。故古今不二，不可虧也。則仁義又奚連連如膠漆纆索而遊乎道德之間為哉[9]！使天下惑也！

注釋

1 鉤繩規矩：皆是木工工具。鉤是木工劃曲線的曲尺，木工用繩來劃直線，規劃圓，矩劃方。2 繩索：舊本作「繩約」。3 屈折：屈跂折體。「屈折禮樂」是舉樂行禮的形象化的說法。4 呴（xū）俞：愛撫。5 常然：正常狀態。6 附離：附依。離，通「麗」，依附。7 纆（mò）：即索，三股合成的繩索。8 誘然：自然而然。9 奚：何，為甚麼。

譯文

要用曲尺、墨線、圓規、角尺來修正的，這就損害了事物的本性；要用繩索、膠漆來固定事物的，卻是侵害了事物的本然；那些用禮樂來周旋，用仁義來勸勉，以此告慰天下人心的，這就違背了事物的本然真性。天下的事物存在着自己的本然真性。這本然真性就是，彎曲的並非使用了曲尺，筆直的並非使用了墨線，圓圓的並非使用了圓規，方方的並非使用了角尺，相合在一起的並非使用了膠漆，束縛在一起的並非使用了繩索。所以天下萬物都是自然而然地生長，卻不知道它是如何生長的；天下萬物都有所得，卻不知道它是如何取得的。所以古往今來，萬物的自然之理都是一樣的，不能夠用人為的東西去虧損自然的本性。那麼仁義又何必像膠漆繩索那樣非要擠進萬物的自然本性之中呢！這讓天下人都感到疑惑呀！

馬蹄

本篇導讀——

《馬蹄》篇主旨在抨擊政治權力所造成的災害，描繪自然放任生活之適性。首章指出「治天下之過」，刑法殺伐、規範束縛如同馬兒遭到燒剔刻雒（烙），治權施於民，種種政教措施都有違真性。人當自然放任，依「常性」而生活。本篇進而描繪的「至德之世」，是對反禮教的自由人生活情境的一種憧憬。

出自本篇的成語有「伯樂治馬」、「詭銜竊轡」、「鼓腹而遊」等等。

一

吾意善治天下者不然。彼民有常性[1]，織而衣，耕而食，是謂同德[2]。一而不黨[3]，命曰天放[4]。故至德之世，其行填填[5]，其視顛顛[6]。當是時也，山無蹊隧[7]，澤無舟梁[8]；萬物群生，連屬其鄉[9]；禽獸成群，草木遂長。是故禽獸可係羈而遊，鳥鵲之巢可攀援而闚[10]。

夫至德之世，同與禽獸居，族與萬物並，惡乎知君子小人哉？同乎無知，其德不離；同乎無欲，是謂素樸。素樸而民性得矣。及至聖人，蹩躠為仁，踶跂為義[11]，而天下始疑矣；澶漫[12]為樂，摘僻[13]為禮，而天下始分矣。故純樸不殘[14]，孰為犧樽[15]！白玉不毀，孰為珪璋[16]！道德不廢，安取仁義[17]！性情不離，安用禮樂！五色不亂，孰為文采！五聲不亂，孰應六律！夫殘樸以為器，工匠之罪也；毀道德以為仁義，聖人之過也。

注釋

1 常性：真常的本性。2 同德：共同的本能。3 一而不黨：渾然一體而不偏私。黨：偏。4 命：稱，名。天放：自然放任。5 填填：質重的樣子。6 顛顛：形容人樸拙無心，言民之真性。[7] 蹊隧：小徑和隧道。[8] 舟梁：船隻和橋樑。[9] 連屬其鄉：比鄰而居。[10] 鳥鵲之巢可攀援而闚：西晉時代有一個「攀援鵲巢」的故事。「八達」之一的王澄（字平子）為荊州刺史，友人相送赴任，「時庭中有大樹，上有鵲巢，平子脫衣巾，徑上樹取鵲子，涼衣拘閡樹枝，便復脫去。得鵲子還下，弄，神色自若，傍若無人。」（見《世說新語．簡傲》）[11] 蹩躠（biéxiè）為仁，踶跂（zhìqí）為義：蹩躠，踶跂，形容勉強力行的樣子。[12] 澶（dàn）漫：縱逸。[13] 摘僻：煩瑣。[14] 純樸不殘：純樸，全木。「不殘」，未雕。[15] 犧樽：酒器。[16] 珪璋：玉器。上尖下方的玉器為珪，形像半珪為璋。[17] 道德不廢，安取仁義：老子十八章說「大道廢，有仁義」。

譯文

我以為善於治理天下的人不會這樣。那人民是有真常的本性，他們織布穿衣，耕田吃飯，這是共同的本能。彼此渾然一體，沒有偏私，可以稱為自由放任。所以在道德昌盛的時代，人民的行為總是顯出悠閒自得、質樸拙實的樣子。在那個時候，山中沒有小徑和隧道，水上沒有船隻和橋樑；萬物共同生長，居處彼此相連；禽獸成群結隊，草木茁壯滋長。因而禽獸可以讓人牽着去遊玩，鳥鵲的窠巢可以任人攀援去窺探。在那道德昌盛的時代，人與禽獸混雜而居，與萬物聚集在一起，哪裏有君子與小人的區別呢？人們都一樣的不用智巧，自然的本性就都不會喪失；人們都一樣的沒有貪欲，所以都純真樸實。人們都純真樸實，也就能永葆人的自然本性了。

賞析與點評

莊子在這段有感於現實政治的酷烈和文明社會的貪欲，假託於理想中的「至德之世」，描繪人們無所矯飾，沒有機心，不相戕賊的自由自在的生活情態，莊子稱之為「天放」。「天放」是逍遙自適，安然自樂的一種境界。《列子・湯問》中也有相似的描述：在一個不知名的國度裏，人民性情和婉不愛爭鬥，人們整日開心地歌唱，餓了就飲用泉水度日，人我之間沒有上下貴賤的分別，一派寧靜祥和。《列子》和《莊子》以簡單自足的物質生活，具體呈現理想國度的和樂景象的烏托邦，以人性的純真質樸為基礎，營造出理想的樂園，這種解消對立、返樸歸真的生活型形態，可說是陶淵明《桃花園記》的濫觴。

胠篋

本篇導讀——

《胠篋》篇起筆描繪大賊小賊竊用聖智禮法，當世田成子之流，不但盜竊了國家，而且獨佔禮法，用以裝飾門面，張其恣肆之欲，為害民眾，成為他們護身的名器。禮法繩小民有餘，防大盜不足。

本篇自開頭至「是乃聖人之過」一段止，雄論滔滔，文辭激昂有力。篇中「聖人生而大盜起」、「聖人不死，大盜不止」的名句，順文而讀，有其深意在，並非故作驚人之語。

一

將為胠篋探囊發匱之盜而為守備[1]，則必攝緘縢[2]，固扃鐍[3]，此世俗之所謂知也[4]。然而巨盜至，則負匱揭篋擔囊而趨[5]，唯恐緘縢扃鐍之不固也。然則鄉之所謂知者[6]，不乃為大盜積者也？

注釋

1 胠（qū）：從旁邊打開。篋（qiè）：箱子。探囊發匱：掏布袋子開櫃子。匱：同「櫃」。2 攝：打結，纏繞。緘（jiān）縢（téng）：都是繩子。3 固：加固，使堅固。扃（jiōng）：關鈕。鐍（jué）：鎖鑰。4 知：同「智」。5 負：背起。揭：舉起。趨：逃走。6 鄉：通「曏」，同的意思。

譯文

為了防備撬箱、掏布袋、撬櫃子的小賊，就捆緊繩索，關緊鎖鈕，這是世俗上所說的聰明。但是大盜一來，便背起櫃子，舉起箱子，挑起囊袋而走，唯恐繩索鎖鈕不夠牢固。那麼以前所謂的聰明，不就是替大盜儲聚的嗎？

聖人不死，大盜不止。雖重聖人而治天下，則是重利[1]盜跖也。為之斗斛[2]以量之，則並與斗斛而竊之；為之權衡[3]以稱之，則並與權衡而竊之；為之符璽[4]以信之，則並與符璽而竊之；為之仁義以矯之，則並與仁義而竊之。何以知其然邪？彼竊鉤者誅，竊國者為諸侯。諸侯之門而仁義存焉，則是非竊仁義聖知邪？故逐於[5]大盜，揭諸侯[6]，竊仁義並斗斛權衡符璽之利者，雖有軒冕[7]之賞弗能勸，斧鉞之威[8]弗能禁。此重利盜跖而使不可禁者，是乃聖人之過也。

注釋

1 重利：增益其利。2 斛（hú）：量器，可容五斗。3 權：秤錘。衡：秤量。4 符璽（xǐ）：印章。5 逐：爭。於：為。6 揭諸侯：舉幟立為諸侯。7 軒冕：高車冠冕。軒：古時大夫以上所乘的車子。冕：古時大夫以上所戴的帽子。8 斧鉞（yuè）之威：指死刑的威嚇。鉞：大斧。

賞析與點評

「聖人不死，大盜不止」，聖知為大盜積守，聖人生而大盜起，聖人立聖法以備道，反倒成為盜賊以資利用的道具，彼手持「符爾」，口倡「仁義」，「竊鉤者誅，竊國者為諸侯」。莊子穿透時代的迷霧，對現實政治進行銳利的批判，主張絕聖棄智，去華守樸，世間反倒無事。

譯文

如果聖人不死，大盜便不會停止。雖然是借重聖人來治理天下，卻大大增加了盜跖的利益。製造斗斛來量，卻連斗斛也盜竊去了；製成了天秤來稱，卻連天秤也盜去了；刻造印章來取信，卻連印章也盜去了；提倡仁義來矯正，卻連仁義也盜去了。為甚麼這樣説呢？那些盜竊帶鉤的人被刑殺，而盜竊國家的人反倒成了諸侯，諸侯的門裏就有仁義了，這不是盜竊了仁義和聖智嗎？因而那些爭為大盜，擁為諸侯，盜竊仁義和斗斛、天秤、符印利益的人，即使用高車冠冕的賞賜也不能勸阻他們，用斧鉞的威刑也不能禁止他們。這樣大大有利於盜跖而無法禁止的局面，都是聖人的過錯。

在宥

本篇導讀——

《在宥》篇主旨反對干涉主義，從人的本性上，說明人好自然反對他治。第一章批評「治天下」的結果，指責「三代以下」以賞罰為事，使人不能安於性命之情。第二章借崔瞿與老聃的對話發出「絕聖棄智」的呼聲。第三章借廣成子與黃帝對話的寓言，描述至道之精在於治身。第四章雲將和鴻蒙的寓言抹去治跡，而提出「心養」。第五章「世俗之人」一段寫當時諸侯假借國家人民來為自己圖謀，然而終將被人民所唾棄。最後一段「賤而不可不任者」，與本篇主旨相違，亦與莊學精神不合，疑為黃老之作竄入，或為莊子後學所染黃老思想者所為。

出自本篇的成語有「尸居龍見」、「雀躍不已」、「獨往獨來」等。

一

聞在宥天下[1]，不聞治天下也[2]。在之也者，恐天下之淫其性也[3]；宥之也者，恐天下之遷其德也[4]。天下不淫其性，不遷其德，有治天下者哉[5]！昔堯之治天下也，使天下欣欣焉人樂其性，是不恬也[6]；桀之治天下也，使天下瘁瘁焉人苦其性[7]，是不愉也。夫不恬不愉，非德也；非德也而可長久者，天下無之。

注釋

1 在宥（yòu）：優遊自在，寬容自得。2 治：統馭。3 淫：擾亂。4 遷：遷移，改變。5 有：豈有。6 恬：寧靜。7 瘁瘁（cuì）焉：身勞神疲的樣子。

譯文

只聽說使天下安然自在，沒有聽說要管制天下。（人人）自在，唯恐天下擾亂了他的本性；（人人）安舒，唯恐天下改變了他的純德。天下人不擾亂本性，不改變常德，哪裏還用管治天下呢！從前堯治理天下，讓天下人人欣喜，樂了本性，這就是不安靜啊；桀治理天下時，使天下人身勞神疲，苦了本性，這就不歡愉啊。讓天下之人弄得不安靜不歡愉，便是違背常德。違背常德而可以長久，是天下絕沒有的事。

二

崔瞿[1]問於老聃曰：「不治天下，安藏[2]人心？」

老聃曰：「女慎無攖[3]人心。人心排下而進上[4]，上下囚殺[5]，綽約[6]柔乎剛彊，廉劌雕琢[7]。其熱焦火，其寒凝冰[8]，其疾俛仰之間[9]而再撫四海之外。其居也淵而靜，其動也縣而天。僨驕[10]而不可係者，其唯人心乎！」

「昔者黃帝始以仁義攖人之心，堯、舜於是乎股無胈，脛無毛[11]，以養天下之形，愁其五藏以為仁義，矜其血氣[12]以規法度。然猶有不勝也。堯於是放讙兜於崇山，投三苗於三峗，流共工於幽都[13]，此不勝天下也。夫施及三王而天下大駭矣。下有桀、跖，上有曾、史，而儒墨畢起。於是乎喜怒相疑，愚知相欺，善否相非，誕信相譏[14]，而天下衰矣；大德不同，而性命爛漫矣[15]；天下好知，而百姓求竭矣[16]。於是乎釿鋸制焉，繩墨殺焉，椎鑿決焉[17]。天下脊脊[18]大亂，罪在攖人心。故賢者伏處[19]大山嵁巖[20]之下，而萬乘之君憂慄乎廟堂之上。」

「今世殊死[21]者相枕也，桁楊[22]者相推也，刑戮者相望也，而儒墨乃始離跂[23]攘臂乎桎梏之間。噫[24]，甚矣哉！其無愧而不知恥也甚矣！吾未知聖知之不為桁楊椄槢[25]也，仁義之不為桎梏鑿枘[26]也，焉知曾、史之不為桀、跖嚆矢[27]也！故曰：絕聖棄知，而天下大治。」

注釋

1 崔瞿：杜撰的人名。2 臧：善。今本誤作「藏」。3 攖：擾亂。4 人心排下而進上：人心，壓抑它就消沉，推進它就高舉。5 上下囚殺：形容心志向上趨下如同被拘囚傷殺。6 淖（chuò）約：柔美。7 廉劌雕琢：形容一個人飽受折磨。廉：借作「棱」，刺。劌（guì）：割傷。8 其熱焦火，其寒凝冰：形容人心急躁和戰慄的情狀。9 俛仰之間：指短暫時間。俛，同俯。10 僨（fèn）驕：形容不可禁制的勢態。11 股無胈（bá），脛無毛：大腿上沒有肉，小腿上不長毛，形容勞動辛勤。12 矜其血氣：苦費心血的意思。13 放讙兜於崇山，投三苗於三峗，流共工於幽都：語見《尚書·堯典》。讙兜：堯時人，和堯為敵，被流放到崇山。三苗：名饕餮，為堯時諸侯，封三苗之國；三峗：甘肅敦煌東南。共工：官名，堯時水官，為窮奇。幽都：在今北京密雲縣境。14 喜怒相疑，愚知相欺，善否相非，誕信相譏：形容種種自是而非他的心理與行為表現。15 爛漫：散亂。16 求竭：糾葛淆亂的意思。17 斤（jīn）鋸制焉，繩墨殺焉，椎鑿決焉：斤鋸、繩墨、椎鑿皆指刑具。18 脊脊：猶「藉藉」，紛紛的意思。19 伏處：隱遁，潛居。20 嵁（kān）巖：深巖。21 殊死：死刑。22 桁（héng）楊：

古時一種夾腳和頸的刑具。23 離跂：翹足。形容用力的樣子。24 噫：一本作「意」。25 椄槢（jiēxí）：枷鎖中的橫木。26 鑿枘：用來固定枷鎖的榫眼和榫頭。27 嚆（hāo）矢：響箭，喻先聲。

譯文

崔瞿問老聃說：「不治理天下，怎樣使人心向善？」

老聃說：「你要小心別擾亂了人心。人心，壓抑它就消沉，推進它就高舉，心志的消沉和高舉之間，猶如被拘囚、傷殺，柔美的心志表現可以柔化剛強。有棱角的人必遭折磨，使其性時而急躁如烈火，時而憂恐如寒冰。他們的心境迅速變化，頃刻之間像往來於四海之外。人心安穩時深沉而寂靜，躁動時懸騰而高飛。強傲而不可羈制的，就是人心啊！」

「從前黃帝就用仁義來擾亂人心，於是堯舜勞累得大腿上沒有肉，小腿上不長毛，以供養天下人的形體，愁勞心思去施行仁義，苦費心血去規定法度。然而還是有不足的地方，於是堯將讙兜放逐到崇山，將三苗投置到三峗，將共工流配到幽州，這是未治好天下的證明。到了夏商周三代帝王，天下大受驚擾。下有夏桀、盜跖，上有曾參、史鰌，而儒墨的爭論紛起，於是喜怒互相猜忌，愚智相互欺侮，善與不善互相非議，荒誕與信實互相譏諷，天下風氣從此衰頹了；大德分歧，而性命的情理散亂了；天下愛好智巧，百姓糾葛紛起。於是用斧鋸來制裁，用禮法來擊殺，用肉刑來處決。天下紛紛大亂，罪過就在於擾亂了人心。所以賢者隱遁在高山深巖，而萬乘君主憂慄於朝廷之上。」

「如今死刑的人屍首堆積，帶着鐐銬的人連綿不斷，刑殺的人多得滿眼都是，於是儒墨家奮力呼嚷於枷鎖之間，噫！太過份了！他們是如此地不知慚愧和羞恥！我不知道聖智不是枷鎖的橫木、仁義不是枷鎖的孔柄麼！怎麼知道曾參、史鰌不是夏桀、盜跖的先聲呢！所以說：拋棄聰明智巧，天下就太平了。」

賞析與點評

仁義窮而刑罰用，仁義聖智呼嚷於桎梏之間，又再而成為刑戮的工具。聖智成為竊國的道具，仁義成為暴君的名器，曾參史鰌成了桀紂的嚮導，唯有徹底拋棄統治規範的價值，天下人民才能「安其性命之情」。

三

黃帝立為天子十九年，令行天下，聞廣成子在於空同之山[1]，故往見之，曰：「我聞吾子達於至道，敢問至道之精。吾欲取天地之精[2]，以佐五穀，以養民人。吾又欲官陰陽[3]，以遂群生，為之奈何？」

廣成子曰：「而所欲問者[4]，物之質也[5]；而所欲官者，物之殘也。自而治天下，雲氣不待族[6]而雨，草木不待黃而落，日月之光益以荒矣，而佞人之心翦翦者[7]，又奚足以語至道！」

黃帝退，捐天下，築特室，席白茅，閒居三月，復往邀之。廣成子南首而臥，黃帝順下風[8]，膝行而進，再拜稽首而問曰：「聞吾子達於至道，敢問治身，奈何而可以長久？」廣成子蹶然而起，曰：「善哉問乎！來，吾語女至道。至道之精，窈窈冥冥[9]；至道之極，昏昏默默[10]。無視無聽，抱神以靜，形將自正。必靜必清，無勞女形，無搖女精，乃可以長生。目無所見，耳無所聞，心無所知，女神將守形，形乃長生。慎女內，閉女外[11]，多知為敗。我為女遂於大明[12]之上矣，至彼至陽之原也；為女入於窈冥之門矣，至彼至陰之原也。天地有官[13]，陰陽有藏[14]。慎守女身，物將自壯。我守其一，以處其和，故我修身千二百歲矣，吾形未常衰。」

黃帝再拜稽首曰：「廣成子之謂天矣！」廣成子曰：「來！余語女：彼其物[15]無窮，而人皆以為有終；彼其物無測，而人皆以為有極。得吾道者，上為皇而下為王；失吾道者，上見光而下為土[16]。今夫百昌[17]皆生於土而反於土。故余將去女，入無窮之門，以遊無極之野。吾與日月參光，吾與天地為常。當我，緡乎，遠我，昏乎[18]！人其盡死，而我獨存乎！」

注釋

1 廣成子：莊子的寓言人物，比喻體會自然無為之道的人。空同之山：杜撰的地名。空：空虛、空明的意思，同：混同、冥同的意思。2 天地之精：天地自然的精氣。3 官陰陽：調和陰陽。官：管理、治理。4 而：汝，你。5 質：原質，真質。6 族：聚。7 翦翦（jiǎn）：淺淺，淺薄陋狹的樣子。8 順下風：順下方，「古風」、「方」同音。9 窈窈冥冥：深遠暗昧。窈：微不可見。冥：深不可測。10 昏昏默默：比喻深靜。11 慎女內，閉女外：不動其心，不使外物得以動吾心。12 遂於大明：「大明」指太陽。13 天地有官：天地各官其官。官：職。14 陰陽有藏：陰陽各居其所。藏：府。15 彼其物：指「道」而言。16 上見光而下為土：指上見日月之光，下則化為土壤。17 百昌：百物昌盛。18「當我」二句，當我：迎我而來。遠我：背我而去。緡：

涽合。「緡」、「昬」均無心之謂。

譯文

黃帝在位為天子，十九年，教令通行天下，聽說廣成子住在空同山上，特地去見他，對他說：「我聽說先生明達至道，請問至道的精粹？我想攝取天地的精華，來助成五穀，來養育人民。我又想掌管陰陽二氣，來順應萬物，對這，我將怎樣去做？」

廣成子說：「你所要問的，乃是事物的原；你所要管理的，乃是事物的殘渣。自從你治理天下，雲氣不等待凝聚就下雨，草木不等待枯黃就凋落，日月的光輝更加失色，你這佞人的心境這般淺陋，又怎麼能談至道呢！」

黃帝退回，拋棄政事，築一間別室，鋪墊上白茅，閒居了三個月，再去請教他。

廣成子朝南躺着，黃帝從下方匍匐過去，再叩頭拜禮問說：「聽說先生明達至道，請問，怎樣修養才可能長久？」廣成子頓然起身說：「你問得好！來，我告訴至道。至道的精粹，深遠暗昧；至道的精緻，靜默深潛。視聽不外用，抱持精神的寧靜，形體自能康健。靜慮清神，不要勞累你的形體，不要耗費你的精神，才能夠長生。眼睛不要被眩惑，耳朵不要被騷擾，內心不要多計慮，你的精神守護着形體，形體才能夠長生。持守你內在的虛靜，棄絕你外在的紛擾，多智巧便要敗壞，我幫助你達到大明的境地上，到達至陽的本原；幫你進入深遠的門徑中，到達至陰的根源。天地各司其職，陰陽各居其所。謹慎守護你自身，道自然會昌盛。我持守至道的純一而把握至道的和諧，所以我修身一千二百歲了，我的形體卻還沒有衰老。」

黃帝再次叩頭拜禮說：「廣成子可以說和天合一了。」

廣成子說：「來！我告訴你。至道沒有窮盡，但人們都以為有終結；至道是深不可測，但人們都以為有窮極。得到我的道，在上可以為皇，在下可以為王；喪失我的道，在上只能看見日月之光，在下則化為塵土。萬物都生於土而復歸於土，所以我將離開你，進入無窮的門徑，以遨遊無極的廣野。我與日月同光，我和天地為友。迎我而來，茫然不知；背我而去，昏暗不覺！人不免於死，而我還是獨立存在啊！」

賞析與點評

黃帝與廣成子對話的本段寓言，否定「治」而申言「無治」，並進而談「至道之精」，旨在無取治天下而談治身，治者若能抱守精神，貴愛其身，無為自然，則人民自將趨於昌盛。

天地

本篇導讀——

《天地》篇由十五章文字雜纂而成，各章意義不相關聯，屬於雜記體裁。

本篇第一章寫天地的演化運作本於自然，人君應順天地自然無為的規律而行事。第二章談道，求道當「刳心」——洗去貪欲智巧之心。第三章由道引出無聲之樂。第四章用黃帝遺失玄珠的寓言，譬喻道不是感覺的對象，感官、言辯都無從求得，要棄除心機智巧，在靜默無心之中領會道。第五章許由告誡堯，治為亂之率。第六章，華封人曉喻堯，要隨遇而安，無心任自然，如鳥飛行而無跡。第七章伯成子高責禹行刑政。第八章論述宇宙的創造歷程。第九章孔子以治道請教老聃，老聃指出統治者當「忘己」。第十章提出為政者要化除賊害人民的心念，使人民增進獨立的人格意志。第十一章申說為政者當去「機心」而保持真樸。第十二章描述「聖治」、「德人」與「神人」。第十三章寫至德之世人民相愛於自然的情景。第十四章諷忠臣孝子為「阿諛之人」，評人情之導諛盲從。最後一章，寫竄取功名聲色者衣冠楚楚的樣態，譏評這些人的生活如同囚檻中的禽獸。

二

夫子[1]曰：「夫道，覆載萬物者也，洋洋乎大哉！君子不可以不刳心[2]焉。無為為之之謂天，無為言之之謂德，愛人利物之謂仁，不同同之之謂大，行不崖異之謂寬[3]，有萬不同之謂富。

注釋

1 夫子：指莊子，為門人記莊子之言。2 刳（kū）心：剔去其知覺之心，去其私以入於自然。3 崖異：乖異。

譯文

先生說：「道是覆載萬物的，浩瀚廣大啊！君子不可以不棄除成心。以無為的態度去做就是道，以無為的方式去表達就是德，愛人利物就是仁，融合不同的就是大，行為不標顯乖異就是寬，包羅萬象就是富。

四

黃帝遊乎赤水之北[1]，登乎崑崙之丘而南望。還歸，遺其玄珠[2]。使知索之而不得[3]，使離朱索之而不得[4]，使喫詬索之而不得也[5]。乃使象罔[6]，象罔得之。黃帝曰：「異哉，象罔乃可以得之乎？」

注釋

1 赤水：杜撰的地名。2 玄珠：比喻道。3 知：虛擬之名。知，同「智」。4 離朱：比喻善於明察之人。5 喫詬：比喻善於言辯之人。6 象罔：比喻沒有形跡。象：形跡。罔：無，忘。

譯文

黃帝遊歷於赤水的北面，登上崑崙的高山向南眺望。在返回時，遺失了玄珠。讓知尋找，找不着，讓離朱尋找也找不到，讓喫詬尋找又找不着。於是請象罔尋找，而象罔找到了。黃帝說：「奇怪啊！只有象罔才能找到嗎？」

賞析與點評

黃帝遊赤水登崑崙而遺失玄珠，寓言僅僅六十八字，文賅而意深。玄珠比喻玄奧的道，道不是客觀的對象，以心智、眼目、言辯的感覺之知去索求，是無法得到的，這三者有時反而遮蔽了真性，越求越遠。自然無為之道，應棄除心機智巧，於靜默無心中理會。林希逸說：「求道不在於聰明，不在於言語，即佛經所謂：以有思維心求大圓覺，如以螢火燒須彌山。」

一三

至德之世，不尚賢[1]，不使能；上如標枝[2]，民如野鹿，端正而不知以為義，相愛而不知以為仁，實而不知以為忠，當而不知以為信，蠢動[3]而相使[4]，不以為賜。是故行而無跡，事而無傳。

注釋

1 不尚賢：語見《老子》第三章。2 上如標枝：意指樹枝的末端本無心在上。標：樹枝的末端 3 蠢動：指動作單純。4 相使：相友助。

譯文

至德的時代，不標榜賢能，不指使才技；君上如同高枝，人民如野鹿；行為端正卻不知道甚麼是義，相互親愛卻不知道甚麼是仁，內心真實卻不知道甚麼是忠，言行得當卻不知道甚麼是信，行為單純而相互友助，卻不以為恩賜。因此行徑沒有跡象，事跡沒有流傳。

天道

本篇導讀——

《天道》篇以闡述自然之義為主，由八章文字雜纂而成。第一章寫自然規律運行而不輟；自然界中萬物自動自為，聖人法自然的規律，以明靜之心觀照萬物。第二章寫「天樂」，體會天樂的人能順自然而行，與萬化同流。第三章堯與舜的對話，寫治天下當法天地的自然。第四章寫孔子求教於老聃，老聃評六經之冗贅，仁義絕人。進而申說天地萬物的本然性與自然性。以為人情世教，當順任自然，無擾人的本性。第五章藉士成綺與老子對話，評智巧驕泰，讚無心任自然。第六章要人退仁義，擯禮樂，體道的廣大涵容。第七章指出「意之所隨者，不可以言傳」，世之所貴的書並不可貴。第八章論真意之不可言傳。

一

天道運而無所積[1]，故萬物成；帝道運而無所積，故天下歸；聖道運而無所積，故海內服。明於天，通於聖，六通四辟[2]於帝王之德者，其自為也，昧然[3]無不靜者矣。聖人之靜也，非曰靜也善，故靜也；萬物無足以鐃心者[4]，故靜也。水靜則明燭鬚眉，平中準，大匠取法焉。水靜猶明，而況精神！聖人之心靜乎！天地之鑑也，萬物之鏡也[5]。夫虛靜恬淡寂漠無為者[6]，天地之本，而道德之至[7]，故帝王聖人休焉[8]。休則虛，虛則實[9]，實則備矣[10]。虛則靜，靜則動，動則得矣。靜則無為，無為也，則任事者責[11]矣。無為則俞俞[12]。俞俞者，憂患不能處，年壽長矣。夫虛靜、恬淡、寂漠、無為者，萬物之本也。

注釋

1 天道運而無所積：自然規律的運行是不停頓的。運：動。積：停滯。2 六通四辟：六合通達，四時順暢。六：指六合，即四方上下。四：指四時。辟：開闢。3 昧然：冥然，不知不覺的意思。4 鐃：通「撓」，擾亂。5 聖人之心靜乎！天地之鑒也，萬物之鏡也：福永光司認為後來禪家開悟的境地——「明鏡止水」觀念，就發源於此。

6虛靜恬淡寂漠無為者：「虛」、「靜」，見《老子》第十六章；「恬淡」，見《老子》第三十一章；「寂漠」，同於《老子》第二十五章「寂寥」。7至：實，實質。8休焉：休慮息心。9虛則實：林希逸認為即是禪家所謂真空而後實有。10備：通行本原作「倫」，「實則備矣」與下「動則得矣」為韻。11責：各盡其責。12俞俞：即「愉愉」，形容安逸的樣子。

譯文

自然規律的運行是不停頓的，所以萬物得以生成；帝王之道的運行是不停頓的，所以天下歸向；聖人之道的運行是不停頓的，所以海內賓服。明於自然的規律，通於聖人之道，六合四時暢達於帝王之德的，任各物自動，萬物無不靜悄悄地自生自長。聖人的清靜，並不是說清靜是好的所以才清靜；萬物不足以擾亂內心所以才清靜。水清靜便能明澈照見鬚眉，水平合於規準，可以為高明的工匠所取法。水清淨便明澈，何況是精神呢！聖人的內心清淨，可以作為天地的明鏡，萬物的明鏡。虛靜、恬淡、寂寞、無為，乃是天地的本院和道德的極致。所以帝王聖人便休止在這境界上。心神休靜便空明，空明便得充實，充實便是完備。空明便清淨，清淨而後活動，活動而無不自得。清淨便無為，無為便各事各盡其責。無為便安逸，安逸的人不被憂患所困擾，年壽便能長久。虛靜、恬淡、寂寞、無為，乃是萬物的本原。

二

夫明白於天地之德者，此之謂大本大宗，與天和者也。所以均調天下，與人和者也。與人和者，謂之人樂；與天和者，謂之天樂。莊子曰：「吾師乎，吾師乎！𩐁萬物而不為義，澤及萬世而不為仁，長於上古而不為壽，覆載天地、刻雕眾形而不為巧[1]。此之謂天樂。故曰：『知天樂者，其生也天行[2]，其死也物化。靜而與陰同德，動而與陽同波[3]。』故知天樂者，無天怨，無人非，無物累，無鬼責。故曰：『其動也天，其靜也地，一心定而天地正[4]；其魄不祟[5]，其魂不疲[6]，一心定而萬物服。』言以虛靜，推於天地，通於萬物，此之謂天樂。天樂者，聖人之心，以畜天下也[7]。」

注釋

1「吾師乎」至「刻雕眾形而不為巧」，這六句亦見於《大宗師》，不同之處有二。一是此篇為莊子言，而《大宗師》記此段為許由所言，而此處為莊子自言，皆為託言，不可作實話看。2 天行：順乎自然而運行。3 同波：同流。4 一心定而天地正：「天地正」，一本作「王天下」。5 其魄不祟：形體沒有病患。6 其魂不疲：精神不疲倦

7 畜：養。

譯文

明瞭天地常德的，便是大根本大宗原，便是與天冥合；用來均調天下，便是與人冥合。與人冥合的，稱為人樂；與天冥合，稱為天樂。

莊子說：「我的大宗師啊！調和萬物卻不以為義，澤及萬世卻以為仁，長於上古卻不以為老，覆天載地、雕刻各種物體的形象卻不顯露技巧，這就是天樂。所以說：『體驗天樂的，他在世時便順自然而行，他死亡時便和外物融合。靜時和陰氣同隱寂，動時和陽氣同波流。』所以體驗天樂的，不怨天，不尤人，沒有外物牽累，沒有鬼神責罰。所以說：『動時如天運轉，靜時如地寂然，一心安定而天地正位，形體沒有病患，精神不會疲乏，一心安定而萬物歸附。』這是說寂靜推及天地，通達於萬物，這就是天樂。所謂天樂，便是聖人的愛心，來養育天下。」

賞析與點評

莊子將人類與大本大宗的天地和諧對應的態度，稱為「天和」；將人類與天地萬物共存並生所呈現出的和樂情境，稱為「天樂」。這和樂情境落實到人間，治世的藝術在於「人和」；在消解族群對立的國度裏所呈現的和諧歡愉之氣氛，是為「人樂」。《天道》篇由「人和」談到「人樂」，由「天和」談到「天樂」，勾勒出一幅天人和樂的美麗景象。

「天樂」，有自身的修養境界和施愛於百姓兩個層面。聖人通過虛靜的工夫，摒棄智巧雜念，解除內心的種種蔽障，使心靈至於澄靜空明之境，此空靈明覺之心，可以「推於天地，通於萬物」。聖人自由因任，解除人民的桎梏，使百姓得以充分自由的生長發展，聖人任自然，百姓安然自在，這也是「天樂」。

這裏提出了「言」和「意」的關聯問題，語言文字是否能傳達真意，是語意學上值得討論的一個問題，莊子學派認為書不盡言，言不盡意，後來這一問題也成為魏晉清談和佛學禪宗的一個主要問題。魏晉玄學的言意之辯和禪宗的「不立文字」，都是從這一思路發展出來的。

七

世之所貴道者書也，書不過語，語有貴也。語之所貴者意也，意有所隨。意之所隨者，不可以言傳也[1]，而世因貴言傳書。世雖貴之，我猶不足貴也，為其貴非其貴也。故視而可見者，形與色也；聽而可聞者，名與聲也。悲夫，世人以形色名聲為足以得彼之情！夫形色名聲果不足以得彼之情，則知者不言，言者不知[2]，而世豈識之哉！

注釋 1 意之所隨者，不可以言傳也：與外篇「得魚忘筌」、「得兔忘蹄」語義相通。2 知者不言，言者不知：見《老子》第五十六章。

譯文 世人所珍貴的道載見於書，書不過是語言，語言有它的可貴之處。語言所可貴的是意義，意義有所指向。意義所指向的，卻不能用言語來表達，而世人因為珍貴語言才傳之於書。世人雖然貴重書，我卻以為不足貴，因為所珍貴的並不是（真正）可貴的。因而，可以看得見的，是形和色；可以聽得見的是名和聲。可悲啊，世人以為從形色和名聲就可以得到事象的實情！假如形色名聲果然不足以確知事象的實情，那麼知道的不說，說的並不知道，但世人又怎能了解呢？

八

桓公讀書於堂上，輪扁[1]斲[2]輪於堂下，釋椎鑿而上，問桓公曰：「敢問，公之所讀者何言邪？」

公曰：「聖人之言也。」

曰：「聖人在乎？」

公曰：「已死矣。」

曰：「然則君之所讀者，古人之糟魄[3]已夫！」

桓公曰：「寡人讀書，輪人安得議乎！有說則可，無說則死。」

輪扁曰：「臣也以臣之事觀之。斲輪，徐則甘而不固，疾則苦而不入[4]。不徐不疾，得之於手而應於心，口不能言，有數[5]存焉於其間。臣不能以喻臣之子，臣之子亦不能受之於臣，是以行年七十而老斲輪。古之人與其不可傳也死矣，然則君之所讀者，古人之糟魄已夫！」

注釋

1 輪扁：製造車輪的人，名扁。2 斲（zhuó）：同「斫」。3 糟魄：即糟粕。4 徐則甘而不固，疾則苦而不入：寬則甘滑易入而不堅，緊則澀而難入。甘：滑。苦：澀。徐：寬。疾：緊。5 數：術。

譯文

桓公在堂上讀書，輪扁在堂下斫車輪，放下椎鑿走上前來，問桓公說：「請問，公所讀的是甚麼書？」

桓公說：「是聖人之言。」

問說：「聖人在嗎？」

桓公說：「已經死了。」

問說：「那麼你所讀的，是古人的糟粕了！」

桓公說：「寡人讀書，輪人怎能隨便議論！說得出理由還可以，說不出理由就要處死。」

輪扁說：「我用我所從事的事來觀察。斫車輪，輪孔做得寬就鬆滑而不堅固，做得緊就滯澀而難入。不慢不快，得心應手，口裏說不出來，有奧妙的技術存在其間。我不能告訴我的兒子，我的兒子也不能繼承我，所以七十歲了還在斫輪。古時人和他不能傳授的，都已消失了，那麼你所讀的，就是古人的糟粕了！」

天運

本篇導讀——

《天運》篇由七章文字組成，第一章寫宇宙萬物的運行，是吾種原因在空間運動的結果。第二章中説「至仁無親」之義。第三章北門成與黃帝論樂，寫聞樂時心境的變化。第四章，師金對顏淵評孔子的復禮，認為「禮樂法度」是應時而變的，守舊者推行古禮，就好象「推舟於陸」，是行不通的。第五章寫老聃向孔子談道，談「采真之遊」。第六章老聃告訴孔子仁義憒人心。第七章老子告訴孔子，六經乃先王之陳跡，非所以跡。

「不主故常」、「在谷滿谷」、「推舟於陸」、「勞而無功」、「東施效顰」等成語出自本篇。

一

「天其運乎？地其處乎[1]？日月其爭於所乎？孰主張[2]是？孰維綱是？孰居無事而推行是[3]？意者[4]其有機緘而不得已邪？意者其運轉而不能自止邪？雲者為雨乎？雨者為雲乎？孰隆施[5]是？孰居無事淫樂[6]而勸是[7]？風起北方，一西一東，在上彷徨[8]，孰噓吸[9]是？孰居無事而披拂[10]是？敢問何故？」巫咸祒[11]曰：「來，吾語女。天有六極五常[12]，帝王順之則治，逆之則凶。九洛之事[13]，治成德備，監照下土，天下戴之，此謂上皇。」

注釋

1 **天其運乎？地其處乎**：天運，當指日月星辰運轉、風吹雲飄雨降等現象。2 **主張**：主宰而施行。3 **而推行是**：原為「推而行是」。4 **意者**：猶「或者」。5 **隆施**：隆：興起。施：降。6 **淫樂**：過求歡樂。7 **勸是**：勸勉，助成之意。8 **在**：通行本誤作「有」。彷徨：回轉、往來的樣子。9 **噓吸**：呼吸。10 **披拂**：吹動。11 **巫咸祒**（shào）：寓設人物。巫咸：神巫名咸。祒：借為「招」，招呼。12 **六極五常**：六極：即「六合」，指東南西北和上下。五常：即「五行」，指金、木、水、火、土。13 **九洛之事**：有二解，一指九州聚落之事，一指《洛書》九疇之事。譯文從前一說。

譯文

「天在運轉嗎？地在定處嗎？有誰主宰着？有是誰維持着？是誰安居無事推動着？或者有機關發動而出於不得已？或者它自行運轉而不能停止？雲層是為了降雨嗎？有誰興降雲雨？有誰安居無事過分求樂而助成它？風從北方吹起，忽西忽東，在上空迴轉往來，有誰噓吸着？誰安居無事去吹動它？請問這是甚麼緣故？」

巫咸祒說：「來，我告訴你。天有六合五行，帝王順着它便能安治，違逆它便生禍亂。（順着這自然之理）九州的事物，功成而德備，照臨人間，天下擁戴，這就是上皇之治。」

二

商大宰蕩[1]問仁於莊子。莊子曰：「虎狼，仁也。」

曰：「何謂也？」

莊子曰：「父子相親，何為不仁？」

曰：「請問至仁。」

莊子曰：「至仁無親[2]。」

大宰曰：「蕩聞之，無親則不愛，不愛則不孝。謂至仁不孝，可乎？」

莊子曰：「不然。夫至仁尚矣，孝固不足以言之。此非過孝之言也，不及孝之言也。夫南行者至於郢[3]，北面而不見冥山[4]，是何也？則去之遠也。故曰：以敬孝易，以愛孝難；以愛孝易，以忘[5]親難；忘親易，使親忘我難；使親忘我易，兼忘天下難；兼忘天下易，使天下兼忘我難。」

注釋

1 商大宰蕩：「商」，即「宋」。大宰：官號，字蕩。2 至仁無親：即至仁無私，謂至仁者一視同仁，無所偏愛。3 郢（yǐng）：楚國都邑，在今湖北省江陵縣。4 冥山：山名寓設。5 忘：形容心境達到適度的一種境界。

譯文

宋國大宰蕩向莊子問仁。莊子說：「虎狼也有仁性。」

大宰說：「怎麼說呢？」

莊子說：「父子相親，為甚麼不是仁？」

大宰說：「請問至仁。」

莊子說：「至仁超乎親愛。」

大宰說：「蕩聽說：無親便不愛，不愛便不孝。要說至仁不孝，可以嗎？」

莊子說：「不是的。至仁是最高的境界，孝還不足以說明它。你所說的並沒有超過孝，而是沒有達到孝的境界。像往南走到郢都，往北便看不到冥山，這是為甚麼呢？距離太遙遠了。所以說：用敬來行孝容易，用愛來行孝難；用愛來行孝容易，使父母安適難；使父母安適容易，讓父母不牽掛我難；使父母不牽掛我容易，使天下安適難；使天下安適容易，使天下忘我難。」

賞析與點評

「至仁無親」，仁心流溢，愛心普施，無所偏頗，沒有親疏之別，人人沐浴在相互親愛的環境中，那麼孝悌仁義自然就沒有標舉的必要。一樣東西，當它最欠缺的時候，也是最急需最期求的時候，充分享有時，便舒適而不牽掛起意，如魚相忘於江水。

三

北門成[1]問於黃帝曰：「帝張《咸池》[2]之樂於洞庭之野[3]，吾始聞之懼，復聞之怠，卒聞之而惑；蕩蕩默默，乃不自得[4]。」

帝曰：「汝殆其然哉！吾奏之以人，徽[5]之以天，行之以禮義，建之以太清[6]。四時迭起，萬物循生；一盛一衰，文武倫經[7]；一清一濁，陰陽調和，流光其聲；蟄蟲始作，吾驚之以雷霆；其卒無尾，其始無首；一生一死，一僨[8]一起；所常無窮[9]，而一不可待[10]。汝故懼也。」

「吾又奏之以陰陽調和，燭之以日月之明；其聲能短能長，能柔能剛，變化齊一，不主故常[11]；在谷滿谷，在阬滿阬；塗郤[12]守神，以物為量[13]。其聲揮綽[14]，其名[15]高明。是故鬼神守其幽，日月星辰行其紀。吾止之於有窮，流之於無止。子欲慮之而不能知也，望之而不能見也，遂之而不能及也；儻然立於四虛之道[16]，倚於槁梧而吟[17]。心窮乎所欲知，目窮乎所欲見，力屈乎所欲逐[18]，吾既不及已夫！形充空虛，乃至委蛇[19]。汝委蛇，故怠。」

「吾又奏之以無怠之聲，調之以自然之命[20]，故若混逐叢生[21]，林樂而無形[22]；

布揮而不曳[23]，幽昏而無聲。動於無方[24]居於窈冥[25]；或謂之死，或謂之生；或謂之實，或謂之榮；行流散徙，不主常聲。世疑之，稽於聖人。聖也者，達於情而遂於命也。天機不張而五官皆備，無言而心說，此之謂天樂。故有焱氏[26]為之頌曰：『聽之不聞其聲，視之不見其形，充滿天地，苞裹六極。』汝欲聽之而無接焉，而[27]故惑也。」

「樂也者，始於懼，懼故祟。吾又次之以怠，怠故遁；卒之於惑，惑故愚；愚故道，道可載而與之俱也。」

注釋

1 北門成：北門姓，名成，黃帝臣。黃帝與北門成對話係寓設。2《咸池》：古代樂章名稱。3 洞庭之野：即廣漠之野。4 蕩蕩默默，乃不自得：搖搖昏昏，內心空虛疑惑，不知所以然。5 徽：今本作「徵」，奏樂之義。6 建之以太清：「太清」，天道。7 文武倫經：「倫經」，猶經綸。8 僨：僕。9 所常無窮：「常」，與「當」古通。意指所對應之變化無窮。10 一不可待：皆不能預料。11 不主故常：不拘泥於固定。12 塗郤：與《老子》第五十六章「塞其兌」同意。「塗」，借「杜」，即杜塞的意思。「郤」，同「隙」，指七竅。13 以物為量：順任外物為原則。14 揮綽：悠揚越發。15 名：作節奏解。16 四虛之道：四方沒有際限的大道。17 倚於槁梧而吟：《德充符》有「倚樹而吟，據槁梧而瞑」一句。「槁梧」，即几案。[18] 心窮乎所欲知，目窮乎所欲見，力屈乎所欲逐：此三句承上文而來。[19] 委蛇：隨順應變。[20] 自然之命：「命」借為令，謂節奏。[21] 混逐叢生：混然相逐，叢然並生。[22] 林樂而無形：「林樂」謂眾樂齊奏。[23] 布揮而不曳：「布揮」，形容樂聲的播散振揚。[24] 動於無方：「方」，限定之義。[25] 窈冥：語見《老子》第二十一章。[26] 有焱（yàn）氏：神農。[27] 而：同汝。

譯文

北門成問黃帝說：「你在廣漠的原野上放奏《咸池》樂章，我初聽時感到驚懼，再聽時便覺鬆弛，最後聽得迷惑了；心神恍惚，把握不住自己。」

黃帝說：「你可能會那樣吧！我以人事來彈奏，以天理來伴演，以仁義來運行，以自然元氣應合。四時相繼而起，萬物順序而生；忽盛忽衰，生殺循序；一清一濁，陰陽調和，聲光交流；蟄蟲剛要振作，我以雷霆之聲驚動它；（樂聲）終了卻尋不着結尾，開始卻尋不着源頭；忽而消失忽而興作，忽而停止忽而升起；對應變化而無窮盡，而全然不可期待，所以你感到驚懼。」

「我又用陰陽的和諧來演奏，用日月的光明來灼照；聲調可短可長，能柔能剛；變化有規律，卻能翻陳出新，樂聲盈滿阬谷；約制情欲，凝守精神，循任自然。音樂悠揚，節奏明朗。因而鬼神幽隱，日月星辰依軌道運行。我演奏有時而止，回聲卻流泛無窮。你要思慮卻不能明白，要觀看卻見不到，要追逐卻趕不及；茫然置身於四面無際限的大道，倚着几案而談吟。內心窮竭於所要明瞭的，眼睛窮竭於所要見到的，精力窮竭於所要追逐的，你追趕我不上了！形體充滿而內心空明，才可以隨順應變。你隨順應變，所以覺得鬆弛。」

「我又用無怠的聲音來演奏，用自然的節奏來調和，所以音調混然相逐，叢然並生，眾樂齊奏而不見形跡，樂聲播散振揚而不留曳，意境幽深而不可聞。它變化無常，止於玄妙的境界；忽而好像消逝，忽而徒然興起；忽而有如結果，忽而有如開花；它流行不定，不限於老調。世人疑惑，查問聖人。所謂聖，便是通情達理順任自然。性不動而五官俱備，無言而心悦，這就是天樂。所以神農稱頌它說：『聽不到聲音，看不見形象，充滿了天地，包藏着六極。』你想聽也無法聽到，所以你會迷惑。」

「這種樂章，開始時感到驚懼，驚懼便以為是禍患，我又演奏使人心情鬆弛的聲調，心情鬆弛，所以驚懼之情循滅終於覺得迷惑，迷惑才淳和無識，心靈淳和無識才合於道，到達這種境地，可與道會通融合。」

賞析與點評

莊子借「樂」明「道」。聽聞道樂，在心靈上產生三種變化，始而驚懼（懼），繼而鬆弛平和，驚懼之情息息（怠），終而入迷（惑）。聞樂三遍，如同《大宗師》女偶論道的進境，也像《大宗師》顏回忘禮樂、忘仁義而達於坐忘的季節一樣。這裏雖說聞樂，實則聞道，劉鳳苞在《南華雪心》中說：「句句傳出樂的精神，卻處處窺見道的真際。」

四

故禮義法度者，應時而變者也。今取猨狙[1]而衣以周公之服，彼必齕齧挽裂[2]，盡去而後慊[3]。觀古今之異，猶猨狙之異乎周公也。故西施病心而矉[4]其里，其里之醜人見之而美之，歸亦捧心而矉其里。其里之富人見之，堅閉門而不出；貧人見之，挈妻子而去走。彼知矉美而不知矉之所以美。惜乎，而夫子其窮哉！」

注釋　1 猨狙：見於《齊物論》、《應帝王》及《天地》篇。猨：同「猿」。狙：形像猴。2 齕（hé）：啃。齧（niè）：咬。3 慊（qiàn）：滿足。4 矉（pín）：通「顰」，蹙額。

譯文　可見禮義法度是隨着時代而改變的。現在讓猿猴穿上周公的禮服，它一定咬破撕裂，脫光而後快。看古今的不同，就像猿猴不同於周公一樣。西施有心病，在村裏皺着眉，鄰里的醜女看到覺得很美，回去也在村裏捧着心皺着眉。村裏的富人看見，緊閉着門不出來；窮人看見，帶着妻子走開。醜女知道皺眉頭的美，卻不知道皺眉頭為甚麼美。可憐啊，你先生之道行不通了！」

七

老子曰：「幸矣子之不遇治世之君也！夫《六經》，先王之陳跡也，豈其所以跡哉！今子之所言，猶跡也。夫跡，履之所出，而跡豈履哉！

譯文

老子說：「幸好你沒遇到治世的君主啊！所謂《六經》，只是先王陳舊的足跡，哪裏是足跡的根源呢！你現在所說的，就像是足跡。足跡，乃是鞋所踩的痕跡，而足跡哪算是鞋呢！」

刻意

本篇導讀——

《刻意》主旨寫養神。「刻意」，即雕礪心志的意思。本篇開頭描寫世間五種人格形態，接着寫聖人之德，聖人體天地之道而澹然無極。再由人的德象，說到「養神」、「貴精」。出自本篇的成語有：「離世異俗」、「吐故納新」、「熊經鳥申」等。

一

刻意[1]尚行，離世異俗，高論怨誹[2]，為亢[3]而已矣；此山谷之士，非世[4]之人，枯槁赴淵者[5]之所好也。語仁義忠信，恭儉推讓[6]為修而已矣；此平世之士[7]，教誨之人，遊居學者之所好也。語大功，立大名，禮君臣，正上下，為治而已矣；此朝廷之士，尊主強國之人，致功並兼者[8]之所好也。就藪澤[9]，處閒曠，釣魚閒處，無為[10]而已矣；此江海之士，避世之人，閒暇者之所好也。吹呴呼吸，吐故納新[11]，熊經鳥申[12]，為壽而已矣；此導引[13]之士，養形之人，彭祖壽考者之所好也。

若夫不刻意而高，無仁義而修，無功名而治，無江海而閒，不道引而壽，無不忘也，無不有也，澹然無極而眾美從之。此天地之道，聖人之德也。

注釋

1 刻意：雕礪心志，即礪志。2 怨誹：非世無道，憤世疾邪。3 亢：高傲。4 非世：議論世事是非。5 枯槁赴淵者：指刻苦自勵、犧牲自我的人。6 恭儉推讓：見《論語・學而》「夫子溫良恭儉讓」。7 平世之士：平時治世之士。8 並兼：指合併敵國領土。9 藪澤：與「山澤」同義。10 無為：無所為，意寓悠閒自在之意。11 吹呴（xū）呼吸，吐故納新：指一出一入地吞吐空氣。12 熊經鳥申：這是一種健身操，形容動作像熊吊頸如鳥舒展。「經」，直立的意思。13 導引：指導通氣血。

譯文

雕礪心志崇尚品行，超脱世俗，言論不滿，表現的高傲而已，這是山林隱士，憤世的人，刻苦自勵、犧牲自我的人所喜好的。談說仁義忠信，恭儉推讓，潔身修好而已；這是治世之士，建立大名，維護君臣的秩序，匡正上下的關係，講求治道而已，這是朝廷之士，尊軍強國的人，開拓疆土建功者所喜好的。隱逸山澤，棲身曠野，釣魚閒居，無為自在而已；這是悠遊江海之士，避離世人的人，閒暇幽冥者所喜好的。吹噓呼吸，吞吐空氣，像老熊吊頸飛鳥展翅，為了延長壽命而已；這是引導養形的人，彭祖高壽者所喜好的。

若有不雕礪心志而高尚，不講仁義而修身，不求功名而治世，不處江海而閒遊，不事導引而高壽，無所不忘，無所不有，恬淡無極而眾美會聚，這是天地的大道，聖人的成德。

賞析與點評

莊子開篇寫出人世五類人格形態：慷慨憤激之士，遊學教化之士，功名政術之士，江湖避世之士，導引養形之士。這五類人可說略盡世間品流。還有一類人，「澹然無極而眾美從之」，超越透脱，達於天地境界，這就是「聖人之德」。

繕性

本篇導讀——

《繕性》篇主旨寫「以恬養知」。繕性，是修治本性的意思。本篇開頭批評俗學俗思蒙蔽性靈，提出「以恬養知」的方法——透過內心的恬靜以涵養生命的智慧。本篇後段，勉人「不為軒冕肆志，不為窮約趨俗」，揭露了求榮華者「喪己於物」，有力地批判了當世「文滅質」的景況。

出自本篇的成語，有「儻來之物」，「深根寧極」，「樂全得志」、「軒冕肆志」、「窮約趨俗」等等。

一

繕性於俗學[1]，以求復其初；滑欲於俗思[2]，以求致其明：謂之蔽蒙之民[3]。古之治道者，以恬養知[4]。知生而無以知為也[5]，謂之以知養恬。知與恬交相養，而和理出其性。夫德，和也；道，理也。德無不容，仁也；道無不理，義也；義明而物親，忠也；中純實而反乎情，樂也；信行容體而順乎文，禮也。禮樂偏行，則天下亂矣。彼正而蒙己德[6]，德則不冒[7]，冒則物必失其性也。

注釋

1 繕性：修治本性。俗學：世俗的學問。2 滑（gǔ）：亂，治。俗思：世俗的思想。3 蔽蒙：閉塞愚昧。4 以恬養知：用恬靜涵養心智。5 知生而無以知為：第一個「知」作知曉講，第二個「知」同「智」，這句話講以恬靜質樸自守。6 蒙己德：斂藏自己的德行。7 不冒：不炫露。

譯文

用世俗的學問來修治本性，以求復歸本初；用世俗的思想來迷亂情欲，以求獲得明達；這種人稱為閉塞愚昧的人。

古時修道的人，以恬靜涵養智慧。智慧生成，卻不外用，這就是以智慧涵養恬靜。智慧與恬靜交相涵養，而和順之理就從本性中流露出來。德就是和，道就是理。德無不相容，就是仁；道無不合理，就是義。義理顯明就是忠；心中樸實而回復到性命真情的，就是樂；行為信實，心思寬容而合乎自然的節文，就是禮。禮樂普遍地強加推行，那就天下大亂了。人人自正而斂藏自己的德性，不強加給別人，刻意強加給別人必定違失自然的本性。

賞析與點評

「以恬養知」，「以知養恬」，「恬」具有洗淨的作用，洗淨俗思俗學的蔽蒙，使心智的活動清明而不暗亂。但「恬」也會使生命的活動不外馳，不分歧。「知」不是俗儒之學，而要求主體的真知，不喪己於物，不遮蔽性靈。知恬交養，透過心的恬靜涵養生命智慧。

三

古之存身[1]者，不以辯飾知，不以知窮天下，不以知窮德，危然[2]處其所而反

其性已，又何為哉！道固不小行[3]，德固不小識[4]。小識傷德，小行傷道。故曰，正己而已矣。樂全之謂得志[5]。

古之所謂得志者，非軒冕[6]之謂也，謂其無以益其樂而已矣。今之所謂得志者，軒冕之謂也。軒冕在身，非性命也，物之儻來[7]，寄者也。寄之，其來不可圉[8]，其去不可止。故不為軒冕肆志，不為窮約趨俗[9]，其樂彼與此[10]同，故無憂而已矣。今寄去則不樂，由是觀之，雖樂，未嘗不荒也。故曰，喪己於物，失性於俗者，謂之倒置[11]之民。

注釋

1 存身：保全身命。一本作「行身」。2 危然：獨立的樣子。3 小行：指仁義禮樂的行為。4 小識：指分別是非的能力。5 得志：即適志，自得。6 軒冕：指榮華高位。軒：車。冕：冠。7 儻來：意外忽來者。8 圉（yǔ）：同「禦」。9 不為窮約趨俗：不因為窮困而趨附世俗。10 彼與此：「彼」指軒冕，「此」指窮約。11 倒置：本末顛倒。

譯文

古時保全身命的，不用辯說來文飾智慧，不用機智來困累天下，不用心智來困擾德性，獨立自處而返回自然的本性，還有甚麼要做的呢！道本來是不需要（仁義禮智的）小行，德本來是不需要（是非分別的）小識。小識損傷了德，小行損傷了道。所以說，自己站得正就是了。樂全天性叫做快意自適。

古時所謂的快意自適，並不是指榮華高位，而是無可附加的欣悅而已。現在所謂的快意自適，只是以為榮華高位。榮華高位在身，並不是真性本命，外物偶然到來，如同寄託。寄託的東西，來時不能抵禦，趨勢不能阻止。所以不要為榮華高位而恣縱心志，不要因為窮困緊迫而趨附世俗，他身處榮華與窮困其樂相同，所以沒有憂慮。現在寄託的東西失去了便不快樂，這樣看來，即使有過快樂，何嘗不是心靈疏荒呢！所以說，喪失自己於物欲，迷失本性於世俗的，就叫做本末倒置的人。

秋水

本篇導讀——

《秋水》篇的主題思想討論了價值判斷的無窮相對性。本篇以河伯與海若的對話為主要部分，共七問七答。第一番問答，寫河伯的自我中心的心境，河伯的自以為多，和海若的未嘗自多，恰成一鮮明的對比。由海若描述海的大與天地的無窮，舒展思想的視野，使人心胸為之開闊。第二番對話，述時空的無窮性與事物變化的不定性，指出認知與確切判斷的不易。第三番對話，指出宇宙間有許多事物是「言之所不能論，意之所不能察致」的。第四番對話，進一步申論大小貴賤的無常性。第五番對話，要突破主觀的局限性與執着性，以開敞的心靈觀照萬物。第六反對話申說認識道，就是認識自然的規律，認識自然的規律，便可明瞭事物變化的真相。第七番對話論述順真性，便是自然（「天」），違逆常性便是妄為（「人」）。最末濠梁魚樂的辯論，寫出莊子觀賞事物的藝術心態與惠子分析事物的認知心態。

許多富有慧見的成語出自本篇，如「望洋興歎」、「大方之家」、「見笑大方」、「一日千里」、「井蛙之見」、「以管窺天」、「邯鄲學步」、「泥塗曳尾」等。

一

河伯曰：「若物之外，若物之內，惡至而倪貴賤[1]？惡至而倪小大？」

北海若曰：「以道觀之，物無貴賤；以物觀之，自貴而相賤；以俗觀之，貴賤不在己。以差觀之，因其所大而大之，則萬物莫不大；因其所小而小之，則萬物莫不小。知天地之為稊米也，知毫末之為丘山也，則差數睹矣[2]。以功觀之[3]，因其所有而有之，則萬物莫不有；因其所無而無之，則萬物莫不無。知東西之相反而不可以相無，則功分定矣。以趣觀之[4]，因其所然而然之，則萬物莫不然[5]；因其所非而非之，則萬物莫不非。知堯、桀之自然而相非，則趣操睹矣[6]。」

「昔者堯、舜讓而帝，之噲讓而絕[7]；湯、武爭而王[8]，白公爭而滅[9]。由此觀之，爭讓之禮，堯、桀之行，貴賤有時，未可以為常也。梁麗可以衝城而不可以窒穴[10]，言殊器也；騏驥驊騮一日而馳千里[11]，捕鼠不如狸狌[12]，言殊技也；鴟鵂夜撮蚤[13]，察毫末，晝出瞋目[14]而不見丘山，言殊性也。故曰：蓋師是而無非[15]，師治而無亂乎？是未明天地之理，萬物之情者也。是猶師天而無地，師陰而無陽，其不可行明矣！然且語而不舍，非愚則誣也！帝王殊禪，三代殊繼。差其時，逆其俗者，謂之篡夫；當其時，順其俗者，謂之義之徒。默默乎河伯，女惡知貴賤之門，小大之家！」

注釋

1 惡至而倪貴賤：何至而分貴賤。「倪」：端倪，有區別之意。2 差數：等差的數量。3 功：功能。4 趣：趨向，取向。5 因其所然而然之，則萬物莫不然：同於《齊物論》：「物固有所然，無物不然。」6 堯、桀：唐堯和夏桀。堯為聖人，桀為暴君。自然而相非：自以為是而互相菲薄。趣操：情趣志操。7 之噲讓而絕：戰國時代燕王噲接受蘇代的意見，仿效堯舜的禪讓，將王位禪讓給宰相子之，引起國人不滿，招致內亂，齊宣來伐，殺死噲與子之。8 湯、武爭而王：指商湯伐桀，周武王伐紂，都因爭戰獲勝而稱王。9 白公爭而滅：白公，名勝，楚王平之孫，太子建之子。起兵爭國，為葉公子高所殺，見《左傳．哀公十六年》及《史記．楚世家》的記載。10 梁麗：梁欐，屋棟。11 騏驥驊騮：都是駿馬。騏驥：古稱千里馬（一天能行千里）。驊騮：周代良馬（周穆王八駿馬之一）。12 狸狌：見《逍遙遊》。狸：貓。狌：即鼬，俗稱黃鼠狼。13 鴟鵂（chīxiū）：貓頭鷹。14 瞋（chēn）目：張目，即瞪大了眼。15 蓋：通「盍」，何不。

譯文

河伯說：「那麼在事物的外面，在事物的內面，從甚麼地方來區別貴賤，從甚麼地方來區分小大？」

北海若說：「用道來看，萬物本沒有貴賤的分別；從萬物本身看來，萬物都自以為貴而互相賤視；用流俗看來，貴賤都由外來而不在自己。從等差上看來，順着萬物大的一面而認為它是大的，那就沒有一物不是大的了；順着萬物小的一面而認為它是小的，那就沒有一物不是小的了；明白了天地如同一粒小米的道理，明白了毫毛如同一座山丘的道理，就可以看出萬物等差的數量了。從功用上看來，順着萬物有用的一面而認為它是有用的，那就沒有一物不是有用的了；順着萬物所沒有的一面而認為它是沒用的，那就沒有一物不是沒用的了。知道東方與西方的相互對立，而又可以缺少任何一方，那就可以確定萬物的功用和份量了。從取向看來，順着萬物對的一面而認為它是對的，那就沒有一物是對的了；順着萬物錯的一面而認為它是錯的，那就沒有一物不是錯的了；知道了堯和桀的自以為是而互相菲薄，那麼就可以看出萬物的取向和操守了。」

「從前堯和舜因禪讓而成為帝，燕王噲和燕相子之因禪讓而滅絕；商湯和周武因爭奪而成為王，白公勝卻因爭奪而滅絕。這樣看來，爭奪和禪讓的體制，唐堯和夏桀的行為，他哪一種可貴可信是有時間性的，不可以視為固定不變的道理。」

「棟樑可以用來衝城，但不可以用來堵小洞，這是說器用的不同；像騏驥驊騮一等好馬，一天能跑一千里，但是捉老鼠還不如貓和黃鼠狼，這是說技能的不同；貓頭鷹在夜裏能捉跳蚤，明察秋毫，但是大白天瞪着眼睛看不見丘山，這是說性能的不同。常常有人說：為甚麼只取法對的而拋棄錯的，取法治理的而拋棄變亂的呢？這是不明白天地的道理和萬物的實情的說法。這就像只取法於天而不取法於地，取法於陰而不取法於陽一樣，很明顯是行不通的。然而人們還把這種話說個不停，那便不是愚蠢就是故意瞎說了。帝王的禪讓彼此不同，三代的繼承各有差別。不投合時代，違逆世俗的，就被稱為篡奪的人；投合時代，順應世俗的，就被稱為高義的人。沉默吧，河伯！你哪裏知道貴賤的門徑，小大的區別啊！」

五

莊子釣於濮水[1]，楚王使大夫二人往先焉[2]，曰：「願以境內累矣[3]！」莊子持竿不顧，曰：「吾聞楚有神龜，死已三千歲矣。王巾笥而藏之廟堂之上[4]。此龜者，寧其死為留骨而貴乎？寧其生而曳尾於塗中乎[5]？」二大夫曰：「寧生而曳尾於塗中。」莊子曰：「往矣！吾將曳尾於塗中。」

注釋

1 濮水：今山東濮縣南。2 楚王：楚威王。往先：往見之，先道此意。3 境內：國內，指國家政務。4 巾笥（sì）：指布巾竹箱。5 曳：拖。塗：泥。

譯文

莊子在濮水釣魚，楚威王派了兩個大夫先表達他的心意，說：「我希望將國內的政事委託先生。」莊子持着魚竿頭也不回，說：「我聽說楚國有隻神龜，已經死了三千年了。國王把它盛在竹盒裏用布巾裹着，藏在廟堂之上。請問這隻龜，寧可死了留下一把骨頭讓人尊貴呢？還是願意活着拖着尾巴在泥巴裏爬？」兩個大夫說：「寧願活着拖着尾巴在泥巴裏爬。」莊子說：「那麼請便吧！我還是希望拖着尾巴在泥巴裏爬。」

莊子以神龜作喻，表達自己無羨廟堂之貴，寧可「曳尾於塗中」。這則故事為司馬遷引用，《史記．莊子傳》記載莊子對楚威王的使者說：「子亟去，無污我。我寧遊戲污瀆之中自快，無為有國者所羈，終身不仕，以快吾志焉。」莊子的自潔，為歷代知識份子立下鄙視高位的典範。

七

莊子與惠子遊於濠梁之上[1]。莊子曰：「儵魚出遊從容[2]，是魚之樂也。」惠子曰：「子非魚，安知魚之樂？」莊子曰：「子非我，安知我不知魚之樂？」惠子曰：「我非子，固不知子矣；子固非魚也，子之不知魚之樂，全矣！」莊子曰：「請循其本[3]。子曰『汝安知魚樂』云者，既已知吾知之而問我。我知之濠上也[4]。」

注釋

1 濠（háo）：濠水，在今安徽省鳳陽縣附近。梁：橋。2 儵（tiáo）魚：白魚。3 循：猶尋，追溯。本：始源。4 濠上：濠水橋上

譯文

莊子和惠子在濠水橋上遊玩。莊子說：「白魚悠悠哉哉地遊出來，這是魚的快樂啊！」惠子問：「你不是魚，怎麼知道魚是快樂的？」莊子回答說：「你不是我，怎麼知道我不曉得魚的快樂？」惠子說：「我不是你，固然不知道你；你也不是魚，那麼你不知道魚的快樂，是很明顯的了。」莊子回答說：「請把話題從頭說起吧！你說『你怎麼知道魚是快樂的』這句話，就是你已經知道了我知道魚的快樂才來問我的。（現在我告訴你），我是在濠水的橋上知道的啊！」

賞析與點評

莊子和惠子濠梁觀魚的故事，顯示出兩種不同的心態。莊子對外界的認識，常帶有觀賞的態度，在直覺地把領悟中了解生活的感受，將主體的情意發揮到外物上，產生移情同感或融合交感的作用。惠子則不同，他站在分析的立場來看事物意義上的實在性。莊子具有藝術家的心態，惠子則帶有邏輯家的性格；莊子偏於美學上的觀賞，惠子則重在知識論的判斷。

至樂

本篇導讀——

《至樂》篇主要討論人生快樂和生死態度的問題。第一章講人生有沒有至極的快樂，評世俗縱情於官能之樂，指出「至樂」為超脫俗情縱欲而求內心恬和之樂。第二章莊子妻死，鼓盆而歌，以為生死不過是氣的聚散，忘卻死生之憂。第三章指出天地間無時不在變化中，人當隨變化而安於所化。第四章借骷髏寫出人生的種種累患。第五章魯侯養鳥的寓言，比喻為治者以己意強加於民，往往造成眾人的災害。所以為政之道，要使人民「不一其能，不同其事」。第六章列子見骷髏而有所感言，以為人的死生當不為憂樂所執。第七章寫物種演化的歷程。

著名的成語「鼓盆而歌」、「夜以繼日」，「褚小懷大」、「綆短汲深」等出自本篇。

一

天下有至樂無有哉？有可以活身者無有哉？今奚為奚據？奚避奚處？奚就奚去？奚樂奚惡？

夫天下之所尊者，富貴壽善[1]也；所樂者，身安厚味美服好色音聲也；所下者，貧賤夭惡也；所苦者，身不得安逸，口不得厚味，形不得美服，目不得好色，耳不得音聲。若不得者，則大憂以懼，其為形也亦愚哉！

夫富者，苦身疾作[2]，多積財而不得盡用，其為形也亦外矣[3]！夫貴者，夜以繼日，思慮善否，其為形也亦疏矣！人之生也，與憂俱生。壽者惛惛[4]，久憂不死，何苦也！其為形也亦遠矣！烈士為天下見善矣，未足以活身。吾未知善之誠善邪？誠不善邪？若以為善矣，不足活身；以為不善矣，足以活人。故曰：「忠諫不聽，蹲循勿爭[5]。」故夫子胥爭之，以殘其形；不爭，名亦不成。誠有善無有哉？

今俗之所為與其所樂，吾又未知樂之果樂邪？果不樂邪？吾觀夫俗之所樂，舉群趣者[6]，誙誙然[7]如將不得已[8]，而皆曰樂者，吾未之樂也，亦未之不樂也。果有樂無有哉？吾以無為誠樂矣[9]，又俗之所大苦也。故曰：「至樂無樂，至譽無譽。」

天下是非果未可定也。雖然，無為可以定是非。至樂活身，唯無為幾存[10]。請嘗試言之：天無為以之清，地無為以之寧。故兩無為相合，萬物皆化生[11]。芒乎芴乎[12]，而無從出乎！芴乎芒乎，而無有象乎！萬物職職[13]，皆從無為殖[14]。故曰：「天地無為也而無不為也[15]。」人也孰能得無為哉！

注釋

1 善：善名。2 疾作：勤勉勞動。3 外矣：指違反常性的意思。4 惛（mèn）惛：昏昏，指精神懵懂。5 蹲循：即「逡巡」，退卻的樣子。6 舉群趣：形容一窩蜂地追逐。趣：趨，指競相追逐。7 誙（jìng）誙然：形容執着的樣子。8 不得已：「已」，作「止」。9 誠樂：真正的快樂。10 無為幾存：「幾」，近。《老子》第六十章有「無為故無敗」句。11 生：一本無，「生」與上文「清」、「寧」為韻。12 芒、芴：即「恍」、「惚」。《老子》：「道之為物，惟恍惟惚。惚兮恍兮，其中有物。」「無為之象，是謂恍惚。」13 職職：繁多的樣子。14 無為殖：意指萬物在自然中產生。15 天地無為也而無不為也：出於《老子》三十七章「道常無為而無不為」。

譯文

世界上有沒有最大的快樂呢？有沒有可以養活生命的方法呢？如果有，要做些甚麼？依據甚麼？迴避甚麼？留意甚麼？從就甚麼？捨棄甚麼？喜歡甚麼？嫌惡甚麼？

世界上所尊貴的，就是富有、華貴、長壽和美名；所享樂的，就是身體的安適、豐盛的飲食、華麗的裝飾、美好的顏色、悦耳的聲音；所厭棄的，就是貧窮、卑賤、夭折和惡名；所苦惱的，就是身體得不到安逸，口腹吃不到美味，外表穿不到華麗的服飾，眼睛看不到美好顏色，耳朵聽不到動人聲音。如果得不到這些，就大為憂懼，這樣的為形體，不是太愚昧了嗎！

富人勞苦形體，辛勤工作，聚積很多錢財而不能完全使用，這樣對於護養自己的形體，豈不是背道而馳嗎！貴人夜以繼日，憂慮著名聲的好壞，這樣對於護養自己的形體，豈不是很疏忽嗎！人的一生，和憂愁共存，長命的人昏昏沉沉，久久地憂慮着如何才能不死，多麼苦惱啊！這樣對於保全自己的形體，豈不是很疏遠嗎！烈士被天下稱讚，然而卻保不住自己的性命，我不知道這真是完善呢還是不完善？如果説是完善，卻保不住自己的性命；如果説不完善，卻救活了別人。俗語説：「忠誠地諫告，如果不聽，就退去，不必再爭諫。」所以伍子胥因為諫諍而遭殘戮，如果他不爭諫，就不會成名。這樣看來，有沒有真正的完善呢？

現在世俗所追求的和所歡樂的，我不知道果真是快樂，還是不快樂？我看世俗所歡樂的，一窩蜂地追逐，十分執着地好像欲罷不能，而大家都説這是快樂，我不知道這算是快樂，還是不快樂。果真有快樂沒有呢？我以為清淨無為是真正的快樂，但這又是世俗人大感苦惱的。所以說：「最大的快樂在於無樂，最高的聲譽在於無譽。」

天下的是非確實不成定論。雖然這樣，然而無為的態度可以定論是非。至極的歡樂可以養活身心，只有無為的生活方式或許可以得到歡樂。請讓我說說：天無為而自然清虛，地無為卻自然寧靜，天地無為而相合，萬物乃變化生長。恍恍惚惚，不知道從哪裏生出來！惚惚恍恍，找不出一點跡象來！萬物繁多，都從無為的狀態中產生。所以說：「天地無心作為卻沒有一樣東西不是從它們生出來的。誰能夠學這種無為的精神呢！

賞析與點評

人生的目的是尋求快樂嗎？如果是，快樂的人生從哪裏獲得？這是一般人常常追問的一個問題。「至樂無樂，至譽無譽」，「至樂」是超脱俗情縱欲之樂，「至譽」乃離棄世俗的誇獎阿諛，最大的快樂是忘卻快樂，最高的讚譽是忘卻聲譽，唯有虛靜恬淡而不縱欲生活，才能獲得性情的恬愉，心靈的安然。

二

莊子妻死，惠子弔之，莊子則方箕踞[1]鼓盆[2]而歌。惠子曰：「與人居[3]，長子、老、身死[4]，不哭，亦足以，又鼓盆而歌，不亦甚乎！」

莊子曰：「不然。是其始死也，我獨何能無概[5]然！察其始而本無生，非徒無生也而本無形，非徒無形也而本無氣。雜乎芒芴[6]之間，變而有氣，氣變而有形，形變而有生，今又變而之死，是相與為春秋冬夏四時行也。人且偃然[7]寢於巨室[8]，而我噭噭然[9]隨而哭之，自以為不通乎命，故止也。」

注釋

1 箕踞：蹲坐，如簸箕形狀。2 盆：瓦缶，古時樂器。3 與人居：「人」指莊子妻子。4 長子、老、身死：長養子孫，妻老死亡。5 概：即慨，感觸哀傷。6 芒芴：讀同「恍惚」。7 偃然：安息的樣子。8 巨室：指天地之間。9 噭噭然：叫哭聲。

譯文

莊子的妻子死了，惠子前去弔唁，看到莊子正蹲坐着，敲着盆子唱歌。

惠子說：「和妻子相住在一起，為你生兒育女，現在老而身死，不哭也夠了，還要敲着盆子唱歌，這豈不是太過分了嗎？」

莊子說：「不是這樣，當她剛死的時候，我怎能不哀傷呢？可是觀察她本來就是沒有生命的，不僅沒有生命而且沒有形體，不僅沒有形體而且沒有氣息。在若有若無之間，變而成氣，氣變而成形，形變而成生命，現在又變而為死，這樣生來死往的變化就好像春夏秋冬四季交替一樣。人家靜靜地安息在天堂之上，我卻在這裏哭哭啼啼，我以為這樣是不通達生命的道理，所以才不哭。」

賞析與點評

莊子認為人的生死不過是氣的聚散而已。生本從無中來，死又向無處去。生死的變化，如同四季的更迭，大化的運行，是自然而然的事情。破除對生的執迷，對死的憂懼，才能安於自然的變化，無送終之悲。

五

昔者海鳥止於魯郊，魯侯御而觴之於廟[1]，奏《九韶》以為樂[2]，具太牢以為膳[3]。鳥乃眩視憂悲[4]，不敢食一臠[5]，不敢飲一杯，三日而死。此以己養養鳥也，非以鳥養養鳥也。夫以鳥養養鳥者，宜棲之深林，遊之壇陸[6]，浮之江湖，食之鰌鰷[7]，隨行列而止，委虵而處[8]。彼唯人言之惡聞[9]，奚以夫譊譊為乎[10]？《咸池》、《九韶》之樂[11]，張之洞庭之野[12]，鳥聞之而飛，獸聞之而走，魚聞之而下入，人卒聞之，相與還而觀之[13]。魚處水而生，人處水而死。彼必相與異，其好惡故異也。故先聖不一其能，不同其事。名止於實，義設於適[14]，是之謂條達而福持[15]。」

注釋

1 御：迎。觴（shāng）：宴飲，謂以酒招待。2《九韶》：舜時樂曲，往往在慶典國宴中演奏。3 太牢：古代帝王祭祀時，牛羊豬三牲都具備的稱為太牢。4 眩視：指眼暈目眩。5 臠（luán）：切成小塊的肉。6 壇陸：水中沙澶，湖渚。7 鰌：通「鰍」，泥鰍。鰷：即「儵」，白魚。8 委虵：寬舒自得的樣子。9 彼：指海鳥。人言：人說話的聲音。10 譊（náo）：指嘈雜的音樂。11《咸池》：黃帝時的樂曲。12 洞庭之野：即廣漠之野。13 還：通「環」，環繞。14 義設於適：事理的設施在與適性。15 條達：條理通達。福持：福分持久。

譯文

從前有一隻海鳥飛落魯國的郊外，魯侯把它迎進太廟，送酒給它飲，奏《九韶》的音樂取悅它，宰牛、羊、豬餵它。這時海鳥目眩心悲，不敢吃一塊肉，不敢飲一口酒，三天就死了。這是用養人的方式去養鳥，不是用養鳥的方法去養鳥。用養鳥的方法去養鳥，就應讓鳥在深林裏棲息，在沙灘上漫遊，在江湖中飄浮，啄食小魚，隨鳥群行列而止息，自由自在的生活。鳥最怕聽到人的聲音，為甚麼還要弄得這般喧雜呢！如果在廣漠的野外演奏《咸池》、《九韶》這樣的音樂，鳥聽了會飛去，獸聽了逃走，魚聽了潛入水下，而人們聽了，會圍過來欣賞。魚在水裏才能生存，人在水裏就會淹死，人和魚的稟性各別，所以好惡也就不同了。所以先聖不求才能的劃一，不求事物的相同。名和實相符，事理的設置求其適合於各自的性情，這就叫做條理通達而福分常在。

賞析與點評

莊子的演化論，說明了世界上萬物的多樣性。一切事物都在流轉變化之中，而這些變化都來源於萬物自身，並不是神造的，沒有神力干預其間。大千世界，萬態千形，化機不息，宇宙間化腐朽為神奇，無處不是生機洋溢，生意蓬勃。

七

種有幾[1]，得水則為㡭[2]，得水土之際則為鼃蠙之衣[3]，生於陵屯[4]為陵舄[5]，陵舄得鬱棲[6]則為烏足[7]。烏足之根為蠐螬[8]，其葉為蝴蝶。蝴蝶胥也[9]化而為蟲，生於竈下，其狀若脫[10]，其名為鴝掇[11]。鴝掇千日化而為鳥，其名為乾餘骨。乾餘骨之沫[12]為斯彌[13]，斯彌為食醯[14]。頤輅[15]生乎食醯；黃軦[16]生乎九猷[17]，瞀芮[18]生乎腐蠸[19]。羊奚[20]比乎不箰久竹[21]生青寧[22]；青寧生程[23]，程生馬，馬生人，人又反入於機[24]。萬物皆出於機，皆入於機。

注釋

1 幾：指物種極微小的事物。2 㡭：指一種斷續如絲的草。3 鼃（wā）蠙之衣：青苔，俗稱蛤蟆衣。4 陵屯：高地。5 陵舄（tuō）：車前草。6 鬱棲（yùqī）：糞壤。7 烏足：草名。8 蠐螬（qízāo）：金龜子的幼蟲。9 胥也：同須臾。10 脫：借為

「蛻」。11 鴝掇（qúduō）：蟲名。12 沫：口中唾沫。13 斯彌：蟲名。14 食醯（xī）：酒甕裏的蠛蠓。15 頤輅（lù）：蟲名。16 黃軦（kuàng）：蟲名。17 九猷（yóu）：蟲名。18 瞀芮（màoruì）：即蚤蚋。19 腐蠸（huàn）：螢火蟲。20 羊奚：草名。21 不箰久竹：久不長筍的竹子。22 青寧：蟲名。23 程：豹。24 人又反入於機：人既從無生有，又反入歸無也。

譯文

物種中有一種極微小的生物叫幾，它得到水以後就變成斷續如絲的繼草，在水和土的交境就變成青苔，生在高地上就變為車前草，車前草得到糞土以後就變為烏足草，烏足草的根變為蠍子，它的葉子變為蝴蝶。蝴蝶一會兒變為蟲，生在火灶低下，形狀好像蛻化了皮似的，它的名叫鴝掇。鴝掇蟲過了一千日以後就變成鳥，名叫乾餘骨。乾餘骨的唾沫變為斯彌，斯彌變為蠛蠓。頤輅蟲生於蠛蠓；黃軦生於九猷蟲；瞀芮蟲生於螢火蟲。羊奚草和不箰久竹結合就生出青寧蟲；青寧蟲生出赤蟲，赤蟲生出馬，馬生出人，人又復歸於自然。萬物都從自然中出來，又回歸於自然。

達生

本篇導讀——

《達生》的主旨在說養神，強調人的精神作用。本篇由十一個寓言故事組成，篇首一章是通篇的綱領，指出通達生命實情的人，不重財物、名位、權勢，認為健全的生命，當求形體健全、精神充足，與自然為一。第二章關尹與列子的對話主要寫精神凝聚的作用。第三章寫駝背老人心志專一於對象上，發揮了洗鍊的技藝。第四章顏淵與孔子的對話，指善游者忘水，乃神暇與專一之功。本章「外重者內拙」一語頗有深意。第五章寫養生要養形與養精並重。第六章諷權貴人物惑融化而遭害，逐勸位而取禍。第七章寫桓公心神不寧而病生，心神釋然而病除，比喻養神的重要。第十章梓慶削木為鋸，寫一位專技能者的精修用心的過程。第十章寫耗神過度，則勞竭必敗。第十二章寫工倕創造技能的精巧純熟，達到與被創造對象融合為一的化境。

一

達生之情者[1]，不務生之所無以為[2]；達命之情者，不務命之所無奈何[3]。養形必先之以物，物有餘而形不養者有之矣；有生必先無離形，形不離而生亡者有之矣。生之來不能卻，其去不能止。悲夫！世之人以為養形足以存生，而養形果不足以存生，則世奚足為哉！雖不足為而不可不為者，其為不免矣！

夫欲免為形者，莫如棄世[4]。棄世則無累[5]，無累則正平[6]，正平則與彼更生[7]，更生則幾矣[8]！事奚足棄而生奚足遺？棄事則形不勞，遺生[9]則精不虧。夫形全精復，與天為一。天地者，萬物之父母也；合則成體，散則成始[10]。形精不虧，是謂能移[11]。精而又精，反以相天[12]。

注釋

1 達生之情：通達生命的真義。情：實情，真相之意。2 無以為：無可為，生不能強求，所以無可為。3 命：一本作「知」，依武延緒、馬敘倫、劉文典諸家之說及本文文義改。4 棄世：棄卻世間分外之事。5 無累：不被分外之事所累6 正平：心正氣平，心性純正平和。7 與彼更生：和自然共同變化，推陳出新。彼：指大自然。

8 幾：近，差不多。這裏指接近大道。9 遺生：遺忘生活中的分外之事。10 合則成體，散則成始：指物質元素相合便形成物體，離散便成為另一物體結合的開始。11 能移：能夠與自然一起變化遷移。12 相：助，輔。天：指大自然。

譯文

通達生命實情的，不追求生命所不必要的東西；通達命運實況的，不不追求命運所無可奈何的事情。保養身體必定先用物資，可是有些人物資豐餘而形體卻保養不好；保養生命，必定先不使脫離形體，可是有的人形體沒有離散而生命卻已經亡失了。生命的來臨不能拒絕，生命的離去不能阻止。可悲啊！世上的人以為保養形體就是保存生命，然而保養形體果真不足以保存生命，那麼世間的事還有甚麼值得去做的呢！雖然不值得去做，卻不可不去做，這樣去做便不免於累了！要想免於為形體勞累，便不如捨棄俗世。捨棄俗世就沒有拖累，沒有拖累就心正氣平，心正氣平就和大自然共同變化更新，和自然共同變化更新接近道了。俗事為甚麼須捨棄，生命為甚麼須遺忘？捨棄俗事就形體不勞累，遺忘生命中的事務就精神不虧損。形體健全，便和自然合而為一。天地是產生萬物的根源，（物質元素）相合便形成物體，離散便成為另一物體結合的開始。形體精神不虧損，就是能隨自然變化而更新；精而又精，返回過來輔助自然。

三

仲尼適楚，出於林中[1]，見痀僂者承蜩[2]，猶掇之也[3]。仲尼曰：「子巧乎，有道邪？」曰：「我有道也。五六月[4]累丸二而不墜，則失者錙銖[5]；累三而不墜，則失者十一；累五而不墜，猶掇之也。吾處身也，若厥株拘[6]；吾執臂也，若槁木之枝。雖天地之大，萬物之多，而唯蜩翼之知。吾不反不側[7]，不以萬物易蜩之翼，何為而不得！」孔子顧謂弟子曰：「用志不分，乃凝於神。其痀僂丈人之謂乎！」

注釋

1 出：經過。2 痀僂（jūlǚ）：曲背。承：用竿去粘蟬。蜩（tiáo）：蟬。3 掇（duō）：拾取。4 五六月：指學習所經過的時間。5 錙銖（zīzhū）：古代重量的名稱，比喻最小最輕。6 厥株拘：今所謂大樁，形容身心的凝定。厥：通「橛」，豎。株拘：即「株枸」，樹根盤錯處。7 不反不側：指內心凝靜，心無二念。反、側，均指變動。

譯文

孔子到楚國去，經過樹林中，看見一位駝背老人用竹竿粘蟬，好像用手拾取那樣容易。孔子說：「你是有技巧呢？還是有道？」回答說：「我有道。經過五六個月的訓練，在竹竿頭上累疊兩個丸子而不會掉下來，那麼失手的機會就很少；累疊三個彈子也不會掉不下來，那麼失手的機會只有十分之一；累疊五個丸子也不會掉不下來，就好像拾取一樣容易。我安處身心，猶如木樁；我用臂執竿，如同枯槁的樹枝。雖面對天地之大，萬物之多，卻只用心在蜩翼。我心無二念，不因外物紛雜而改變對蜩翼的注意，為甚麼會得不到蜩呢！」

孔子回頭對弟子們說：「用心不分散，凝神會精，不就是說這位駝背老人麼！」

五

田開之[1]見周威公[2]。威公曰：「吾聞祝腎[3]學生[4]，吾子與祝腎遊，亦何聞焉？」

田開之曰：「開之操拔篲[5]以待門庭，亦何聞於夫子！」

威公曰：「田子無讓，寡人願聞之。」

開之曰：「聞之夫子曰：『善養生者，若牧羊然，視其後者而鞭之。』」

威公曰：「何謂也？」

田開之曰：「魯有單豹[6]者，巖居而水飲，不與民共利，行年七十而猶有嬰兒之色；不幸遇餓虎，虎餓殺而食之。有張毅[7]者，高門縣薄[8]，無不趨也[9]，行年四十而有內熱之病以死。豹養其內而虎食其外，毅養其外而病攻其內，此二子者，皆不鞭其後者也。[10]」

仲尼曰：「無入而藏，無出而陽[11]，柴立其中央[12]。三者若得，其名必極[13]。夫畏塗[14]者，十殺一人，則父子兄弟相戒也，必盛卒徒而後敢出焉，不亦知乎！人之所取畏者，衽席[15]之上，飲食之間；而不知為之戒者，過也！」

注釋

1 田開之：姓田，名開之，學道之人。2 周威公：東周的一位君主。3 祝腎：姓祝，名腎，懷道者。4 學生：學習養生。5 拔篲（huì）：掃帚。6 單豹：隱人姓名。7 張毅：姓張名毅，魯人。《呂氏春秋》和《淮南子》說「張毅好恭」。8 高門縣薄：指大家小戶。縣：同「懸」。薄：簾。9 無不趨也：沒有不往來的。10 不鞭其後者也：意指不能彌補自己的不足。11 無入而藏，無出而陽：不要太深入而潛藏，不要太表露而顯揚。12 柴立其中央：形容像柴木般無心而立於中央。13 其名必極：可名為至人。14 畏塗：「塗」，道路，路有劫賊，險難可畏。15 衽席：指色欲之事。

譯文

田開之見到周威公。威公說：「我聽說祝腎學習養生，你和祝腎學習，也曾聽到過甚麼嗎？」

田開之說：「我拿掃帚在門庭打掃，哪裏聽得到先生的教導！」

威公說：「田先生不必謙虛，我想聽聽。」

開之說：「聽先生說：『善於養生的，就像牧羊一樣，看見落後的就鞭策它。』」

威公說：「這是甚麼意思？」

田開之說：「魯國有個名叫單豹的，山居而飲水，不和人爭利，行年七十還有嬰兒的容色；不幸遇到餓虎，餓虎撲食了他。有個叫張毅的，大戶小家，沒有不往來的，行年四十卻得內熱之病死了。單豹調養內心卻被老虎吃了他的形體，張毅供養形體而被疾病侵襲他的內部，這兩個人，都是不能彌補自己的不足。」

仲尼說：「不要太深入而潛藏，不要太表露而顯揚，像柴木一般無心而立於動靜之中。三種都能做到，可稱至人。要是路有劫賊行人怯畏，十人中有一人被殺害，於是父子兄弟就相互警戒，必定要多結夥伴才敢外出，不是也很聰明麼！人所最該畏懼的，是在枕席之上，飲食之間；可是不知道要警戒，這是過錯啊！」

賞析與點評

田開之與周威公的對話，主旨在養生。單豹和張毅的例子，旨在說明養生不可偏外，也不可廢內。理想的人生，當是「形全精復」，不可偏廢其一。

八

紀渻子為王養鬥雞[1]。十日而問：「雞可鬥已乎[2]？」曰：「未也，方虛憍而恃氣[3]。」十日又問，曰：「未也，猶應嚮景[4]。」十日又問，曰：「未也，猶疾視而盛氣。」十日又問，曰：「幾矣，雞雖有鳴者，已無變[5]矣，望之似木雞矣，其德全矣[6]。異雞無敢應者，反走矣[7]。」

注釋

1 紀渻（shěng）子：姓紀，名渻子。王：《列子．黃帝篇》所載，指周宣王。2 雞可鬥已乎：一本作「雞已乎」。3 憍：通「驕」，驕昂。4 應嚮景：聞聲睹影猶動心。應：反應。嚮：通「響」。5 無變：不為變動。6 其德全矣：精神凝寂。7 反走：轉身逃跑。反，同「返」。

譯文

紀渻子給周宣王養鬥雞。十天就問：「雞可以鬥了嗎？」紀渻子回答說：「不行，還驕昂而恃氣。」十天又問，回答說：「不行，聽到聲音見到影像就起反應。」十天又問，回答說：「不行，還怒目而盛氣。」十天又問，回答說：「差不多了，別的雞雖然鳴叫，它已經不為所動了，看起來像隻木雕之雞，它精神凝寂，其他的雞不敢應戰，見到回頭就走了。」

一〇

梓慶[1]削木為鐻[2]，鐻成，見者驚猶鬼神。魯侯見而問焉，曰：「子何術以為焉？」

對曰：「臣工人，何術之有！雖然，有一焉。臣將為鐻，未嘗敢以耗氣也，必齊以靜心。齊[3]三日，而不敢懷慶賞爵祿；齊五日，不敢懷非譽巧拙；齊七日，輒然[4]忘吾有四枝[5]形體也。當是時也，無公朝[6]，其巧專而外滑消[7]；然後入山林，觀天性[8]；形軀至矣[9]，然後成見鐻[10]，然後加手焉[11]；不然則已。則以天合天[12]，器之所以疑神者，其由是與！」

注釋

1 梓：木工。慶：人名。2 鐻：樂器。即裝置在架臺上的鐘鼓。3 齊：齋字，下同。4 輒然：一說忽然，一說不動的樣子。5 四枝：同四肢。6 無公朝：不知有朝廷。7 滑：亂。8 觀天性：指觀察樹木的質性。9 形軀至矣：指形態極合於做鐻。10 然後成見鐻：「見」即現。11 加手：施工。12 以天合天：用（我的）自然來合（樹木的）自然。

譯文

有位名叫慶的木工削木做鐻，鐻做成了，看見的人驚為鬼斧神工。魯侯見了之後說：「你用甚麼技術做成的呢？」

回答說：「我是個工人，哪來的甚麼技術，不過，卻有一點。我要做鐻的時候，不敢耗費精神，必定齋戒來安定心靈。齋戒三天，不敢懷着慶賞爵祿的心念；齋戒五天，不敢懷着毀譽巧拙的心意；齋戒七天，不再想念我有四肢形體。在這個時候，忘記了朝廷，技巧專一而外擾消失；然後進入山林，觀察樹木的質性；看到形態極合的，一個形成的鐻鐘宛然呈現在眼前，然後加以施工；不是這樣就不做。這樣以我的自然來合樹木的自然，樂器所以被疑為神工，就是這樣吧！」

賞析與點評

梓慶削木有如心齋的功夫，忘卻寵利名譽和外物的紛擾，主體心靈的創造影像與創造對象的素材質性相互融合。這個故事說明一個偉大的創造品，除了技巧之外，更是創造心靈的培養和精神的凝聚。道的境界乃由凝聚的心境與專精的技藝而呈現。

一二

工倕[1]旋[2]而蓋[3]規矩，指與物化[4]而不以心稽[5]，故其靈臺[6]一而不桎[7]。忘足，屨之適也；忘要[8]，帶之適也；忘是非，心之適也；不內變，不外從，事會[9]之適也。始乎適[10]而未嘗不適者。忘適之適也。

注釋

1 工倕：堯時代的人，以巧藝著名。2 旋：轉，指旋轉畫圓。3 蓋：超過之意。4 指與物化：手指與物象化而為一。5 稽：計量。6 靈臺：心。7 桎：借為「窒」。8 要：即腰。9 事會：指和外界事象的接應。10 始乎適：本性常適。

譯文

工倕用手旋轉而技藝超過用規矩畫出來的，手指和所用的物象凝合為一，而不必用心思來計量，所以他的心靈專一而不窒礙。忘了手腳，是鞋子的舒適；忘了腰，是帶子的舒適；忘了是非，是心靈的安適；內心不移，外不從物，是處境的安適。本性常適而無往不安適，便是忘了安適的安適。

賞析與點評

「指與物化」，一個創造的心理，當技巧達到高度的境界時，缺如書法所謂「手不知筆，筆不知手」。主體與客體融合而適然無分，便是「忘」境。徐復觀先生也說「指與物化，是說明表現的能力、技巧（指）已經與被表現的對象，沒有距離了。這表示出最高的技巧的精熟。」

山木

本篇導讀——

《山木》篇寫人世多患，並提出免患之道。本篇由九個寓言故事組成。第一章遠害道出全身之難，所謂「乘道德而浮遊」「其唯道德之鄉」，也不過在無奈的境況中，唯有將心思從糾結的現實中提升一級，以衞護精神的自主性而免於淪為工具價值而已。第二章指出統治者的權位是啟爭之端，是一切禍殃的根源。第三章比喻為政在於循任自然，無巧取於民。第四章孔子圍於陳、蔡之間，大公任告誡他「去功與名而還與眾人」。第五章論說只有真性相感的人，才能在窮困禍患之際相收。第六章莊子穿破補的衣服見魏王，莊子向魏王陳說處於「昏王亂相之間」怎能不憊。第七章談人處宇宙之中，應當安然而順化。第八章「螳螂捕蟬，黃雀在後」的典故說出了物物競逐，人們奔求物欲而迷忘了真性。第九章寫陽子旅舍所見，感悟修身涉世不可自炫。

一

出於山[1]，舍於故人之家[2]。故人喜，命豎子殺雁而烹之[3]。豎子請曰[4]：「其一能鳴，其一不能鳴，請奚殺？」主人曰：「殺不能鳴者。」

明日，弟子問於莊子曰：「昨日山中之木，以不材得終其天年；今主人之雁，以不材死。先生將何處？」

莊子笑曰：「周將處乎材與不材之間。材與不材之間，似之而非也，故未免乎累。若夫乘道德而浮遊則不然[5]。無譽無訾[6]，一龍一蛇[7]，與時俱化，而無肯專為。一上一下[8]，以和為量[9]，浮遊乎萬物之祖。物物而不物於物[10]，則胡可得而累邪！此神農、黃帝之法則也。若夫萬物之情，人倫之傳則不然[11]，合則離，成則毀，廉則挫[12]，尊則議[13]，有為則虧，賢則謀，不肖則欺。胡可得而必乎哉[14]！悲夫，弟子志之，其唯道德之鄉乎！」

注釋

1 出於山：一本作「終其天年，夫子出於山」。2 舍：息。3 豎子：孺子。雁：鵝。烹：讀作「亨」，進獻，款待。按，古「亨」、「享」、「烹」三字同，往往混用。4 請：

請教。5 乘道德：順自然。6 訾（zǐ）：毀。7 一龍一蛇：意指時而顯現，時而隱晦。8 一上一下；即一進一退。9 以和為量：以順自然為則。和：順。量：度，則。10 物物：物使外物，主宰外物。11 人倫之傳：人類的習慣。12 廉：指鋒利。13 尊則議：尊貴者又遭議疑。14 胡可得而必乎哉：不能免於累；一說「怎麼可以偏執一方呢」。

譯文

莊子在山中行走，看見一棵很大的樹，枝葉長的很茂盛，伐木人停在樹旁而不去砍伐它。問他是甚麼緣故，他說：「沒有一點用處。」莊子說：「這棵大樹因為不中用所以能享盡自然的壽命吧。」

莊子從山上出來，就宿在朋友家。朋友很高興，叫童僕殺隻鵝來款待客人。童僕問說：「有一隻鵝會叫，另一隻鵝不會叫，請問要殺哪一隻？」主人說：「殺那隻不會叫的。」

第二天，弟子問莊子說：「昨天山上的樹木，因為不材是以能享盡自然的壽命；現在主人的鵝，因為不材而被殺。請問先生要怎樣處世呢？」

莊子笑着說：「我將處於材和不材之間。不過材和不材之間，雖然似乎是妥當的位置，但其實不然，這樣還是不能免於累患。若是順其自然而處世，就不是這樣了。既沒有美譽也沒有毀辱，時隱時現如龍見蛇蟄，順着時序而變化，不偏滯於任何一個固定點；時進時退，以順任自然為原則，遊心於萬物的根源。主宰萬物而不被外物所役使，這樣怎麼會受到外物的累患呢！這是神農和黃帝的處世態度。若是萬物的私情，人類的習慣，就不是這樣了：有聚合就有分離，有成功就有毀損，銳利就會遭到挫折，崇高就會受到傾覆，有為就會受到虧損，賢能就會被謀算，不肖就會受欺侮，怎麼可以偏執一方呢！可歎啊，弟子記住，凡事只有順其自然啊！」

賞析與點評

《山木》提出的處世之道，要比《人間世》更進一層，莊子指出，要掌握理想的宗旨來處理世務——「材與不材之間」，要秉持兩個重要的原則：一是把握時機（「與時俱化」），一是以和為貴（「以和為量」）。

莊子行於山中，見大木，枝葉盛茂，伐木者止其旁而不取也。問其故，曰：「無所可用。」莊子曰：「此木以不材得終其天年夫。」

四

孔子圍於陳蔡之間，七日不火食。

大公任[1]往弔之曰：「子幾死乎？」曰：「然。」

「子惡死乎？」曰：「然。」

任曰：「予嘗言不死之道。東海有鳥焉，其名曰意怠[2]。其為鳥也，翂翂翐翐[3]，而似無能；引援而飛[4]，迫脅而棲[5]；進不敢為前，退不敢為後；食不敢先嘗，必取其緒[6]。是故其行列不斥[7]，而外人卒不得害，是以免於患。直木先伐，甘井先竭。子其意者飾知以驚愚，修身以明污，昭昭乎如揭日月而行，故不免也，昔吾聞之大成之人[8]曰：『自伐者無功[9]，功成者墮，名成者虧。』孰能去功與名而還與眾人！道流而不明居，德行而不名處[10]；純純常常[11]，乃比於狂[12]；削跡捐勢[13]，不為功名。是故無責[14]於人，人亦無責焉。至人不聞，子何喜哉？」

孔子曰：「善哉！」辭其交遊，去其弟子，逃於大澤；衣裘褐[15]，食杼栗；入獸不亂群，入鳥不亂行。鳥獸不惡，而況人乎！

注釋

1 **大公任**：「大公」，老者稱。「任」人名。疑為杜撰之名。2 **意怠**：今之燕。3 **翂（fēn）翂翐（zhì）翐**：形容飛行遲緩的樣子。4 **引援而飛**：「引援」，群飛。5 **迫脅而棲**：形容擠在一堆而棲息。6 **緒**：棄餘。7 **行列不斥**：同列飛行不受排斥。8 **大成之人**：指《老子》。9 **自伐者無功**：語見《老子》第二十四章。10 **道流而不明居，德行而不名處**：意指道德流行無往不在，但不欲自顯其道德，以取伐竭耳。不明居：不顯耀自居 11 **純純常常**：純樸平常。12 **乃比於狂**：同於愚狂。13 **削跡捐勢**：削除形位、捐棄權勢。14 **無責**：無求。15 **裘褐**：「裘」皮衣；「褐」毛布。指粗布衣服。

譯文

孔子被圍困在陳、蔡兩國交界的地方，七天沒有起火煮食。

大公任去慰問他說：「你快要餓死了吧？」

孔子說：「是的。」

大公任問：「你嫌死嗎？」

孔子說：「是的。」

大公任說：「讓我說說不死的方法。東海有種鳥，名叫意怠。這種鳥，飛行緩慢，好像沒有氣力的樣子；隨群而飛，棲息時夾在眾鳥之中；行進時不敢飛在前面，退回時不敢落在後頭；飲食時不敢爭先嘗試，一定吃剩餘的。所以它在同列中不受排斥，外人也終究不能傷害它，因此它能免於禍患。直樹先被砍伐，甘井先被涸竭。你有心用文飾才能來驚駭愚俗，修飭品行來顯露別人的污濁，光芒耀射好像舉着太陽月亮行走，所以你不免要招來禍患了。我曾經聽説過集道之大成之人所説：『自己誇耀的反而沒有功績，功成不退的就要墮敗，名聲彰顯的就要受到損傷。』誰能夠拋棄功名利祿而把它還給眾人！大道流行而不顯耀自居；德行廣被而不自求名聲；純樸平常，同於愚狂；削除形位捐棄權勢，不求功名。所以無求於人，人也無求於我。至人不求聲名，你為甚麼喜好呢？」

孔子説：「好極了！」於是就辭別朋友，離開學生，逃到曠野；穿着粗布衣服，食着杼栗野果；走進獸群，獸不驚恐；走進鳥群，鳥不驚飛。鳥獸都不厭惡他，何況人呢！

賞析與點評

「孔子逃於大澤」是寓言假説，要人去除矜能炫知的心態，復歸純素平常，過一種恬淡質真的生活。「進不敢為前，退不敢為後」就是老子「不敢為天下先」的意思。

六

莊子衣大布而補之[1]，正緳係履而過魏王[2]。魏王曰：「何先生之憊邪[3]？」莊子曰：「貧也，非憊也。士有道德不能行，憊也；衣弊履穿，貧也，非憊也，此所謂非遭時也。王獨不見夫騰猿乎？其得柟梓豫章也[4]，攬蔓[5]其枝而王長其間[6]，雖羿、蓬蒙不能眄睨也[7]。及其得柘棘枳枸之間也[8]，危行側視[9]，振動悼栗，此筋骨非有加急而不柔也[10]，處勢不便，未足以逞其能也！今處昏上亂相之間而欲無憊，奚可得邪？此比干之見剖心徵[11]也夫！」

注釋

1 衣：穿。大布：粗布。2 正緳（xié）係履：謂用麻帶捆綁破鞋。正，借為「整」，整理。緳：麻繩做的帶子。履：鞋。3 憊：疲乏。4 柟、梓、豫章：都是端直好木。5 攬蔓：把捉。6 王長：形容氣宇軒昂。7 羿：即後羿，古代善射之人。蓬蒙：即「逢蒙」，羿的弟子。眄睨（miǎnnì）：斜視。8 柘（zhè）棘枳（zhǐ）枸（gǒu）：有刺的小樹。9 危行：行動謹慎。10 加急：限制、收緊。不柔：不靈活。11 徵：明證。

譯文

莊子穿着一件帶補丁的粗布衣服，用麻繩綁着破鞋子，去見魏王。魏王說：「先生，你怎麼這樣疲困呢？」
莊子說：「是貧窮啊，並不是疲困。讀書人有理想不能施行，這是疲困啊；衣服破舊，鞋子破爛，這是貧窮，而不是疲困；這就叫做不逢其時啊！你沒有看跳躍的猿猴嗎？當它爬在柟、梓、豫章等大樹上的時候，攀援着樹枝，在那裏自得其樂，即使善射的後羿和逢蒙也無可奈何他們。等它跳落到了柘、棘、枳、枸等多刺的樹叢中時，小心謹慎，內心還戰栗不已；這並不是筋骨受了束縛而不靈活，乃是處在不利的情勢下，不能施展他的才能啊！現在處於昏君亂相的時代，要想不疲困，怎麼可能呢？像比干那樣被剖心，不就個顯明的例證嗎？」

七

「何謂人與天一邪？」仲尼曰：「有人，天[1]也；有天，亦天也。人之不能有天，性也；聖人晏然[2]體逝而終矣！」

注釋　1 天：指自然　2 晏然：即安然

譯文　顏回問說：「甚麼是人為和自然都一樣呢？」

孔子說：「人為，是出於自然的；自然的事，也出於自然的。人為所以不能保全自然，是由於性分的限制，只有聖人能安然地順着自然而變化呢！」

八

莊周遊於雕陵之樊[1]，睹一異鵲自南方來者。翼廣七尺，目大運寸[2]，感周之顙[3]，而集於栗林。莊周曰：「此何鳥哉！翼殷不逝[4]，目大不睹。」蹇裳躩步[5]，執彈而留之[6]。睹一蟬方得美蔭而忘其身。螳螂執翳而搏之[7]，見得而忘其形。異鵲從而利之，見利而忘其真[8]。莊周怵然曰[9]：「噫！物固相累，二類相召也！」捐彈而反走[10]，虞人逐而誶之[11]。莊周反入，三日不庭[12]。藺且從而問之：「夫子何為頃間甚不庭乎？」莊周曰：「吾守形而忘身，觀於濁水而迷於清淵。且吾聞諸夫子曰：『入其俗，從其俗。』今吾遊於雕陵而忘吾身，異鵲感吾顙，遊於栗林而忘真，栗林虞人以吾為戮[13]，吾所以不庭也。」

注釋

1 雕陵：丘陵的名稱。樊：即藩。2 目大運寸：眼睛的直徑有一寸長。3 感：觸。4 殷：大，廣。5 蹇（jiǎn）裳：提起衣裳。躩（jué）步：疾行，快步。6 留：伺候。7 翳（yì）：隱蔽。8 真：真性，性命。9 怵（chù）然：驚恐的樣子。10 捐：棄。11 虞人：守園子的人。誶（suì）：罵。12 三日：一本作「三月」。不庭：不愉快。13 戮：侮辱。

譯文

莊周到雕陵的栗園遊玩，看見一隻怪異的鵲從南面飛來。翅膀有七尺寬，眼睛直徑有一寸長，碰到了莊子的額角而飛停在栗林中。莊周說：「這是甚麼鳥啊！翅膀大卻不能遠飛，眼睛大卻目光遲鈍。」於是提起衣裳快步走過去，把着彈弓窺伺它的動靜。這時看見一隻蟬，正得美葉蔭蔽而忘了自身；有隻螳螂以樹葉做掩護而搏住它，螳螂見有所得而忘記自己的形體，異鵲乘機攫取螳螂，只顧貪利而忘記了性命。莊周看了警惕地說：「哎！物類互相累害，這是由於兩者互相招引貪圖所致！」於是扔下彈弓回頭就走，守園子的人（以為他偷栗子）追趕着責罵他。

莊周回去，三天都感到不愉快。弟子藺且問他說：「先生為甚麼最近覺得不愉快呢？」

莊周說：「我為了守護形體而忘了自己；觀照濁水，反而對清淵迷惑了。我聽先生說：『到一個地方，就要順從那裏的風俗習慣。』現在我到了雕陵遊玩而忘了自身，異鵲碰到我的額角，飛到栗林裏而忘了真性，守園人辱責我，所以我感到不愉快。」

田子方

本篇導讀——

《田子方》篇由十一章文字會集而成。第一章要在寫「真」，稱讚為人的質真淳厚，評仁義聖智對真實生命的束縛。第二章借溫伯雪子評儒家「明乎禮義而陋乎之知人心」。第三章寫宇宙長流不息，萬物變動神速，自我亦變故日新。第四章指出認識一切存在的根源，認識自然運行的規律，認識「天地之大全」，是為「至人」。自然界充滿着神與光輝，至人「得至美而遊乎至樂」，由此可見莊子至人的藝術心態。第五章指出魯國滿街穿着儒服的人盡是假儒。第六章百里奚一段，寫「爵祿不入於心」、「死生不入於心」。第七章寫真畫家的創作突破規格的約束。第八章文王見姜太公釣魚，援引為政，則守自然無為。第九章描述伯昏无人的凝定神態。第十章寫孫叔敖的爵祿無變於己。第十章寫凡君外在得失無變於己。

許多富有哲理性的成語出自本篇，比如「目擊道存」、「亦步亦趨」、「不言而信」、「失之交臂」、「形如槁木」、「天高地厚」、「千轉萬變」、「哀莫大於心死」等。

二

溫伯雪子[1]適齊，舍於魯。魯人有請見之者，溫伯雪子曰：「不可。吾聞中國[2]之君子，明乎禮義而陋於知人心，吾不欲見也。」

至於齊，反舍於魯，是人也又請見。溫伯雪子曰：「往也蘄見我，今也又蘄見我，是必有以振我也[3]。」

出而見客，入而歎。明日見客，又入而歎。其僕曰：「每見之客[4]也，必入而歎，何耶？」

曰：「吾固告子矣：『中國之民，明乎禮義而陋於知人心。』昔之見我者，進退一成規一成矩，從容[5]一若龍一若虎，其諫我也似子，其道[6]我也似父，是以歎也。」

仲尼見之而不言。子路曰：「吾子欲見溫伯雪子久矣，見之而不言，何邪？」

仲尼曰：「若夫人者，目擊而道存矣，亦不可以容聲矣。」

注釋

1 溫伯雪子：姓溫，名伯，字雪子，楚之懷道人。2 中國：指中原之國，即魯國。3 振：起、發。有啟發之意。4 之客：此客。5 從容：猶動容。6 道：同「導」。

譯文

溫伯雪子到齊國去，歇足在魯國。魯國有人要見他，溫伯雪子說：「不行。我聽說中國的君子，明於禮義卻拙於了解人心，我不想接見。」

到了齊國，回程歇足在魯國，那個人又要見他。溫伯雪子說：「上次求見我，這次又來求見，一定有啟發我的。」

出去見了客人，回來就歎息。第二天見了客人，回來又歎息。他的僕人問說：「每次見到這個客人，回來就要歎息，為甚麼呢？」

回說：「我原先告訴過你了：『中國的人民，明瞭禮儀卻拙於了解人心。』剛才來看我的那位，進退完全合於規矩，動容猶如龍虎，他諫告我，好像兒子對待父親；他開導我，好像父親對待兒子，因此歎息。」

孔子見了面不說話。子路說：「先生想見溫伯雪子很久了，見了面卻不說話，為甚麼呢？」

仲尼說：「像這樣的人，視線所觸而道自存，也不容再用言語了。」

三

顏淵問於仲尼曰：「夫子步亦步，夫子趨亦趨，夫子馳亦馳；夫子奔逸絕塵[1]，而回瞠若[2]乎後者矣！」

仲尼曰：「回，何謂邪？」

曰：「夫子步，亦步也；夫子言，亦言也；夫子趨，亦趨也；夫子辯，亦辯也；夫子馳，亦馳也；夫子言道，回亦言道也；及奔逸絕塵而回瞠若乎後者，夫子不言而信，不比而周[3]，無器[4]而民滔[5]乎前，而不知所以然而已矣。」

仲尼曰：「惡！可不察與！夫哀莫大於心死，而人死亦次之。日出東方而入於西極，萬物莫不比方[6]，有首有趾者[7]，待是[8]而後成功，是出則存，是入則亡[9]。萬物亦然，有待也而死，有待也而生[10]。吾一受其成形，而不化以待盡，效物[11]而動，日夜無隙，而不知其所終；薰然[12]其成形，知命不能規[13]乎其前，丘以是日徂[14]。」

「吾終身與汝交一臂而失之[15]，可不哀與！女殆著乎吾所以著也[16]。彼已盡矣[17]，而女求之以為有，是求馬於唐肆[18]也。吾服[19]女也甚忘，女服吾也亦甚忘。雖然，女奚患焉！雖忘乎故吾，吾有不忘者存。」

注釋

1 奔逸絕塵：快速的形容。2 瞠若：直視的樣子。3 不比而周：指不偏私而周遍。比：阿私。4 器：爵位。5 滔：同聚。6 比方：指順着太陽的方向。7 有首有趾者：指人。8 待是：待日。「是」，指日。9 是出則存，是入則亡：即日出而作，日入而息。10 有待也而死，有待也而生：有的將趨於死，有的將待以生。11 效：猶感。12 薰然：形容成形的樣子。13 規：「窺」的省字。14 日徂：一天天地參與變化。徂：往。15 交一臂而失之：意思是我和你這麼接近而你卻不能了解宇宙的道理。16 女殆著乎吾所以著也：你大概只看到我所能看到的現象。著：可見的東西。17 彼已盡矣：它已經消失了。18 唐肆：空市場。19 服：思存。

譯文

顏回問孔子說：「先生緩步我也緩步，先生快走我也快走，先生奔馳我也奔馳；先生奔逸絕塵，而我卻直瞪着眼落在後面了！」

孔子說：「回，怎麼說呢？」

顏回說：「先生緩步，我也緩步；先生論說，我也論說；先生快走，我也快走；先生辯論，我也辯論；先生奔馳，我也奔馳；先生談道，我也談道；等到先生奔逸絕塵而我卻直瞪着眼落在後面，乃是先生不言說而取信，不偏私而周遍，沒有爵位而人民來相聚，卻不知道為甚麼能夠這樣。」

孔子說：「啊！這可不明察麼！最悲哀的莫過於心死，而身死都還是次要的。太陽從東方出而入於西極，萬物沒有不順着這個方向，有頭有腳的人，見日起而後事可為，日出而作，日入而息。萬物都是這樣，有的將趨於死亡，有的將待以降生。我一旦秉受了形體，不變滅而等待氣盡，感應外物而活動，日也沒有間斷，而不知道自己的歸宿；薰然自動成形，知道命運是不可預知的，我因而一天天參與變化。」

「我一直和你接近而你卻不能了解這個道理，可不悲哀嗎？那你大概只看到我所能看到的現象。它們已經消逝，而你追尋着還以為存在，這就像在空市場上尋求馬一樣。我心中的你很快就忘記，你心中的我也很快就忘記。雖然這樣，你有甚麼憂慮！即使忘了過去的我，我還有不會被遺忘的東西存在。」

賞析與點評

赫拉克利特說「每天的太陽是新的」，宇宙運行不息，我也隨時變化，今日之我，已非故我，後日之我，又非今我，新故相續，晝夜不捨，這也就是顏子所歎「奔逸絕塵」的意思。

四

老聃曰：「吾遊心於物之初。」

孔子曰：「何謂邪？」

曰：「心困焉而不能知，口辟[1]焉而不能言，嘗為汝議乎其將[2]。至陰肅肅[3]，至陽赫赫[4]；肅肅出乎天，赫赫發乎地；兩者交通成和[5]而物生焉，或為之紀[6]而莫見其形。消息滿虛[7]，一晦一明，日改月化，日有所為，而莫見其功。生有所乎萌，死有所乎歸，始終相反乎無端而莫知乎其所窮。非是也，且孰為之宗！」

孔子曰：「請問遊是。」

老聃曰：「夫得是，至美至樂也，得至美而遊乎至樂，謂之至人。」

注釋　1 辟：閉合。2 議乎其將：說個概略。3 肅肅：嚴冷之意。4 赫赫：形容炎熱。5 兩者交通成和：參考《老子》第四十二章「萬物負陰而抱陽，沖氣以為和」。6 紀：綱紀，規律。7 消息滿虛：消逝、生長、盈滿、空虛，即事物死生盛衰規律。

譯文　老聃說：「我遊心於萬物的本始。」

孔子說：「怎麼說呢？」
老聃說：「心困而不能知曉，口合而不能言說，試為你說個概略。至陰寒冷，至陽炎熱；寒冷出於天，炎熱發於地；兩者相互交通融合而各物化生，或為萬物的規律，卻不見形象。死生盛衰，時隱時現，日遷月移，無時不在作用，卻不見它的功績。生有所由始，死有所歸趨，始終迴圈無端而不知道它的窮盡。如果不是這樣，又有誰是它的宗本呢！」
孔子說：「請問遊心於此的情境。」
老聃說：「達到這種境界，是至美至樂，體味至美而遊於至樂，稱為至人。」

七

宋元君[1]將畫圖，眾史[2]皆至，受揖而立[3]；舐筆和墨，在外者半[4]。有一史後至者，儃儃然[5]不趨，受揖不立，因之舍。公使人視之，則解衣槃礴[6]贏[7]。君曰：「可矣，是真畫者也。」

注釋

1 宋元君：宋元公，名佐。2 史：指畫工。3 受揖而立：古代臣見國君，臣先拜，國君行揖答謝。4 在外者半：言其趨競者多。5 儃儃然：安閒的樣子。6 槃礴：交叉着坐着。7 臝：同裸，光着身子。

譯文

宋元君要畫圖，各個畫師都來到，接受國君揖禮而就位；濡筆調墨，（來的畫師很多，）還有一半在外面沒位子坐。有一個畫師後來，安然徐行，他受揖卻不就位，隨即返回住所。國君派人去看，見他解衣露身交叉着腳坐着。國君說：「行啊，他才是真正的畫師。」

知北遊

本篇導讀——

《知北遊》篇由是一個寓言組合而成，主旨在談道。第一章認為氣是自然界的基本物質粒子，人的生死就是氣的聚散。第二章表達莊子的自然觀。第三章齧缺問道於被衣，被衣告以使思慮專一，精神凝聚。第四章寫天地萬物的變化及氣的聚散運動。第五章寫天地萬物獨特存在的本然性。第六章東郭子問道，莊子說「無所不在」。第七章由老龍吉寫道之不可言傳性。第八章說道不是具象的東西，所以無法用名言來規限它。第九章在「無」之上提出「無無」，即道含有無窮性、開放性的意義。第十章寫垂鈎者的專精凝注。第一章討論天地之始的問題，進而由天地的生生不息，說到聖人的「愛人無已」。第十二章顏淵和孔子的對話，談化與安化。

許多富有哲理的典故出自本篇，如「三問而不答」、「化臭腐為神奇」、「天地有大美而不言」、「食不知味」、「白駒過隙」、「辯不如默」、「每下愈況」等。

一

生也死之徒，死也生之始，孰知其紀[1]！人之生，氣之聚也。聚則為生，散則為死。若死生為徒，吾又何患！故萬物一也[2]。是其所美者為神奇，其所惡者為臭腐。臭腐復化為神奇，神奇復化為臭腐。故曰：『通天下一氣耳[3]。』聖人故貴一。」

注釋

1 紀：規律。與《達生》「無端之紀」的「紀」同意。2 萬物一也：指萬物有共通性、一體性。3 通天下一氣耳：一本作「通天下之一氣耳」。

譯文

生是死的連續，死是生的開始，誰知道其中的規律！人的出生，乃是氣的聚積。聚積便成生命，消散便是死亡。如果死生是相屬的，我又有甚麼憂患呢！所以萬物是一體的，這是把所稱美的視為神奇，把所厭惡視為臭腐。臭腐又化為神奇，神奇又化為臭腐。所以說：『整個天下就是通於一氣罷了。』所以聖人珍貴（無分別的）同一。」

二

天地有大美而不言，四時有明法[1]而不議，萬物有成理而不說。聖人者，原天地之美而達萬物之理，是故至人無為，大聖不作，觀於天地之謂也。

今[2]彼[3]神明[4]至精，與彼[5]百化[6]，物已死生方圓，莫知其根也，扁然[7]而萬物自古以固存[8]。六合為巨，未離其內；秋豪為小，待之成體。天下莫不沉浮[9]，終身不故[10]；陰陽四時運行，各得其序。惛然[11]若亡而存，油然[12]不形而神，萬物畜而不知。此之謂本根，可以觀於天矣。

注釋

1 明法：明顯的規律。2 合：今本作「今」。3 彼：天地。4 神明：喻天地大自然的靈妙。5 彼：物。6 百化：百物之化。7 扁然：翩然。8 自古以固存：語見《大宗師》。9 沉浮：升降，往來，形容事物的變化。10 終身不故：終生沒有不變的。11 惛然：暗昧的樣子。12 油然：形容內含生意。

譯文

天地有大美卻不言語，四時有分明的規律卻不議論，萬物有生成的條理卻不說話。聖人推原天地的大美而通達萬物的道理，所以至人順任自然，大聖不妄自造作，這是說取法於天地的緣故。天地靈妙精純，參與事物的千變萬化，萬物的或生或死或圓或方，沒有誰知道它的本根，萬物蓬勃生長，自古以來就存在着。六合是巨大的，卻超不出它的範圍；秋毫是渺小的，卻依賴它才能成形體。天下萬物沒有不浮沉變化的，它們不會一直是固定的，陰陽四時的運行，各有自己的順序。（大道）茫昧的樣子彷彿不存在而卻是存在的，自然產生不見形跡而有神妙的作用，萬物受養育而不自知。這就稱為根本，（知道這個道理）可以觀察天道了。

賞析與點評

「天地有大美」，則天地間一切形態都可呈現美的蹤跡。莊子看到天地間一切物象千姿萬態、生機盎然，引發人對山水之美的觀賞趣向，正如《知北遊》另一處所說：「山林與！皋壤與！使我欣欣然而樂與！」後世對於山水的品鑒便淵源於此。魏晉以後，美學藝術逐漸成為一個獨立的範疇，嵇康是其中的代表人物。嵇康的《聲無哀樂論》指出音樂的美，既無關乎人主觀的哀樂情志，亦不黏附於社會的規範制約，將美的客觀價值從政治教化中解放出來。魏晉形成一審美情趣高漲的時代，山水詩畫的創作與鑒賞蔚為風潮，與莊子「天地之美」的審美情趣的激發不無關係。宗炳在《畫山水序》中發出「山水以形媚道」的讚歎，提出「澄懷味象」這一審美鑒賞的命題，即以虛靜澄徹的心懷，來體味觀賞的對象，從而獲得「暢神」的愉悅。

五

人生天地之間，若白駒之過郤[1]，忽然而已。注然勃然，莫不出焉；油然漻然[2]，莫不入焉。已化而生，又化而死，生物哀之，人類悲之。解其天弢[3]，墮其天袠[4]，紛乎宛乎，魂魄將往，乃身從之，乃大歸乎！不形之形，形之不形[5]，是人之所同知也，非將至之所務也，此眾人之所同論也。彼[6]至則不論，論則不至。明見無值[7]，辯不若默。道不可聞，聞不若塞。此之謂大得。

注釋

1 若白駒之過郤：好像陽光掠過空隙。2 油然漻然：形容萬物的變化消逝。3 弢（tāo）：弓袋。4 袠（zhì）：劍袋。5 不形之形，形之不形：無形到有形，有形到無形。6 彼：指得道的人。7 值：會遇。

譯文

人生在天地之間，就好像陽光掠過空隙，忽然而已。萬物蓬蓬勃勃，沒有不生長的，變化衰萎，沒有不死去的。已經變化而生，又變化而死，生物為之哀傷，人類感到悲痛。解開自然的束縛，毀壞自然的囊裹，變移轉化，精神消散，身體隨着消逝，這是返歸大本呢！由無形變成有形，由有形返於無形，這是大家都知道的，並不是得道的人所追求的，這是眾人所同議論的。得道的人是不議論的，議論的人是不能得道的。從明處尋就不會遇見，辯說不如緘默。道是不能聽聞到的，聽聞便不如塞耳不聽，這才是真正的得道。

六

東郭子問於莊子曰[1]：「所謂道，惡乎在？」

莊子曰：「無所不在。」

東郭子曰：「期而後可[2]。」

莊子曰：「在螻蟻[3]。」

曰：「何其下邪[4]？」

曰：「在稊稗[5]。」

曰：「何其愈下邪？」

曰：「在瓦甓[6]。」

曰：「何其愈甚邪？」

曰：「在屎溺[7]。」

東郭子不應。莊子曰：「夫子之問也，固不及質。正獲之問於監市履狶也[8]，『每下愈況』。汝唯莫必[9]，無乎逃物。至道若是，大言亦然。周遍咸三者，異名同實，其指一也。

「嘗相與遊乎無何有之宮[10]，同合而論，無所終窮乎！嘗相與無為乎！澹而靜乎！漠而清乎！調而閒乎！寥已吾志[11]。無往焉而不知其所至，去而來而不知其所止，吾已往來焉而不知其所終。彷徨乎馮閎[12]，大知入焉而不知其所窮。物物者與物無際[13]，而物有際者，所謂物際者也。不際之際[14]，際之不際者也。謂盈虛衰殺[15]，彼為盈虛非盈虛，彼為衰殺非衰殺，彼[16]為本末非本末，彼為積散非積散也。」

注釋

1 東郭子：住在東郭的一位先生。2 期：限，要求確指。3 螻蟻：螻蛄和螞蟻。4 下：低下。5 稊（tí）稗（bài）：含米的小草。6 甓（pì）：磚。7 溺（nì）：通「尿」。

8 正獲：市場監督官，名獲。監市：監督市場的人。履狶（xī）：用腳踩豬的下腿。狶：同「豨」，大豬。9 必：拘限，限定。10 無何有之宮：《逍遙遊》有「無何有之鄉」。11 寥已吾志：即「吾志已寥」的倒裝。謂我的心志寥廓。12 馮閎（hóng）：廖闊的空間。13 物物者與物無際：支配物的和物沒有界際。14 不際之際：沒有界限的界限。15 衰：作隆，16 彼：指道

譯文

東郭子問莊子說：「所謂道，在哪裏？」

莊子說：「無所不在。」

東郭子說：「指出一個地方來。」

莊子說：「在螻蟻裏面。」

東郭子說：「怎麼這樣卑下呢？」

莊子說：「在稊稗裏面。」

東郭子說：「怎麼更加卑下呢？」

莊子說：「在磚瓦中。」

東郭子說：「怎麼愈來愈卑下了呢？」

莊子說：「在屎尿裏面。」

東郭子不回應。莊子說：「先生所問的，本來就沒有接觸到實質。有個名獲的市場

監督官問屠卒關於檢查大豬肥瘦的方法，那就是愈往下腿踩愈容易明白。除非你不肯定指明，道是不離物的。最高的道是這樣，最偉大的言論也是這樣。『周』、『遍』、『咸』三者，名稱不同而實質相同，所指的意義是一樣的。」

「試着一同來遨遊於無何有的處所，混同一體而論，道是沒有窮盡的！漠然而清虛！若調和而悠閒！我的心志寥闊，無所往而不知道要到哪裏去，去了又來卻不知道要停在哪裏，我已經來來往往卻不知道哪裏是終結；飛翔於寥闊的空間，大智的人與道相契而不知道它的究極。支配物的和物沒有界限，而物有界限，乃是所謂物的界限；沒有界限的界限，乃是界限中的沒有界限。說到盈虛衰殺，道使物有盈虛，而大道自身沒有盈虛；道使物有衰殺，而大道自身沒有衰殺；道能使物有始有，而大道自身卻沒有始終；道使物有聚散而自身卻沒有聚散。」

賞析與點評

「天地有大美」、「化腐朽為神奇」，莊子站在宇宙美的觀點觀照萬物，將大自然點化而為藝術世界，將一切物美化並注以無限的生機。道「無所不在」不僅表現了莊子的藝術精神，也表達莊子破除人類中心的平等精神。

在談如何是佛的話題上，雲門和尚說「幹矢橛」，龐蘊居士說「搬柴運水無不是道」，臨濟大宗說「平常心是道，日日是好日」無疑禪宗也承襲了莊子的部分遺產。

二一

冉求[1]問於仲尼曰：「未有天地可知邪？」

仲尼曰：「可。古猶今也。」

冉求失問而退，明日復見，曰：「昔者吾問『未有天地可知乎？』夫子曰：『可。古猶今也。』昔日吾昭然，今日吾昧然，敢問何謂也？」

仲尼曰：「昔之昭然也，神者先受之[2]；今之昧然也，且又為不神者求邪[3]！無古無今，無始無終。未有子孫而有子孫，可乎？」

冉求未對。仲尼曰：「已矣，未應矣！不以生生死，不以死死生。死生有待邪？皆有所一體[4]。有先天地生者[5]物邪？物物者非物[6]。物出不得先物也[7]，猶[8]其有物也。猶其有物也，無已[9]。聖人之愛人也終無已者，亦乃取於是者也。」

注釋

1 冉求：孔子弟子。2 神者先受之：心神已有默契。3 又為不神者求：又滯於跡象而求問。4 死生有待邪？皆有所一體：死生有對待嗎？都各自成一體。5 者：猶「之」。6 物物者非物：化生萬物的（道）不是物象。7 物出不得先物：萬物所由出不得先於道。8 猶：作「由」。9 猶其有物也，無已：有了物界，便生生不息。

譯文

冉求問孔子說：「沒有天地以前可以知道嗎？」

孔子說：「可以。古時和現在一樣。」

冉求一時不知再問甚麼而退回來，第二天又來見，說：「昨天我問『沒有天地以前可以知道嗎？』老師說：『可以。古時和現在一樣。』昨天我很明白了，今天我卻茫然了，請問為甚麼呢？」

孔子說：「昨天你的明白，是用心神先去領會；今天你的茫然，卻是滯於形象而求問啦！沒有古就沒有今，沒有始就沒有終。沒有子孫以前便已有子孫，可以嗎？」

冉求沒回答。孔子說：「算了，不必回答了！本來是不為了生來生出死，不為了死來停止生。死生有對待嗎？死和生是一體的。有比天地更早產生的物體嗎？化生萬物的道不是物象。萬物所由出不得先於道，由道而有了天地萬物。有了天地萬物，（各類）便生生不息。聖人的愛人永不休止，也就是取法於天地的生生不息。」

雜篇

庚桑楚

本篇導讀——

庚桑楚，人名，這裏説是老聃的弟子。本篇取首句人名為篇名，由十二章文字構成。本篇第一章借庚桑楚與弟子的對話，説明為政之道也宜自然無為，抨擊堯舜以來，標舉賢名，使人民互相傾軋，任用心智使人民互相爭盜的混亂政情。第二章談護養生命的道理。第三章寫心境安泰靜定的人，行於無名跡。第四章談求知的境域。第五章談保養「靈臺」（心靈）。第六章寫宇宙、自然的總門（「天門」）為萬物生滅變化的根源。第七章由古之人説到現代人的是非不定。第八章中説至禮是沒有人我之分的，至仁是不表露愛跡的。第九章列舉擾亂人心的二十四種因素。第十章寫「全人」善於契合自然，應合人為。第十一章寫順人的所好，就容易被籠絡住；逆人的本性，就難以馴服。第十二章寫「平氣」「順心」，應事則出於不得已。

八

碾[1]市人之足，則辭以放驁[2]，兄則以嫗，大親[3]則已矣。故曰，至禮有不人[4]，至義不物[5]，至知不謀，至仁無親[6]，至信辟金[7]。

注釋

1 碾：踏，踐履。2 辭以放驁：辭謝以放肆，即以放肆自責來謝過。驁：通「敖」，是「傲」的省字。3 大親：指父母。4 至禮有不人：「不人」不看作是別人，指沒有人我之分。5 至義不物：「義」同宜，指萬物秩序得其所宜。「不物」指沒有物我之分。6 至仁無親：見〈天運〉篇。7 辟金：不需要拿金錢來作質證。

譯文

踩了街道上人的腳，就賠罪說自己放肆，兄長踩了弟弟就憐惜撫慰，父母至親踩了就無須謝過。所以說，至禮是沒有人我之分的，至義是沒有物我之分的，至知是不用謀略的，至仁是不表露愛跡的，至信是不用金錢來作質證的。

九

徹[1]志之勃[2]，解心之謬[3]，去德之累，達道之塞。貴富顯嚴名利六者，勃志也。容動色理[4]氣意六者，謬心也。惡欲喜怒哀樂六者，累德也。去就取與知能六者，塞道也。此四六者不蕩[5]胸中則正，正則靜，靜則明，明則虛，虛則無為而無不為也。道者，德之欽也；生者，德之光也；性者，生之質也。性之動，謂之為；為之偽，謂之失。知者，接[6]也；知者，謨[7]也；知者之所不知，猶睨也[8]。動以不得已之謂德，動而非我之謂治，名相反而實相順也[9]。

注釋

1 徹：同「撤」。2 勃：同悖，亂。3 謬：借為「繆」，繫縛之意。4 色理：顏色、辭理。5 蕩：蕩亂。6 接：應接。7 謨：同謀。8 猶睨也：如目斜視一方。9 名相反而實相順也：騖名則相反求實則相順。

譯文

消解意志的錯亂，打開心靈的束縛，去除德性的負累，貫通大道的障礙。榮貴、富有、高顯、威勢、聲名、利祿六項，是錯亂意志的。姿容、舉動、顏色、辭理、氣息、情意六項，是束縛心靈的。憎惡、愛欲、欣喜、憤怒、悲哀、歡樂六項，是負累德性的。去捨、從就、貪取、付與、知慮、技能六項，是阻礙大道的。這四種每六項不在胸中擾亂就能平正，內心平正就能安靜，安靜就能明澈，明澈就能空明，空明就能順任自然而沒有甚麼做不成的。道為德所尊崇；生是德的光輝；性是生的本質。性的活動，叫做為；有為而流入人偽，叫做失。知是和外界應接；智是內心謀慮；智慧有所不知，好像斜視一方所見有限。動作自然出於不得已是為德，動作自然不由於我是為合理，騖名則相反求實則相順。

賞析與點評

「性者生之質也」的命題與告子「生之謂性」說，為同一思想脈絡的發展，兩者都主張善惡的道德觀念並非人性自然之質，乃是在後天社會生活中形成的。而莊子學派更在告子以人的生理與心理本能言「性」的基礎上，將人性議題提升到生命本質的哲學層次，並將人性論放置在形上學的根基上進行討論。這在《天地》「泰初有無」一段討論性命之根源於道德論的論述，尤為顯明。

徐无鬼

本篇導讀——

《徐无鬼》篇由十五章文字雜纂而成。第一章指出君主「盈嗜欲，長好惡」，性命之情病困。第二章指出當時君主以愛民為名，所作所為實則是「害民之始」。第三章發揮老子「無事」、「無為」的思想。「無事」即不生事，不攪擾從事，這就是道家勿擾民的思想。第四章批評勢物之徒，喜歡禍變，糟蹋自己而造孽他人。第五章，莊子與惠子對話，批評各家各以為是，往往遺棄珍貴的而執持淺陋的；各家求真理而未得，反而無謂地在爭執結怨。第六章莊子過惠子墓的故事，流露出二者之間無比真摯的感情。第七章管仲與桓公對話，談囑託國政的妥當人選。第八章告誡人不要自恃巧捷而以色驕人。第九章南伯子綦隱几而坐，歎世人的自我迷失。第十章申說「不言」之義。第十一章論說子綦所向往的遨樂於天、邀食於地、順任自然的生活。第十二章論述仁義成為達官貴人與道學夫子假以取利的工具。第十三章寫三種人物形態：一種沾沾自喜的人，一種苟安自得的人，一種形勞自苦的人，進而寫神人。第十四章寫人物各有所適，物類互相恃守、依持。第十五章寫不知的境域。

一

曰：「子不聞夫越之流人[1]乎？去國數日，見其所知而喜；去國旬月，見所嘗見於國中者喜；及期年也，見似人[2]者而喜矣；不亦去人滋久，思人滋深乎？夫逃虛空者[3]，藜藋[4]柱乎鼪鼬之逕[5]，踉位其空[6]，聞人足音跫然[7]而喜矣，又[8]況乎昆弟親戚之謦欬[9]其側者乎！久矣夫，莫以真人之言謦欬吾君之側乎！」

注釋

1 流人：流放之人。2 似人：似所認識的人，指似鄉里的人。3 虛空：空谷。4 藜藋：（lídiào）：雜草。5 柱乎鼪鼬（shēngyóu）之逕：「柱」，塞。「鼪鼬之逕」，山蹊之間，鼪鼬所由之處。6 踉（liàng）位其空：長久住在空野。7 跫（qióng）然：腳步聲。8 又：一本作「而」。9 謦（qǐng）欬（kài）：指聲音笑貌。

譯文

（徐无鬼）回答說：「你沒有聽到在越國的流放人嗎？離開自己的國家好幾天，看見熟識的就高興；離開自己的國家一個月，看見國內曾經見過面的人就高興；到了整年，只要看見像是家裏人的就高興；不就是離開故人越久，思念故人愈深嗎？流落到空谷裏的人，雜草塞滿了鼪鼬所經由的途徑。長久居住在空野，聽到人的腳步聲就高興起來，又何況兄弟親戚在一旁說笑呢！很久了，沒有人用純真的言語在我君主的身旁談笑了啊！」

賞析與點評

「流人思鄉」，久客他鄉的遊子「去人滋久，思人滋深」，使我們想起《德充符》所說「有人之形，故群於人」，莊子並不認為真實的生活必定要遠離人群，隱匿並不是知識份子所願，而是有待於時運的變化，是莊子所謂的「不得已」，莊子的語言在表達人的鄉愁情懷之餘，也展露出對性命本真的嚮往和渴望。

六

莊子送葬，過惠子之墓，顧謂從者曰：「郢人堊漫其鼻端若蠅翼[1]，使匠石斲之[2]。匠石運斤成風[3]，聽而斲之[4]，盡堊而鼻不傷，郢人立不失容。宋元君聞之[5]，召匠石曰：『嘗試為寡人為之。』匠石曰：『臣則嘗能斲之，雖然，臣之質死久矣[6]！』自夫子之死也[7]，吾無以為質矣，吾無與言之矣！」

注釋

1 郢（yǐng）：春秋時楚國都邑，今湖北省江陵縣。堊（è）：白善土，可用於塗飾。漫：通「墁」，塗。2 斲：砍削。3 斤：斧。4 聽：任意。5 宋元君：即宋元公，宋平公之子。6 質：對，即對象。7 夫子：指惠施。

譯文

莊子送葬，經過惠子的墳墓，回頭向跟隨他的人說：「有個郢地人捏白善土把一滴泥點濺到鼻尖上，如蟬翼般。請匠石替他削掉。匠石揮動斧頭呼呼作響，隨手劈下削去泥點，那小滴泥點完全削除而鼻子沒有受到絲毫損傷，郢人站着面不改色。宋元君聽說這件事，把匠石找來說：『替我試試看。』匠石說：『我以前能削，但是，我的對手早已經死了了！』自從先生去世，我沒有對手了，我沒有談論的對象了！」

賞析與點評

惠子是莊子的主要論敵，《莊子》書中多次記錄了惠子與莊子的爭辯，比如《逍遙遊》「拙於用大」與「無用之用」，《德充符》中關於忘情的申論，《秋水》篇的濠梁之辯。此處文字雖不過一百零二字，卻傳神地以運斧成風的故事訴說莊子對惠子感人至深的懷念之情，一如伯牙與子期的知音關係。

則陽

本篇導讀——

《則陽》篇由是一個單元彙編而成。本篇第一章寫遊士的干祿選競與聖人的恬退和樂。第二章寫聖人的心態。第三章以故鄉喻本性，描寫與物融合的心境，人進入社群，逐物日久，一旦返復真性，內心感到舒暢。第四章譏諷戰國君主的征伐。第五章寫隱士的恬淡凝寂。第六章說為政魯莽治民滅裂的弊害。第七章指責人君率先作偽，還要責罰誰呢？第八章寫事物的變化沒有止境，我們的判斷無法有永恆的定準，我們的所知是有限的。未知的範圍是廣大的，不可滯執固有的認識。第九章三個史官論衛靈公的無道。最末兩章少知與大公調對話兩節，討論了宇宙論的一些問題，頗有價值。

三

舊國舊都[1]，望之暢然；雖使丘陵草木之緡[2]，入之者十九[3]，猶之暢然。況見見聞聞[4]者也，以十仞之臺縣衆閒[5]者也！

冉相氏[6]得其環中[7]以隨成[8]，與物無終無始，無幾無時[9]。日與物化者，一不化者也[10]，闔嘗舍之[11]！夫師天而不得師天[12]，與物[13]皆殉，其以為事也若之何？夫聖人未始有天，未始有人，未始有始，未始有物，與世偕行而不替[14]，所行之備而不洫[15]，其合[16]之也若之何？湯得其司御門尹登恆[17]為之傅之，從師而不囿，得其隨成。〔為之司其名；之名嬴法，得其兩見。仲尼之盡慮，為之傅之。〕[18]容成氏[19]曰：「除日無歲，無內無外。[20]」

注釋

1 舊國舊都：喻本性。2 緡（mín）：芒昧不分的意思。3 入之者十九：喻掩蔽了十分之九。4 見見聞聞：指親身見聞到本來面目。5 縣衆閒：「縣」同「懸」，「閒」同「間」。「衆閒」意指衆人耳目之間。6 冉相氏：古之聖王。7 環中：喻空虛。見《齊物論》「樞始得環中，以應無窮」。8 隨成：隨物自成。9 無幾無時：「幾」借為「期」。

10 日與物化者，一不化者也：隨物與時變化的，內心卻不凝靜不變。11 闔嘗舍之：何嘗捨離它。12 夫師天而不得師天：指效法自然若出於有心，便得不到效法自然的結果。13 物：一說「殖」，即終。和上句「未始有始」相對為文。14 替：廢止。15 洫：敗壞，泥着而陷溺之意。16 合：冥合，無心合道。17 司御門尹登恆：「司御」官名。「門等尹恆」人名。18〔為之司其名；之名嬴法，得其兩見。仲尼之盡慮，為之傳之。〕：此段話意為說湯能虛己順人，視名法為多餘之相。19 容成氏：傳說古代作曆的人。20 除日無歲，無內無外：去日便無歲，無內便無外。這話是說明內我的重要性。

譯文

自己的祖國和故鄉，看到心裏就舒暢；即使是丘陵草木雜蕪，掩蔽了十分之九，心裏仍覺舒暢。何況是親身見到本來面目的呢，這好比十仞的高臺懸在眾人之間啊！

冉相士處於「環中」而隨物自成，和外物契合無終無始，無日無時。隨物與時變化，內心卻凝靜不變，何嘗捨離空虛！有心效法自然便得不到自然的結果，如外物相逐，這樣做是怎樣呢？聖人不曾心存着天然，不曾心存着人事，不曾心存着始終，不曾心存着物我，與世同行而不中止，所行完備而不限溺，他的無心冥合是如何呢？湯得到他的司御門尹登恆拜為師傅，隨從師傅而不為所囿限，得以順物成性。榮成氏說：「沒有日子就沒有年歲，沒有內就沒有外。」

賞析與點評

「舊國之都，望之暢然」，莊子以故國故鄉比喻人性，世人在涉世逐物中容易迷失自我，但這樣的本性即便迷失，人基於本性的需求還是會回返以尋找它，一旦反復本性，內心就會感到舒暢。

四

「有國於蝸之左角者，曰觸氏；有國於蝸之右角者，曰蠻氏[1]。時相與爭地而戰，伏尸數萬，逐北旬有五日而後反。」

注釋

1 蠻氏：與前「觸氏」，皆為虛擬國名。「觸氏」喻爭，「蠻氏」喻蠢。2 逐北：追逐敗北。

譯文

（戴晉人說）：「蝸牛的左角有個國家名叫觸氏，蝸牛的右角有個國家名叫蠻氏，它們常互相爭地而爭戰，死亡數萬，追逐敗北的人十五天才回軍。」

一〇

少知問於大公調[1]曰：「何謂丘里之言[2]？」

大公調曰：「丘里者，合十姓百名而以為風俗也，合異以為同，散同以為異[3]。今指馬之百體而不得馬，而馬係於前者，立其百體而謂之馬也。是故丘山積卑而為高，江河合小而為大[4]，大人合併而為公。是以自外入者，有主而不執；由中出者，有正而不距[5]。四時殊氣，天不賜[6]，故歲成；五官殊職，君不私，故國治；文武殊能，大人不賜，故德備；萬物殊理，道不私，故無名。無名故無為，無為而無不為。時有終始，世有變化。禍福淳淳，至有所拂者而有所宜[7]；自殉殊面[8]，有所正者有所差。比於大澤，百材皆度；觀於大山，木石同壇[9]。此之謂丘里之言。」

少知曰：「然則謂之道，足乎？」

大公調曰：「不然。今計物之數，不止於萬，而期曰萬物者，以數之多者號而讀之[10]也。是故天地者，形之大者也；陰陽者，氣之大者也；道者為之公。因其大而號以讀之，則可也，已有之矣，乃將得比哉[11]？則若以斯辯[12]，譬猶狗馬，其不及遠矣！」

注釋

1 少知問於大公調：「少知」，知識淺少。「大公調」，廣大公正調和眾物。這裏寓託為人名。2 丘里之言：四井為「邑」，四邑為「邱」。五家為「鄰」，五鄰為「里」。指公論。3 合異以為同，散同以為異：「同」、「異」為先秦名家所辯論的問題之一，《秋水》載公孫龍有「合同異」說。4 江河合小而為大：「合小」原為「合水」。5 自外入者，有主而不執；由中出者，有正而不距：事物從外界進入，心中雖有所主卻不執着成見；由內心發出的，雖有所取正卻不排拒他人。6 天不賜：「賜」為「私」的借字。7 禍福淳淳，至有所拂者而有所宜：謂禍福迴圈流變。8 自殉殊面：「殉」通徇，營求。殊面，各方面。9 同壇：同地。10 讀：猶語。11 已有之矣，乃將得比哉：「有之」指有道之名。「比」指把大道與丘里之言相比。12 辯：辨，別。

譯文

少知問大公調說：「甚麼是丘里之言？」

大公調說：「所謂丘里，是集合十姓百人而形成一個風俗，結合差異而成為同一，分散同一而成為差異。現在專指馬的每個小部分便不得稱為「馬」，可是把馬拴在人的面前，總合它的形體各部位才成為馬。所以小山丘是聚積卑小才成為高，江河是匯合眾水才成為大，大人好似採納各方才算是公。所以事物從外界進入中心，心中雖有主意卻不固執己見；由內心發出的，內心雖有正理卻不排拒他人。四時不同的氣候，天不偏私，所以歲序完成；五官不同的職務，君不自私，所以國家安定；文武不同的才能，大人不偏私，所以德性完備；萬物不同的理則，道不偏私，所以無所名稱。無所名稱謂所以無所幹預，無所干預便沒有甚麼做不成的。時序有始終，世事有變化。禍福流變，有所乖逆卻也有所適宜；各自追求不同的方面，有所確當卻也有所差失。譬如大澤，各種材木都有它的適用；觀看大山，木石盤結一起。這就是稱為丘里之言。」

少知說：「那麼稱之為道，可以嗎？」

大公調說：「不是的。現在計算物的種數，不止於萬，而限稱為萬物，是以數目中最多的來號稱。所以天地，是形體中最大的；陰陽，是氣體中最大的；已有道的名稱能和它相比嗎？如果要把大道和丘里之言去辨別，就好像狗和馬相比，相差太遠了。」

一一

少知曰：「四方之內，六合之裏，萬物之所生惡起？」

大公調曰：「陰陽相照[1]，相蓋相治[2]；四時相代，相生相殺。欲惡去就，於是橋起[3]；雌雄片合[4]，於是庸有[5]。安危相易，禍福相生，緩急相摩，聚散以成。此名實之可紀，精微之可志[6]也。隨序之相理，橋運[7]之相使，窮則反，終則始；此物之所有[8]。言之所盡，知之所至，極物而已。覩道之人，不隨[9]其所廢，不原其所起，此議之所止。」

少知曰：「季真之莫為[10]，接子之或使[11]，二家之議，孰正於其情，孰偏於其理？」

大公調曰：「雞鳴狗吠，是人之所知；雖有大知，不能以言讀其所自化，又不能以意測其所將為[12]。斯而析之，精至於無倫[13]，大至於不可圍，或之使，莫之為，未免於物，而終以為過。或使則實，莫為則虛。有名有實，是物之居；無名無實，在物之虛。可言可意，言而愈疏。未生不可忌[14]，已死不可徂[15]。死生非遠也，理不可覩。或之使，莫之為，疑之所假[16]。吾觀之本，其往無窮；吾求之末，其來無止。無窮無止，言之無也，與物同理[17]；或使莫為，言之本也[18]，與物終始。道不可有，有不可無[19]。道之為名，所假而行[20]。或使莫為，在物一曲[21]，夫胡為於大方[22]？言而足，則終日言而盡道；言而不足，則終日言而盡物。道物之極[23]，言默不足以載；非言非默，議有所極。」

注釋

1 **相照**：相應。2 **相蓋相治**：相消相長，與下句「相生相殺」同意。3 **橋起**：高勁，言所起之勁疾，即突然而起之意。4 **片合**：指陰陽片分而相合為一。5 **庸有**：常有。6 **志**：通「誌」。7 **橋運**：橋起而運行。8 **此物之所有**：這是物所具有的現象。9 **隨**：猶追究。10 **季真之莫為**：季真，不知是甚麼人。季真主張「莫為」，就是認為萬物都是自然生出來的，並不是由於甚麼力量的作為。11 **接子之或使**：接子可能是《史記・田敬仲完世家》所記載的「接子」，是稷下的學者之一。接子主張「或使」，認為總有甚麼東西，使萬物生出來。12 **又不能以意測其所將為**：「測」字遺缺。13 **精至於無倫**：謂精微至於無比。倫：比。14 **忌**：禁。15 **徂**：亦作「阻」。16 **疑之所假**：疑惑所立的假設。17 **言之無也，與物同理**：言論所不能表達的，但和物象具有同一的規律。18 **言之本也**：指言者以「或使」或「莫為」之說為本。19 **道不可有，有不可無**：指道不可執着於有形，也不可執着於有象。20 **道之為名，所假而行**：道的為名，乃是假借之稱。21 **一曲**：一隅、一邊、一偏的意思。22 **大方**：即大道。23 **道物之極**：一指道和物的極限，一說道是物之極處。

譯文

少知說：「四方之內，六合之中，萬物從哪裏產生？」

大公調說：「陰陽相應，相消相長；四時迴圈，相生相殺。欲、惡、去、就，於是相繼起伏；雌雄交合，於是世代相傳。安危互相更易，禍福互相產生，緩急互相交替，聚散因以形成。這是有名實可以識別的，有精微可以記認的。依循時序的規律。起伏運行的變化，物極則反，終而復始；這是萬物所具有的現象。言論之所以窮盡的，知識所達到的，限於物的範圍罷了。識道的人，不追隨物的消逝，不探究物的起源，這是議論的止點。」

少知說：「季真所說的『莫為』，接子所謂的『或使』，二者的議論，誰偏於理？」

大公調說：「雞鳴狗吠，這是人之所知道的；即使是有大智慧的人，並不能以言語來說明其鳴叫的原因，也不能以心意去推測它們還會有甚麼動作。由這分析起來，精微至於無比，浩大至於無限，斷言或有所使，肯定莫有所為，都未免在物上立論，而終究是過而不當的。或使的主張太過拘泥，莫為的說法則過於虛空。有名有實，是物的範圍；無名無實，不屬於物的範圍。可言說可意會，但愈用言說就愈疏離。未生的不可禁止其生，已死不可阻止其死。死生並不遠隔，道理卻不能了解。或有所使，莫有所為的主張，都是疑惑所立的假設。我看它的本源，它的過往無窮；我求它的跡象，它的未來無盡。無窮無盡，是言語無所表達的，但和物象具有同一的規律；或使和莫為，為言論所本，而和物象同終始。道不可執着於有形，也不可執着於無象。道的為名，乃是假借之稱。或使和莫為的主張，限於物的一偏，怎能達於大道？言論周遍，則終日言說都是道；言論不周遍，則終日所言都是物。道和物的極處，言論和沉默都不足以表達；既不言說也不沉默，這是議論的極致。」

外物

本篇導讀——

外物，即外在事物。本篇由十三章文字雜集而成。第一章申說外在的事物沒有一定的準則，如忠未必能取信，孝未必能見愛，並舉失事為例加以說明。第二章記述莊子家貧的故事。第三章以任公子釣大魚，喻經世者當志大於成。第四章寫儒者口唱詩禮，卻資以盜墓，這和《胠篋》篇所寫強權者藉仁義以盜國盜民一樣。第五章要人去除行為的矜持與容貌的機智。第六章宋元君夢神龜的語言在於說明「知有所困，神有所不及」。第七章惠子與莊子的對話，申「無用之用」的意義。第八章寫宇宙的流轉及社會人事的變易，評學者是古非今之謬，讚至人「順人而不是己」。第九章寫心胸不可逼狹，心靈應與自然共遊。第十章寫謀慮智巧傷自然之德。第十一章寫寧靜的功效。第十二章寫矯性偽情之遇。「得魚忘荃」、「得兔忘蹄」的名句出自第十三章，後代禪宗發揮了「得意忘言」之義。

二

莊周家貧，故往貸粟於監河侯[1]。監河侯曰：「諾。我將得邑金[2]，將貸子三百金，可乎？」莊周忿然作色曰：「周昨來，有中道而呼者[3]。周顧視車轍，中有鮒魚焉[4]。周問之曰：『鮒魚來[5]，子何為者耶？』對曰：『我，東海之波臣也[6]。君豈有斗升之水而活我哉！』周曰：『諾，我且南遊吳越之土，激西江[7]之水而迎子，可乎？』鮒魚忿然作色曰：『吾失我常與[8]，我無所處。我得斗升之水然活耳[9]，君乃言此，曾不如早索我於枯魚之肆。』」

注釋

1 監河侯：監河之官。2 邑金：採地的税金。3 中道：途中。4 鮒（fù）魚：鯽魚。

5 來：語助詞，無義。6 波臣：即水官。7 西江：蜀江，蜀江從西來，古稱西江。

8 常與：常相與，指水。9 然：則。

譯文

莊周家裏貧窮，所以向監河侯借米。監河侯說：「好的。等我收了採地的税金，就借給你三百金，可以嗎？」

莊周板着臉說：「我昨天來時，半路聽到呼喚我的。我回頭，在車輪輾窪的地方有條鯽魚。我問它說：『鯽魚啊，你在這裏做甚麼呢？』它回答說：『我是東海的水官，你有斗升的水救活我嗎？』我說：『好的。等我遊歷吳越之地，引西江的水迎救你，可以嗎？』鯽魚板着臉說：『我失去了水，沒有容身之處。我只要得到斗升的水就可以活命，你還這樣說，不如早點到乾魚市場上找我吧。』」

三

任公子[1]為大鉤巨緇[2]，五十犗[3]以為餌，蹲乎會稽[4]，投竿東海，旦旦而釣，期年不得魚。已而大魚食之，牽巨鉤，錎沒[5]而下，騖揚[6]而奮鬐[7]，白波若山，海水震蕩，聲侔鬼神，憚赫[8]千里。任公子得若魚，離[9]而腊之，自制河[10]以東，蒼梧[11]已北，莫不厭[12]若魚者。已而後世輇才[13]諷說[14]之徒，皆驚而相告也。夫揭竿累[15]，趣灌瀆[16]，守鯢鮒[17]，其於得大魚難矣。飾小說以干縣令[18]，其於大達亦遠矣。是以未嘗聞任氏之風俗，其不可與經於世亦遠矣。

注釋

1 任公子：任國之公子。任：國名。2 巨緇（zī）：大黑索。「緇」，黑繩。3 犗（jiè）：犍牛，即閹牛。4 會稽：山名，在浙江省境內。5 錎沒：陷沒。6 騖（wù）揚：奔馳。7 鬐（qí）：魚鰭。8 憚赫：震驚。9 離：剖。10 制河：「制」，又作「淛」。即浙江。11 蒼梧：山名，在嶺南，今廣西省蒼梧縣。12 厭：饜，飽食。13 輇才：小才。14 諷說：傳說。15 累：細繩。16 灌瀆：即水之小者，小溪。17 鯢鮒：小魚。18 干縣令：求高名。干：求。縣：懸，高。

譯文

任公子做了一個粗黑繩大釣鉤，用五十頭犍牛做餌，蹲在會稽山上，投竿於東海，天天在那裏釣，整年都沒釣到魚。忽而大魚來吞餌，牽動大鉤沉下水去，翻騰而奮鰭，白波湧起如山，海水震盪，聲如鬼神，震驚千里。任公子釣到這條魚，剖開來臘乾，從浙江以東，蒼梧以北，沒有不飽食這條魚的。後世小才傳說之徒，都驚走相告。要是舉着小竿繩，到小水溝裏，守着鯢鮒小魚，那要想釣到大魚就很難了。粉飾淺識的小語以求高名，那和明達大智的距離就很遠了。所以沒有聽聞過任氏的風格的，他之不能經理世事，相去也是很遠的了。

賞析與點評

「旦旦而釣」，任公子經過長久的等待，終於釣到了大魚，象徵士人對現實之抱負，需要極大的耐心和積厚之功。《外物》篇又讚賞任氏之風及其經世之志，反映出中國之知識份子之政治態度，孟子說「窮則獨善其身，達則兼濟天下」，莊子《天地》篇也說「天下有道，則與物皆昌；天下無道，則修德則閒」，有着類似處世的心態。

四

儒以詩禮發塚，大儒臚[1]傳曰：「東方作矣[2]！事之何若？」

小儒曰：「未解裙襦[3]，口中有珠。」

「詩[4]固有之曰：『青青之麥，生於陵陂，生不佈施，死何含珠為？』接[5]其鬢，壓其顪[6]，而以金椎控[7]其頤，徐別[8]其頰，無傷口中珠。」

注釋

1 臚：上傳語告下曰「臚」。2 東方作矣：指太陽出來了。3 襦：短衣。4 詩：此詩可能是莊子自撰。5 接：撮。6 壓其顪：「壓」指按。「顪」，下巴的鬍鬚。7 控：敲開。8 徐別：慢慢地分開。

譯文

儒士用詩書來盜掘墳墓。大儒傳話說：「太陽出來了，事情怎樣了？」

大儒說：「裙子短襖還沒有脱下，口中含有珠。」

大儒說：「古詩有說：『青青的麥穗，生在陵陂上，生不施捨人，死了何必要含珠！』抓着他的鬢髮，按着他的鬍鬚，你用鐵錘敲下他的下巴，慢慢分開他的兩頰，不要損傷他口中的珠子。」

七

惠子謂莊子曰：「子言無用。」

莊子曰：「知無用而始可與言用矣。天地非不廣且大也，人之所用容足耳。然則廁足[1]而墊之致[2]黃泉，人尚有用乎？」惠子曰：「無用。」

莊子曰：「然則無用之為用也亦明矣。」

注釋

1 廁足：「廁」音側，邊旁。2 墊之致：「墊」又作「塹」。「致」，至。

譯文

惠子對莊子說：「你的言論沒有用處。」莊子說：「知道無用才能和他談有用。天地並非不廣大，人所用的只是容足之地罷了。然而如把立足以外的地方都挖到黃泉，人所站的這塊小地方還有用嗎？」惠子說：「沒用。」

莊子說：「那麼無用的用處也就明顯了。」

九

目徹[1]為明，耳徹為聰，鼻徹為顫[2]，口徹為甘，心徹為知，知徹為德。凡道不欲壅，壅則哽，哽而不止則跈[3]，跈則眾害生。物之有知者恃息[4]，其不殷，非天之罪[5]。天之穿之，日夜無降[6]，人則顧塞其竇[7]。胞有重閬[8]，心有天遊。室無空虛，則婦姑勃谿[9]；心無天遊，則六鑿相攘[10]。大林丘山之善於人也，亦神者不勝[11]。

注釋

1 徹：通。2 顫：鼻子靈敏。3 跈（zhěn）：戾。4 物之有知者恃息：有知覺的物類依賴氣息。5 其不殷，非天之罪：指氣息不盛，並不是天性的過錯。6 天之穿之，日夜無降：天然的穿通孔竅，日夜沒有止息。7 顧塞其竇：「顧塞」，梗塞之意。「竇」，孔竅。8 胞有重閬（làng）：「胞」，人身皮肉之內有一重膜包絡此身。「閬」，空曠。9 勃谿：反戾。「勃」借為「悖」。10 六鑿相攘：六孔相擾攘。11 善：益。神：心神。不勝：不勝歡喜。

譯文

眼睛通徹是明，耳朵通徹是聰，鼻子通徹是顫，口舌通徹是甘，心靈通徹是智，智慧通徹是德。凡是道便不可壅阻，壅阻便梗塞，梗塞而不止則乖戾，乖戾則產生種種弊害。有知覺的物類依賴氣息生存，氣息不暢，不是天然過失。天然的氣息貫穿孔竅。胞膜都有空隙的地方，心靈也應與自然共遊。室內沒有空的地方，婆媳相處也會爭吵；心靈不與自然共遊，則六孔就要相互擾攘。大林丘山之所以引人入勝，也是由於人置身其中頓感心神舒暢的緣故。

寓言

本篇導讀——

《寓言》篇由七章文字構成，寓言是寄託寓意的言論。本篇第一章説明本書所使用的文體，進而説明為甚麼要使用寓言重言，接着説所使用的語言都是無心之言，合於自然的分際，有些學者以為這節是莊書的凡例。第二章莊子與惠子對話，借孔子棄絕用智、未嘗多言，譏惠子恃智巧辯。第三章寫曾子心有所繫，未達化境。第四章寫顏成子游進道的過程。第五章寫不執着生死。第六章寫「無待」，與《齊物論》篇文字稍異而義同。第七章寫去驕泰的神態。

一

寓言十九[1]，重言十七[2]，卮言日出[3]，和以天倪[4]。寓言十九，藉外論之，親父不為其子媒。親父譽之，不若非其父者也。非吾罪也，人之罪也。與己同則應，不與己同則反。同於己為是之，異於己為非之。

重言十七，所以已言也[5]，是為耆艾[6]。年先矣，而無經緯[7]本末以期年耆者[8]，是非先也。人而無以先人，無人道也[9]。人而無人道，是之謂陳人[10]。

卮言日出，和以天倪，因以曼衍[11]，所以窮年[12]。不言則齊[13]，齊與言不齊[14]，言與齊不齊也，故曰：「言無言[15]。」言無言，終身言，未嘗言；終身不言，未嘗不言[16]。有自也[17]而可，有自也而不可；有自也而然，有自也而不然。惡乎然？然於然；惡乎不然？不然於不然。惡乎可？可於可；惡乎不可？不可於不可。物固有所然，物固有所可。無物不然，無物不可。非卮言日出，和以天倪，孰得其久！萬物皆種[18]也，以不同形相禪[19]，始卒[20]若環，莫得其倫[21]，是謂天均[22]。天均者，天倪也。

注釋

1 寓言十九：寄託寓意的言論佔了十分之九。2 重言十七：借重先哲時賢的言論佔了十分之七。3 **卮（zhī）言**：卮是酒器，卮器滿了，自然向外流溢，莊子用「卮言」來形容他的言論並不是偏漏的，乃是無心而自然的流露。4 **和以天倪**：合於自然的分際。5 **已言**：止其爭辯之言。**已**：止。6 **耆（qí）艾**：長老之稱。五十歲叫「艾」，六十歲叫「耆」。7 **經緯**：比喻處事的頭緒。8 **以期年者**：指徒稱年長。9 **無以先人**：無以過人。**人道**：為人之道。10 **陳人**：陳久之人。11 **曼衍**：散漫流衍，不拘常規。12 **窮年**：盡年，指窮盡天年。13 **不言則齊**：不發表言論則物理自然等同齊一。這裏的「言」指主觀是非的表達，「不言」即不參入主管的成見。14 **齊與言不齊**：本來就沒有差別的加上了主觀成見的言論便不齊了。15 **言無言**：意指發出沒有主觀成見的言論。**無言**：無心之言。16 **終身不言，未嘗不言**：終身不說話，未嘗不在說話。意指若能體認事物的真況，則即使終身不說話，也達到了說話的效果。17 **有自也**：有所由來，即有它的原因。18 **皆種**：皆有種類。19 **以不同形相禪**：以不同的類型相傳接。20 **始卒**：始終。21 **倫**：端倪。22 **天均**：自然均調。

譯文

寓言佔十分之九，其中重言佔十分之七，無心之言日出不窮，合於自然的分際。

寓言佔的十分之九，借託外人來論說。親父不替自己的兒子作媒。親父稱讚兒子，不如別人來稱讚。這不是我的過錯，是一般人猜疑的過錯。和自己意見相同便應和，和自己意見不同就反對，和自己意見相同就肯定它，和自己意見不同就否定它。

重言佔十分之七，為了終止爭辯，因為這是長者的言論。年齡雖長，而沒有見解只是徒稱年長，那就不能算是先於人，做人如果沒有才德學識，就沒有做人之道；做人沒有做人之道，就稱為陳腐之人。

無心之言層出不窮，合於自然的分際，散漫流衍，悠遊終身。不發言論則物理自然齊同，本來齊同的加上了（主觀的）言論就不齊同了，（主觀）言論加在齊同的真相上便不齊同了，所以說要發沒有主觀成見的言論。發出沒有主觀成見的言論，則終身在說話，卻像不曾說；即使終身不說話，卻也未嘗不在說話。可有它（可）的原因，不可有它（不可）的原因；是有它（是）的原因，不是有它（不是）的原因，怎樣算是？是有是的道理。怎樣算不是？不是有不是的道理。怎樣算可？可有可的道理。怎樣算不可，不可有不可的道理。凡物固有所是，凡物固有所可，沒有甚麼東西不是，沒有甚麼東西不可。要不是無心之言日出不窮，合於自然的分際，怎能維持長久！萬物都是種子，以不同形態相傳接，首尾相接猶如循環一樣，找不着端倪，這就叫自然的往復周流。自然的運轉就是自然的消息變化。

「寓言十九，重言十七，卮言日出，和以天倪」，「寓言」是莊子寄託於他人他物以表達其思想的言論。縱覽莊書，鯤鵬蜩鳩、海鳥蝸牛、櫟樹馬蹄、朝菌蟪蛄，舉凡動物植物，一草一木，一蟲一鳥，信手拈來，無不栩栩如生。莊子寓言體裁的多樣性，內容的繁複性，以及造型藝術的魅力，不僅先秦諸子無有出其右者，而且在世界文壇也是罕有匹比的。誠如湯顯祖所說「奇物是拓人胸襟，起人精神」。重言是莊子的一項巧妙策略，借助受人尊敬的歷史人物特別是借用儒家創始者孔子及其門徒來宣說道家的思想。卮言是虛其心，以明心境的自然流露，這些言論流露出來，自然合於外在的真實。

六

罔兩問於景曰[1]：「若向也俯而今也仰[2]，向也括撮而今也被髮[3]，向也坐而今也起，向也行而今也止，何也？」景曰：「搜搜也[4]，奚稍問也[5]！予有而不知其所以[6]。予，蜩甲也，蛇蛻也[7]，似之而非也。火與日，吾屯也；陰與夜，吾代也[8]。

彼[9]吾所以有待邪？而況乎以無有待者乎！彼來則我與之來，彼往則我與之往，彼強陽則我與之強陽[10]。強陽者，又何以有問乎？」

注釋

1 罔兩：影外微影。景：同「影」。2 若：你。向：從前。3 括：括髮。撮：束髮。4 搜搜：猶言「區區」。5 奚稍問：何足問。6 予有而不知其所以：我活動卻不知道為甚麼這樣。7 蜩甲：蟬蛻皮。蛇蛻：蛇蛻皮。8 代：謝，消失。9 彼：指火與日。10 強陽：倘徉活動，運動的樣子。

譯文

影外微影問影子說：「剛才你俯身現在又仰頭，剛才你束髮現在又披髮，剛才你坐下現在又起來，剛才你行走現在又止步，為甚麼呢？」影子說：「區區小事，何必問呢！我活動卻不知道為甚麼這樣。我像蟬殼嗎，像蛇皮嗎，像是卻又不是。火光和陽光出現，我就顯現；陰暗和夜晚，我就隱息。火和陽光是我所依待的嗎？何況那無所依待的東西呢！它來我便隨着而來，它去我便隨之而去，它活動我便隨之活動。活動而已，又有甚麼可問的呢？」

讓王

本篇導讀——

《讓王》篇由十五個寓言故事組合而成，要旨闡述重生的思想。篇中多借此讓王位而寫生命的可貴，輕視利祿名位。本篇有許多文字重現於《呂氏春秋》，可能是莊子後學所寫。

第一章述三個讓君位的故事，闡揚以生命為貴，以名位為輕的「重生」思想。第二章闡述「重生」之義。第三章感歎做國君的禍患，表明不肯以君位來傷害生命的態度。第四章感天下爭亂不已，傷殺生命。第五章讚揚顏闔惡富貴，認為生命是貴重的，世俗君子卻輕身逐物。第六章寫列子窮而拒絕鄭國宰相的贈粟。第七章寫屠羊說身處卑微而陳義甚高。第八章寫子貢以仁義、車馬為華飾，超世揚己，而原憲則貧而樂，有所不為。第九章借曾子寫求道的人「天子不得臣，諸侯不得友」。第十章寫知足者不為利自累。第十一章魏牟與瞻子對話談「重生」。第十二章寫懷道抱德的人能安然自得。第十三章寫北人無擇恥於接受君位。第十章寫潔士不苟合於君主。第十五章諷刺紂王「殺伐以要利，是推亂以易暴」。

一

堯以天下讓許由，許由不受。又讓於子州支父[1]，子州支父曰：「以我為天子，猶之可也。雖然，我適有幽憂之病[2]，方且治之，未暇治天下也。」夫天下至重也，而不以害其生，又況他物乎！唯無以天下為者，可以託天下也[3]。

注釋

1 子州支父：姓子，名州，字支父，懷道之人，隱者。2 幽憂之病：謂其病深固，猶今之暗疾。幽：深 3 唯無以天下為者，可以託天下也：一說不以天下為己，即不以天下為己所有、所用；一說不妄為於天下。

譯文

堯把天下讓給許由，許由不接受。又讓給子州支父，他說：「讓我做天子，也可以。不過，我正患着深憂之病，剛在醫治，沒有時間來治理天下。」天下大位是最尊貴的，而他不以大位妨害自己的生命，何況其他的事呢！只有不以天下為己所用的人，才可以把天下寄託給他。

五

魯君聞顏闔得道之人也[1]，使人以幣先焉[2]。顏闔守陋閭，苴布之衣[3]，而自飯牛。魯君之使者至，顏闔自對之。使者曰：「此顏闔之家與？」顏闔對曰：「此闔之家也。」使者致幣。顏闔對曰：「恐聽謬而遺使者罪，不若審之。」使者還，反審之，復來求之，則不得已！故若顏闔者，真惡富貴也。故曰：道之真以治身[4]，其緒餘以為國家[5]，其土苴以治天下[6]。由此觀之，帝王之功，聖人之餘事也，非所以完身養生也。今世俗之君子，多危身棄生以殉物，豈不悲哉！凡聖人之動作也，必察其所以之與其所以為[7]。今且有人於此，以隨侯之珠[8]，彈千仞之雀，世必笑之。是何也？則其所用者重而所要者輕也。夫生者豈特隨侯〔珠〕之重哉！

注釋

1 魯君：魯哀公。顏闔：魯國隱者。2 幣：贈物。先：先通其意。3 陋閭：陋巷。苴

(jū) 布：粗麻布。4 **道之真**：道的真質。5 **緒餘**：殘餘。6 **土苴**：糟粕。7 **所以之**：所以往。8 **隨侯之珠**：古代名珠，隨侯得於濮水。

譯文

魯君聽說顏闔是個得道的人，派人帶着幣帛禮品來致意。顏闔居住在陋巷裏，穿着粗布衣服，自己在餵牛。魯君的使者來了，顏闔親自接待。使者說：「這是顏闔家嗎？」顏闔回答說：「這正是我的家。」使者送上幣帛，顏闔回答說：「恐怕聽錯了讓使者受責備，不如問個明白。」使者回去，查問清楚了，再來找他，卻找不到他！像顏闔這樣的人，真正是厭惡富貴的人。

所以說，道的真質用來治身，它的殘餘用來治理國家，它的土芥用來治理天下。這樣看來，帝王的功業，乃是聖人的餘事，並不是用作全身養生的。現在世俗的君子，多危身棄生去追求物欲，豈不可悲！凡是聖人行動，必定要觀察所以往和所以為的意義。現在如果有這樣的一個人，用隨侯的寶珠去射千仞高的麻雀，世人必定都嘲笑他。為甚麼呢？因為他所用的貴重而所求的輕微。生命這東西，豈止像隨侯之珠那樣貴重呢！

盜跖

本篇導讀——

《盜跖》篇主旨在於抨擊儒家禮教規範及俗儒富貴顯達的觀念，主張尊重自然的情性。

全篇分為三個部分，一是孔子拜訪盜跖的對話，二是子張和滿苟得的對話，三是無足和知和的對話，都是藉寓言的形式談問題。第一部分，孔子往勸盜跖，盜跖則批評儒者讓天下學士不反本業，僥幸求得封侯富貴。主張人生短促，應當愛養生命，輕利全真。第二部分滿苟得主張士人的行為，順應自然的本性，對儒者言行相違和等級倫常的思想提出批評。第三部分無足和知和的對話，指出人生除了吃喝玩樂之外，當有更重要的東西，當求更崇高的理想。

一

今吾告子以人之情，目欲視色，耳欲聽聲，口欲察味，志氣欲盈[1]。人上壽百歲，中壽八十，下壽六十，除病瘐死喪憂患，其中開口而笑者，一月之中不過四五日而已矣。天與地無窮，人死者有時，操有時之具而託於無窮之間，忽然無異騏驥之馳過隙也。不能說其志意，養其壽命者，皆非通道者也。

注釋　1 欲盈：求滿足。

譯文　現在我告訴你人的性情，眼睛要看顏色，耳朵要聽聲音，嘴巴要嘗味道，心志要求滿足。人生上壽是百歲，中壽是八十，下壽是六十，除了疾病、喪死、憂患之外，其中開口歡笑的，一個月之中不過四五天而已。天地的存在是無窮盡的，人的生死卻是有時限的，以有時限的生命而寄託在無窮盡的天地之間，和快馬迅速地閃過空隙一般。凡是不能夠暢適自己的意志，保養自己的壽命，都不是通達道理的人。

説劍

本篇導讀——

《説劍》篇寫趙文王好劍，莊子往説之，説劍有三種：天子之劍，諸侯之劍，庶人之劍，勸文王當好天子之劍。本篇與莊子思想不相干，一般學者疑為縱橫家所作。《盜跖》篇和《胠篋》篇相近，文風潑辣，語態激憤，批判性強，可能是莊子後學所作。從文風和文義來看，《盜跖》和《讓王》是不同的人所寫，可能是莊子後學所作，可能是楊朱學派的作品。《説劍》篇則恐非莊子學派的作品。

一

王[1]曰：「願聞三劍。」曰：「有天子劍，有諸侯劍，有庶人劍。」

二

王曰：「天子之劍何如？」曰：「天子之劍，以燕谿石城為鋒[2]，齊岱為鍔[3]，晉衛為脊[4]，周宋為鐔[5]，韓魏為夾[6]；包以四夷，裹以四時，繞以渤海，帶以恆山[7]；制以五行，論以刑德；開以陰陽，持以春秋，行以秋冬。此劍，直之無前，舉之無上，案之無下，運之無旁，上決浮雲，下絕地紀[8]。此劍一用，匡諸侯，天下服矣。此天子之劍也。」

文王芒然自失，曰：「諸侯之劍何如？」曰：「諸侯之劍，以知勇士為鋒，以清廉士為鍔，以賢良士為脊，以忠聖士為鐔，以豪傑士為夾。此劍，直之亦無前，舉之亦無上，案之亦無下，運之亦無旁；上法圓天以順三光[9]，下法方地以順四時，中和民意以安四鄉[10]。此劍一用，如雷霆之震也，四封之內，無不賓服而聽從君命者矣。此諸侯之劍也。」

王曰：「庶人之劍何如？」曰：「庶人之劍，蓬頭突鬢垂冠，曼胡之纓，短後之衣，瞋目而語難，相擊於前，上斬頸領，下決肝肺。此庶人之劍，無異於鬬雞，一旦命已絕矣，無所用於國事。今大王有天子之位而好庶人之劍，臣竊為大王薄之。」

注釋

1 王：指趙惠文王，趙武靈王之子。2 燕谿：地名，在燕國。石城：在塞外。鋒：指劍端。3 齊岱：齊國的岱山，即泰山。鍔：劍刃。4 晉衛：「衛」各本作「魏」。韓、趙、魏分晉，不當晉魏並稱。據馬敍倫等考證改之。5 鐔：劍口。6 夾：劍把。7 恆山：俗本作「常山」。王叔岷以為本為「恆山」，漢人避孝文帝諱改之。從其說。8 地紀：地基。9 三光：指日、月、星星三者之光。10 四鄉：即四向，同四方。

譯文

趙文王說：「願聽三劍之說。」莊子說：「有天子之劍，有諸侯之劍，有庶人之劍。」趙王說：「天子之劍怎麼樣？」莊子說：「天子之劍，拿燕谿石城做劍端，齊國泰山做劍刃，晉國衛國做劍脊，周朝和宋國做劍口，韓國魏國做劍把；用四夷包着，用四時圍着，以渤海為環繞，以恆山為繫帶；靠五行來制衡，靠刑德來論斷；以陰陽為開合，以春秋來扶持，以秋冬來運作。這種劍，直往便沒有東西可在它前面，舉起便沒有東西可以在它上面，按低便沒有東西可在它下面，揮動便沒有東西可在它近旁，在上可斷浮雲，向下可絕地基。這種劍一旦使用，就可匡正諸侯，天下順服了。這就是天子之劍。」

趙文王聽了茫然自失，說：「諸侯之劍怎麼樣？」莊子說：「諸侯之劍，以智勇之士做劍端，以清廉之士做劍刃，拿賢良之士做劍背，以忠賢之士做劍口，以豪傑之士做劍把。這種劍，直往也沒有東西可在它前面，舉起也沒有東西可以在它上面，按低也沒有東西可在它下面，揮動也沒有東西可在它近旁；在上效法圓天來順應散光，在下效法方地來順應四時，中間和睦民意來安頓四鄉。這種劍一旦使用，像雷霆的震撼，四境之內，沒有不歸服而順從君主的命令的。這就是諸侯之劍。」

趙文王說：「庶人之劍怎麼樣？」莊子說：「庶人之劍，蓬頭突鬢，粗實的纓冠，短後的上衣，怒目而出語責難。在前面互相擊鬥，上斬頸項，下刺肝肺。這就是庶人之劍，與鬥雞沒有甚麼不同，一旦喪命了，對國事就沒有用處。現在大王擁有天子的位子，卻喜好庶人之劍，我替大感到不值得。」

賞析與點評

本篇記述莊子說服國軍停止鬥劍取樂，以天下為心的故事。很多學者以為本篇是縱橫家之作滲入莊書，沈一貫說：「說劍一篇，全無意況，學非莊子學，文非莊子文。」所評甚是。

漁父

本篇導讀——

《漁父》篇主旨闡揚「保真」思想，並批評儒家禮樂人倫的觀念。孔子坐在林中杏壇，見一白眉被髮漁父，漁父斥責孔子「擅飾禮樂，選人倫」，指責他「苦心勞形以危其真」，教導孔子要謹慎修身，保持本真，使人與物各還歸自然。漁父，為一隱逸型的有道者，取此二字作為篇名。

一

孔子遊乎緇帷之林[1]，休坐乎杏壇之上[2]。弟子讀書，孔子弦歌鼓琴。奏曲未半，有漁父者，下船而來，須眉交白[3]，被髮揄袂[4]，行原以上，距陸而止，左手據膝，右手持頤以聽。曲終而招子貢、子路，二人俱對。客指孔子曰：「彼何為者也？」子路對曰：「魯之君子也。」客問其族[5]。子路對曰：「族孔氏。」客曰：「孔氏者何治也？」子路未應，子貢對曰：「孔氏者，性服忠信，身行仁義，飾禮樂，選人倫[6]。上以忠於世主，下以化於齊民[7]，將以利天下。此孔氏之所治也。」又問曰：「有土之君與？」子貢曰：「非也。」「侯王之佐與？」子貢曰：「非也。」客乃笑而還行，言曰：「仁則仁矣，恐不免其身。苦心勞形，以危其真。嗚呼！遠哉，其分於道[8]也。」子貢還，報孔子。孔子推琴而起，曰：「其聖人與？」乃下求之，至於澤畔，方將杖拏而引其船[9]，顧見孔子，還鄉而立[10]。孔子反走[11]，再拜而進。客曰：「子將何求？」孔子曰：「曩者先生有緒言而去[12]，丘不肖，未知所謂，竊待於下風[13]，幸聞咳唾之音，以卒相丘也。」客曰：「嘻！甚矣，子之好學也！」

注釋

1 緇（zī）帷：黑帷，假託為地名。緇：黑色。2 杏壇：澤中高處，杏木多生高臺。3 交白：作皎白。4 揄袂（meì）：揚袖。5 族：姓氏。6 選：序，序列。7 齊民：齊等之民，平民。8 分於道：離於道。9 杖拏（náo）：搖船的櫓。10 還（xuán）鄉：「還」，迴舟。「鄉」，通「向」，對面。11 反走：退行數步而後進。12 緒言：餘言，不盡之言。13 下風：下方。

譯文

孔子到緇帷樹林去遊玩，坐在杏壇上休息。弟子在讀書，孔子彈琴吟唱。曲子彈不到一半，有個漁父撐船下來，鬚眉潔白，披髮揚袖，溯源而上，到了陸地停住，左手按着膝蓋，右手托着下顎來聽曲。曲子終了便跟子貢、子路打招呼，兩人回應。

漁父指着孔子説：「他是做甚麼的？」子路回答説：「他是魯國的君子。」漁父問他的姓氏。子路回答説：「他姓孔。」漁父説：「孔氏研習甚麼？」子路沒有回應，子貢回答説：「孔氏這人，性守忠信，實行仁義，修飾禮樂，整治人倫，對上效忠世主，對下敦化平民，給天下帶來利益。這就是孔氏所研習的。」漁父又問：「他是有土地的君主嗎？」子貢説：「不是。」「那他是侯王的輔佐嗎？」子貢説：「不是。」漁父笑着往回走，邊走邊説：「説他是仁，還算是仁，不過恐怕不能免於自身的禍患；勞苦心形以危害生命的本真。唉！他離道實在太遠了！」子貢回來，告訴孔子。孔子推開琴起身說：「這不是個聖人嗎？」就走下杏壇去找他，到了河岸，漁父正拿着船篙撐船，回頭看見孔子，轉身面向孔子站着。孔子退了幾步，拜了又拜，這才向前靠近。

漁父說：「你有甚麼事？」孔子說：「剛才先生話沒說完，我很愚笨，不能了解甚麼意思，我恭敬地在這裏等着，希望聽到高論，有助於我。」漁父說：「唉！你真是太好學了！」

賞析與點評

漁父指陳孔子「苦形勞形」，教導謹慎修身，保持本真，使人與物各歸其自然。中國歷史上常出現一些特立獨行之士，生活在深山裏的，是為隱士；往來於江海的，是為漁父。莊子筆下對釣魚特有所好。《田子方》記錄了文王見丈人在渭水釣魚的故事，《外物》借任公子釣大魚描述入世之態度等等，都表達出道家人性論的主張。

二

孔子愀然曰：「請問何謂真？」客曰：「真者，精誠之至也。不精不誠，不能動人。故強哭者，雖悲不哀；強怒者，雖嚴不威；強親者，雖笑不和。真悲無聲而哀，真怒未發而威，真親未笑而和。真在內者，神動於外，是所以貴真也。其用於人理也，事親則慈孝，事君則忠貞，飲酒則歡樂，處喪則悲哀。忠貞以功為主，飲酒以樂為主，處喪以哀為主，事親以適為主。功成之美，無一其跡矣[1]；事親以適，不論所以矣；飲酒以樂，不選其具矣；處喪以哀，無問其禮矣。禮者，世俗之所為也；真者，所以受於天也，自然不可易也。故聖人法天貴真，不拘於俗。愚者反此。不能法天而恤於人，不知貴真，祿祿[2]而受變於俗，故不足。惜哉，子之蚤湛[3]於人偽而晚聞大道也。

注釋　1 跡：形跡，指形式、方法。2 祿祿：作碌碌。3 湛：同沉，耽。

譯文　孔子惶恐慚愧地問：「請問甚麼是本真？」

漁父說：「所謂的本真，就是精誠的極致。如果不精純、不誠實，就不能感動人。所以勉強哭泣的人，雖然悲痛卻不哀傷；勉強發怒的人，雖然嚴厲卻沒有威勢；勉強親愛的人，雖然笑容滿面卻感不到和悅。真正的悲痛，沒有聲音也讓人哀傷；真正的憤怒，沒有發作而有威嚴；真正的親愛，用不着笑就就和悅。真性存於內心，使神色表現在外，這就是本真的可貴。將它用在人理上，侍養雙親則孝慈，侍奉君主則忠貞，飲酒便歡樂，處喪便悲哀。忠貞以功名為主，飲酒以歡樂為主，處喪以悲哀為主，侍親以適意為主。功績與成就在於效果圓滿，而不必拘泥於具體事跡；侍親求安適，不問用甚麼方法；飲酒求歡樂，不在挑選酒菜杯具；處理為盡哀，不講究禮儀。禮節是世俗所為的，真性稟受於自然，自然是不可改變的。所以聖人效法自然，珍貴本真，不拘於世俗。愚昧的人相反，不能夠效法自然而憂慮人事，就不知道珍貴本真，庸庸碌碌隨世俗變遷，所以不能知足。可惜呀！你沉溺於世人的偽詐太早而聽聞大道太晚了。」

列禦寇

本篇導讀——

《列禦寇》篇由於十二章文字組成，第一章，伯昏瞀人與列御寇對話，告誡列子不可炫智。第二章儒者緩的故事，評儒者的自以為是，讚有道之士的淳素自然。第三章，朱泙漫學屠龍而無所用其巧，至人則純任自然，不用智巧。第四章寫莊子織屨為生，恬淡志遠，有所不為。第五章評孔子喜歡雕琢文飾，以支節為主旨，矯飾性情以誇示於民。第六章評施人望報的觀念。第七章寫真人能免於內外刑罰。第八章寫人心的變化多端。第九章「正考父」一段寫態度的謙虛，「賊莫大於德有心」一段批評「中德」，用心機的是賊之大者。「窮有八極」一段寫人的窮困和通達成因。第十章記述有人向莊子炫耀得到君主的賞賜，莊子警告他這如同龍頷取珠，總有遭殃的一日。第十章寫莊子不仕。第十二章記莊子將死，反對厚葬。

八

孔子曰：「凡人心險於山川，難於知天。天猶有春秋冬夏旦暮之期，人者厚貌深情[1]。故有貌愿而益[2]，有長若不肖，有順懁而達[3]，有堅而縵[4]，有緩而釬[5]。故其就義若渴者，其去義若熱。故君子遠使之而觀其忠，近使之而觀其敬，煩使之而觀其能，卒然問焉而觀其知，急與之期而觀其信[6]，委之以財而觀其仁，告之以危而觀其節，醉之以酒而觀其則[7]，雜之以處而觀其色。九徵至，不肖人得矣。」

注釋

1 深情：情性深藏不露。2 愿：謹厚。益：通「溢」，驕溢。3 順懁而達：外貌圓順而內心直達。4 縵：怠慢。5 釬（hàn）：通「悍」。6 急與之期而觀其信：給他急促的期限來觀察他的信用。7 則：儀則。

譯文

孔子說：「人心比山川還要險惡，比知天還要困難。天還有春夏秋冬早晚的一定時期，人卻是容貌淳厚性情深沉。所以有外貌謹後而行為驕溢，有貌似長者而其實不肖，有外貌圓順而內心剛直的，有看似堅實而內心怠慢，看似舒緩而內心急躁。所以他趨義急如飢渴，棄義急如避熱。所以君子要讓他到遠處來觀察他的忠誠，讓他在近旁來觀察他的敬慎，給他煩難的事情來觀察他的才能，向他突然提出問題來觀察他的心智，給他急促的期限來觀察他的信用，把錢財委託他來觀察他的廉潔，告訴他危險的事來觀察他的節操，讓他喝醉來觀察他的儀態，混雜相來觀察他的色態。九種徵驗得應驗，不肖的人就可以看的出來了。」

一二

莊子將死，弟子欲厚葬之。莊子曰：「吾以天地為棺槨，以日月為連璧[1]，星辰為珠璣[2]，萬物為齎送[3]。吾葬具豈不備邪？何以加此！」弟子曰：「吾恐烏鳶之食夫子也[4]。」莊子曰：「在上為烏鳶食，在下為螻蟻食，奪彼與此，何其偏也。」以不平平[5]，其平也不平；以不徵徵[6]，其徵也不徵。明者唯為之使[7]，神者徵之。夫明之不勝神也久矣，而愚者恃其所見入於人，其功外也，不亦悲乎！

注釋　1 連璧：並連雙璧。2 璣（jī）：不圓之珠。3 齎（zī）送：指送葬品。4 鳶（yuān）：

老鷹。5 以不平平：以不平的方式來平等各物。6 徵：徵驗。7 明者唯為之使：自炫己明的人被人支使。

譯文

莊子快要死的時候，弟子們想厚葬他。莊子說：「我用天地作為棺槨，把日月作雙璧，星辰作珠璣，萬物作殉葬，我的葬禮還不夠嗎？還有甚麼比這更好的！」

弟子說：「我恐怕烏鴉老鷹吃了你啊。」

莊子說：「露天讓烏鴉老鷹吃，土埋被螻蛄螞蟻吃，從烏鴉嘴裏搶來給螞蟻，為甚麼這麼偏心呢！」

用不平均的方式來平均，這種平均還是不能平均；用不徵驗的東西來作徵驗，這種徵驗也不能算作徵驗。自炫己明的被人役使，神全的人可以應合自然。炫耀明智的人早就不如神全的人了，而愚昧的人還依恃他的偏見沉溺於世俗，他的效果是背離原意的，不是很可悲嘛！

天下

本篇導讀——

《天下》篇是最早的一篇中國學術史；批評先秦各家學派的論著，以這一篇為最古。本篇保存了許多佚説，如宋鈃、慎到、惠施、公孫龍等人的學説，尤其是惠施的思想，他的著作已全無存留，幸賴本篇的評述保存了一些可貴的資料。

本篇一開頭就標示了最高的學問乃是探討宇宙、人生本原的學問（「道術」）。「內聖外王」是理想的人格形態。所謂「道術」，就是對宇宙人生做全面性、整體性把握的學問。所謂「天人」、「神人」、「至人」、「聖人」，就是能對宇宙人生的變化及其根源意義做全面性、整體性體認的人。各家各派各以其所好而提出的意見，只是對宇宙人生的局部，亦即是只見片面之真。「神人」、「至人」是能體認道的根本原理的人，「君子」、「鄒魯之士」、「縉紳先生」則只是得道之餘緒。其後乃對墨翟、禽滑厘宋鈃、尹文、彭蒙、田駢、慎到、關尹、老聃、莊周、惠施各家觀點，一一作評述。第五章論關尹、老聃的部分，論述了「道」的哲學，認為他們能體認宇宙人生的根本原則，稱贊他們為古之博大真人。敘述他們的人生哲學時，去掉了他們懦弱謙下的處事態度，讚美了他們涵容的心態。第六章論述莊周的部分，描繪了莊子芒忽恣縱的心態、奔放不羈的性格以及自由自在的精神生活。

一

天下之治方術者多矣[1]，皆以其有為不可加矣[2]。古之所謂道術者[3]，果惡乎在？曰：「無乎不在。」曰：「神何由降？明何由出？[4]」「聖有所生，王有所成，皆原於一[5]。」不離於宗，謂之天人；不離於精，謂之神人；不離於真，謂之至人。以天為宗，以德為本，以道為門，兆於變化，謂之聖人；以仁為恩，以義為理，以禮為行，以樂為和，薰然慈仁，謂之君子[6]；以法為分，以名為表，以參為驗，以稽為決[7]，其數一二三四是也[8]，百官以此相齒[9]；以事為常[10]，以衣食為主，以蕃息畜藏為意，老弱孤寡皆有以養[11]，民之理也。古之人其備乎？配神明[12]，醇天地[13]，育萬物，和天下，澤及百姓，明於本數[14]，繫於末度[15]，六通四辟[16]，小大精粗，其運無乎不在。其明而在數度者[17]，舊法、世傳之史尚多有之；其在於《詩》、《書》、《禮》、《樂》者，鄒魯之士、搢紳先生[18]多能明之。《詩》以道志，《書》以道事，《禮》以道行，《樂》以道和，《易》以道陰陽，《春秋》以道名分。其數散於天下而設於中國者，百家之學時或稱而道之。天下大亂，賢聖不明，道德不一。天下多得一察[19]焉以自好。譬如耳目鼻口，皆有所明，不能相通；猶百家眾技也，皆有所長，時有所用。雖然，不該不徧[20]，一曲之士也[21]。判天地之美，析萬物之理，察古人之全，寡能備於天地之美，稱神明之容。是故內聖外王之道，闇而不明，鬱而不發，天下之人各為其所欲焉以自為方。悲夫，百家往而不反，必不合矣！後世之學者，不幸不見天地之純，古人之大體。道術將為天下裂。

注釋

1 方術：指特定的學問，為道術一部分。2 其有：謂所學。有：謂攻治所得。3 道術：指洞悉宇宙人生本原的學問。4 神：靈妙。明：智慧。5 一：即道。6「以仁為恩」六句，主要指的是儒家。以仁來施行恩惠，以義來建立條理，以禮來範圍行動，以樂來調和性情。7「以法為分」四句，主要講法家的作為。以法度為分守，以名號作標誌，以比較為徵驗，以考稽作判斷。8 其數一二三四也：好像數一二三四那樣明白。9 百官以此相齒：百官依這樣相列序位。齒：序列。10 以事為常：事：職事。常：常業。11「以蓄息……以養」：原作「蓄息畜藏，老弱孤寡為意，皆有以養」，據陶鴻慶等說改。蓄息畜藏：繁衍、生殖、積蓄、儲藏。畜：通「蓄」。12 配神明：配合天地造化的靈妙。13 醇天地：取法天地。「醇」，借為「准」。14 本數：本原，指道的根本。15 末度：指法度，道的末節。16 六通四辟：六合通達四時順暢。17 數度：指典章制度。18 鄒魯之士、搢紳先生：指儒士。搢：笏。紳：大帶。19 一察：一端之見。20 不該不徧：該：兼備。徧：同「遍」，全面。21 一曲：偏於一端，指只知道的一端而不明道的全體。

譯文

天下研究方術的人很多，都認為自己所學的是無以復加、再好不過了。古時所謂的道術，到底在哪裏？回答說：「無所不在。」若問：「（造化的）靈妙從哪裏降下？（人類的）智慧從哪裏出現？」回答說：「聖人所生，王有所成，都導源於『一』。」

不離於宗本，稱為天人；不離於精微，稱為神人；不離於真質，稱為至人。以天然為宗主，以德性為根本，以道為門徑，預見變化的徵兆，稱為聖人；以仁來施行恩惠，以義來建立條理，以禮來規範行動，以樂來調和性情，表現溫和仁慈，稱為君子；以法度為分守，以名號作標準，用比較為徵驗，以考稽作決定，好像數一二三四那樣明白，百官以這樣相列序位，以職事為常務，以衣食為主要，以生產儲藏為意念，使老弱孤寡都能得到撫養，這是養民的道理。

古時的聖人不是很完備嗎？配合造化的靈妙，取法天地，養育萬物，均調天下，澤及百姓，明白大道的根本，貫通於法度，六合通達四時順暢，大小精粗的事物，都無所不在的存在着它的作用。古代道術顯明在禮典章制度，舊時的法規和世傳的史書上；古時的道術存在於《詩》、《書》、《禮》、《樂》的，鄒魯的學者和士紳先生們，大多能明曉——《詩》是用來表達心意的，《書》是來傳達政事的，《禮》是用來規範行為的，《樂》是用來調和性情的，《易》是用來探討陰陽變化的，《春秋》是用來講解名份的——那些典章制度散佈在天下而施行在中國的，百家學說時常稱述它。

天下大亂的時候，聖賢隱晦，道德分歧。天下的人多各執一端以自耀。譬如耳目鼻口，都有它的各有功能，卻不能相互替代。猶如百家的各種技能一般都有所長，時有所用。雖然如此，但不兼備又不周遍，只是偏於一端的人。他們割裂天地的純美，離析萬物的常理，分割古人道術的整體，很少能具備天地的純美，相稱於神明的盛容。所以內聖外王之道，暗淡不明，抑鬱不發，天下的人各盡所欲而自為方術。可悲啊！百家往而不返，必定和道術的不能相合了！後世的學者，不幸不能見到一種天地的純美，古人道術的全貌，將要為天下所割裂。

賞析與點評

此段標明「道術」與「方術」的關聯與不同。「方術」是一門特定的學問，只是「一察焉以自好」、「百家眾技」，治「方術」者也只是一曲之士。理想的「道術」能夠「以天為宗，以德為本，以道為門」，「判天地之美，析萬物之理」。

六

芴漠無形[1]，變化無常，死與生與，天地並與，神明往與！芒乎何之[2]，忽乎何適。萬物畢羅，莫足以歸。古之道術有在於是者，莊周聞其風而悅之。以謬悠[3]之說，荒唐之言[4]，無端崖之辭，時恣縱而不儻[5]，不以觭見之也[6]。以天下為沉濁，不可與莊語[7]，以卮言為曼衍[8]，以重言為真[9]，以寓言為廣[10]。獨與天地精神往來，而不敖倪[11]於萬物。不譴是非，以與世俗處。其書雖瓌瑋[12]，而連犿[13]無傷也。其辭

雖參差，而諔詭[14]可觀。彼其充實不可以已[15]。上與造物者遊，而下與外死生、無終始者為友。其於本也，弘大而辟，深閎而肆[16]；其於宗也，可謂稠適而上遂矣[17]。雖然，其應於化而解於物也，其理不竭[18]，其來不蛻[19]，芒乎昧乎[20]，未之盡者。

注釋

1 芴漠：「芴」通「惚」。恍惚芒昧之意。2 芒乎何之：形容恍惚芒昧的狀貌。3 謬悠：虛遠而不可捉摸。4 荒唐：謂廣大無域畔。5 恣縱：放縱。儻：直言。6 不以觭（jī）見之也：不以一端自見。7 莊語：莊重嚴正的言論。8 卮言：無心之言。卮：酒器。曼衍：散漫流衍，不拘常規之意。9 重言：為人所重之言，指借重先哲先賢之言。10 寓言：寄寓他人他物的言論。11 敖倪：驕矜。12 瓌瑋（wěi）：奇特，弘壯。13 連犿（fān）：和同混融的樣子。14 諔（chù）詭：奇異。15 彼其充實不可以已：他內心之情飽滿，故禁不住而流露出來。16 肆：形容廣闊無限制。17 稠適：和適的意思。稠：通「調」，調和。遂：達。18 其理不竭：他的道理是不窮盡的。19 不蛻：連綿不斷。蛻：通「脫」，離。20 芒乎昧乎：窈冥深遠。

譯文

恍惚芒昧而不落形跡，應物變化而它自本自根沒有常規，死啊生啊，與天地同體並存，與造化同往！茫茫然不知往哪裏去，飄飄然往哪裏走，萬物都包羅在內，不知歸宿，古來道術有屬於這方面的，莊周聽到這種風尚就喜好它。他用深悠而難以捉摸的論說，廣大而不可測度的言論，無可限制的言辭來闡述大道，常常放任而不所拘束，不固持一端之見。他認為天下太沉濁，不能用莊重的言論和他們講道理，用無心之言來推衍陳辭，引用重言使人覺得真實，運用寓言來闡發道理。他獨自和天地精神往來而不傲視於物。不質問誰是誰非，與世俗相處。他的書雖然奇特宏偉卻婉轉細說無傷於人。他的言辭雖然變化多端卻特異可觀。他內心之情飽滿而不止境的流露，上與造物主同遊，下與忘生死無終始分別的人做朋友。他以德為本，其精神領域弘大而開闊，深遠而廣闊；他以天為宗，其精神境界可謂和諧切適而上達於最高點。雖然這樣，他順應變化，解脱於物的束縛，他的道理是不窮盡的，來處連綿不斷，芒昧深遠，沒有窮盡。

賞析與點評

「內聖外王之道」，是士人最高理想的人格形態，這一崇高的理念為各家所接受，千百年來成為歷代哲人共同追求和憧憬的目標。所謂「內聖」就是能夠理解人生究竟意義者。《德充符》就是內聖之學，而《應帝王》則屬於外王之道。梁啟超認為此語說「包舉中國學術之全部，其旨歸在於內足以資修養而外足以經世」。

名句索引

二畫

人生天地之間，若白駒之過郤，忽然而已。　三〇二
人皆知有用之用，而莫知無用之用也。　一一七
入其俗，從其俗。　二八六

三畫

凡物無成與毀，復通為一。　〇五七
大知閑閑，小知閒閒；大言炎炎，小言詹詹。　〇四七
子非魚，安知魚之樂？……子非我，安知我不知魚之樂？……我非子，固不知子矣；子固非魚也，子之不知魚之樂，全矣！　二五二
小知不及大知，小年不及大年。　〇二六

四畫

天地無為也而無不為也。 二五六

天與地無窮，人死者有時，操有時之具而託於無窮之間，忽然無異騏驥之馳過隙也。 三五〇

天地有大美而不言，四時有明法而不議，萬物有成理而不說。 三〇〇

夫至德之世，同與禽獸居，族與萬物並，惡乎知君子小人哉？同乎無知，其德不離；同乎無欲，是謂素樸。 一九六

夫形色名聲果不足以得彼之情，則知者不言，言者不知，而世豈識之哉！ 二二三～二二四

夫道不欲雜，雜則多，多則擾，擾則憂，憂而不救。 〇九二

夫道未始有封，言未始有常，為是而有畛也。 〇六五

夫大道不稱，大辯不言，大仁不仁，大廉不嗛，大勇不忮。 〇六五

夫虛靜恬淡寂漠無為者，天地之本，而道德之至，故帝王聖人休焉。 二一九

五畫

且夫水之積也不厚，則其負大舟也無力。風之積也不厚，則其負大翼也無力。 〇二四

丘山積卑而為高，江河合小而為大，大人合併而為公。 三二四

古之真人，不逆寡，不雄成，不謨士。……古之真人，其寢不夢，其覺無憂，
其食不甘，其息深深。 一四三
古之真人，不知說生，不知惡死。其出不訢，其入不距。 一四五
平者，水停之盛也。其可以為法也，內保之而外不蕩也。 一三五
未生不可忌，已死不可徂。死生非遠也，理不可覩。 三二七
目徹為明，耳徹為聰，鼻徹為顫，口徹為甘，心徹為知，知徹為德。 三三七

六畫

合則離，成則毀，廉則挫，尊則議，有為則虧，賢則謀，不肖則欺。胡可得而必乎哉！ 二七八
安危相易，禍福相生，緩急相摩，聚散以成。此名實之可紀，精微之可志也。 三二七
死生，命也；其有夜旦之常，天也。人之有所不得與，皆物之情也。……
泉涸，魚相與處於陸，相呴以濕，相濡以沫，不如相忘於江湖。……
故聖人將遊於物之所不得遯而皆存。善夭善老，善始善終，人猶效之，
又況萬物之所係而一化之所待乎！ 一四八
至人之用心若鏡，不將不迎，應而不藏，故能勝物而不傷。 一八五～一八六

至樂無樂，至譽無譽。 二五五

七畫

吾生也有涯，而知也無涯，以有涯隨無涯，殆已！已而為知者，殆而已矣！ ○八一

形莫若就，心莫若和。……汝不知夫螳螂乎？怒其臂以當車轍，不知其不勝任也，是其才之美者也。 一○七～一○八

忘年忘義，振於無竟，故寓諸無竟。 ○七五～○七六

八畫

庖人雖不治庖，尸祝不越樽俎而代之矣。 ○三二

非彼無我，非我無所取。 ○五○

昔者莊周夢為蝴蝶，栩栩然蝴蝶也。自喻適志與，不知周也。俄然覺，則蘧蘧然周也。不知周之夢為蝴蝶與？蝴蝶之夢為周與？周與蝴蝶則必有分矣。此之謂物化。 ○七八

彼節者有間而刀刃者無厚，以無厚入有間，恢恢乎其於遊刃必有餘地矣。 ○八三

知天樂者，其生也天行，其死也物化。靜而與陰同德，動而與陽同波。 二二一

物無非彼，物無非是。自彼則不見，自是則知之。故曰：彼出於是，是亦因彼，

彼是方生之說也。……是亦彼也，彼亦是也。彼亦一是非，此亦一是非。……是亦一無窮，非亦一無窮也。 ○五四
故性長非所斷，性短非所續，無所去憂也。 一九二

九畫

是其所美者為神奇，其所惡者為臭腐。臭腐復化為神奇，神奇復化為臭腐。故曰：「通天下一氣耳。」聖人故貴一。 二九九
是非之彰也，道之所以虧也。道之所以虧，愛之所以成。 ○六○

十畫

真者，精誠之至也。不精不誠，不能動人。……禮者，世俗之所為也；真者，所以受於天也，自然不可易也。故聖人法天貴真，不拘於俗。 三五九

十一畫

魚相忘乎江湖，人相忘乎道術。 一六一

十二畫及以上

喪己於物，失性於俗者，謂之倒置之民。 二四四

道隱於小成，言隱於榮華。 〇五三

道固不小行，德固不小識。小識傷德，小行傷道。 二四四

達生之情者，不務生之所無以為；達命之情者，不務命之所無奈何。 二六六

絕聖棄知，而天下大治。 二〇六

聖人不死，大盜不止。 二〇一

獨與天地精神往來，而不敖倪於萬物。不譴是非，以與世俗處。 三七〇

竊鉤者誅，竊國者為諸侯。 二〇一